河出文庫

服従

ミシェル・ウエルベック
大塚桃 訳

河出書房新社

目次

服従

1

「ミサの後のさざめきに惹《ひ》かれて彼はサン゠シュルピス教会に入っていた。聖歌隊員たちはすでに去っていた。教会は閉まるところだ。ぼくは祈るべきだったんだ。その方が椅子に腰掛けてとりとめもなく夢想するよりずっとましだったに違いない。しかし、祈るとは？　ぼくには祈りたい気持ちはなかった。ぼくは、香と蠟燭《ろうそく》の雰囲気に酔ってカトリックの教義にとりつかれ、その周りを徘徊《はいかい》し、祈りによって涙を流すまでに感動し、詩篇《しへん》の朗唱や聖歌は骨の髄《ずい》まで染みこんでいた。ぼくは自分の人生に嫌気《いやけ》がさし、自分自身に愛想が尽きていたが、では、別の人生を送るのかと言われれば、それは別の話だった。それに……礼拝堂ではぼくの心は揺さぶられるのだが、そこを出ると同時に、情動は失われ、心は渇ききってしまうのだった。彼は立ち上がり、教会の番人にせかされて扉の方に向かう人たちの後に従いながら、考えた。本当のことを言うと、ぼくの心は、世俗の宴によってかたくなになり、煙に燻《いぶ》されてしまったのだ。ぼくはなにをやってもだめなのだ」

（J・K・ユイスマンス『出発』より）

孤独な青春時代、ユイスマンスはぼくの誠実な心の友であり続けた。それを疑ったことはなかったし、彼から離れ、他の作家に心を向けようと思ったこともなかった。そうして二〇〇七年六月の午後、許された時間を使い尽くし、何度も期限を延ばした後、さらには、もう少しだけ、と時間稼ぎの言い逃れをした末に、ぼくはソルボンヌ＝パリ第四大学で博士課程の口頭試問を受けたのだった。博士論文のタイトルは『ジョリス＝カルル・ユイスマンス、または長いトンネルの出口』だった。翌朝（またはその日の晩だったのかもしれない。確信できないのは、口頭試問の後、ぼくはとても孤独で、アルコールもかなり入っていたからだ）、ぼくは、自分の人生の一部、それもおそらく最良な時期が終わりを告げたのだと理解した。

それは、西欧のまだかろうじて社会民主主義的な社会で学業を終える者の常なのだが、多くの者はそれに気づかず、あるいは、すぐにはそれを意識しない。というのも、金《かね》を稼ぎたいという欲望や、もっと頭の単純な者は消費への欲望に目を眩《くら》まされ、ある種の商品に強烈な依存症状を示すからだ（これらはマイナーなケースだ。ほとんどは、もう少し考え深く冷静なので、「疲れを知らないプロテウス」*たる、金に純粋に幻惑される)。さらには、能力を誇示したり、競争に勝ちたい、勝てると思っている世界で人が羨《うらや》む社会的な地位を手に入れるという考えにとりつかれ、様々な有名人に夢中になったりする。たとえば、スポーツ選手、デザイナー、IT企業の創業者、俳優やモデルなどだ。分析する能力もその気もない様々な心理的理由により、ぼく自身はこのような図式からはっきりと距離を置いていた。

一八六六年四月一日、当時十八歳のジョリス＝カルル・ユイスマンスは、内務省で第六級の職員として働き始める。一八七四年、最初の散文詩集『薬味箱』を自費出版するが、テオドール・ド・バンヴィル**が親愛の情に溢《あふ》れた書評を書いたほかにはほとんど反応を得られなかった。彼の人生の始まりには、ここで見るように、華々しいものは何もなかった。

彼の官吏としての人生は流れ、つまり彼の人生そのものも流れていった。一八九三年九月三日、内務省での仕事を顕彰するべく、レジオン・ドヌールが授与されている。一八九八年、定められた職務を三十年以上——一身上の都合での休職期間も含めて——勤め上げて退職する。彼はその間に何冊もの著作を書くことができ、それは一世紀以上経った後でも、ぼくに、自分の友だと思わせるようなものだったのだ。文学については、多くの、あまりにも多すぎる事柄が書かれてきた（この分野を専門とする研究者として、ぼくは他の者よりもそのように言う権利があると思う）。ぼくたちの目の前で終焉《しゅうえん》を告げている西欧の主要な芸術であった文学は、それでも、その内容を定義するのがひどく難しいわけではない。文学と同じく、音楽も、感情を揺さぶり引っくり返し、そして、まったき悲しみや陶酔を生みだすものと定義することができる。文学と同じく、絵画も、感嘆の思いや世界に向けられた新たな視線を生み出す。しかし、ただ文学だけが、他の人間の魂と触れ合えたという感覚を与えてくれるのだ。その魂のすべて、その弱さと栄光、その限界、矮小《わいしょう》さ、固定観念や信念。魂が感動し、関心を抱き、興奮しまたは嫌悪を催したすべてのものと共に。文学だけが、死者の魂ともっとも完全な、直接的でかつ深淵なコンタクトを許してくれる。そしてそれは、友人との会話においてもありえない性質のものだ、友情がどれだけ深く長続きするものであっても、現実の会話の中では、まっさらな紙を前にして見知らぬ差出人に語りかけるように余すところなく自分をさらけ出すことはないのだから。

もちろん、文学を語るのであれば、文体の美しさ、文章の音楽性は重要だ。思考の深さ、独自性もないがしろにしてはいけない。しかし、何よりも、作家とは一人の人間であり、その本の中に生きている。その本がよく書かれているかいないかということは最終的にはさして意味はなく、大切なのは書くということであり、そして、自らの著作の中に確実に存在することなのだ（これほど簡単で、一見誰にでも当てはまるように見え

＊ギリシャ神話の海神で、思うがままに姿を変える能力を持つ。
＊＊一八二三－九一。フランス高踏派詩人、劇作家、批評家。

るこの条件が、実際にはそれほど容易ではなく、そして奇妙なことに、このたやすく観察できる明白な事実は、様々な学派の哲学者にほとんど取り上げられていない。彼らは、人間は誰でも、質はともあれ同じ存在「量」をもち、原則的にはほぼ同様に「存在」していると考えているからだ。しかし、何世紀かの距離を置いたとき、そういった印象を与えられることはあまりなく、ページを繰るに従い、そこで語っているのは特質を持った個人よりも時代の精神であるように感じ、そして我々は、本の中にはかなく存在する人間の存在が、次第に亡霊のように、固有名を失うのに立ち会うことになる)。自分に似合った本とは、何よりもその著者に親近感を抱いている本、その著者に何度でも出会って一緒に時間を過ごしたいと思う本のことなのだ。そうしてぼくは、博士論文を執筆している七年の間、常にユイスマンスの傍らで暮らしてきた。ユイスマンスは、シュジェ通りに生まれ、セーヴル通りとムシュー通りに暮らし、サン゠プラシド通りで亡くなり、モンパルナス墓地に葬られた。彼の人生は、概観するとほとんどがパリ六区で展開されていたのであり、彼の社会人としての日々もまた、三十年以上の間、内務省宗教局のオフィスで過ぎていった。ぼく自身もパリの六区に住んでいた。寒くて湿っぽい部屋。そして何より、井戸かと思えるごく小さい中庭に面していた窓のせいで、日光がまったくと言っていいほど入らず、午後早くから照明を点《つ》けなければならないほどだった。ぼくは貧困に悩まされていた。もしも、「若者の生活実態調査」として行われるアンケートに答えなければならなかったとしたら、おそらく、自分の生活状況を「どちらかと言えば厳しい」と定義したことだろう。とは言いながら、博士課程の口頭試問の翌朝（またはその日の晩）、最初に考えたことは、自分が、この上なく貴重なもの、決して再び手に入れられない何かを失ったということだった。それは、自由だった。死に体の社会民主主義の最後の残りかす（奨学金や、多岐の分野にわたる社会的な割引や優待などのシステム、旨《うま》くはないが安かった学食）のおかげで、ぼくは、自分が選んだ活動に全面的に時間を割《さ》き、自由に、一人の友人と知的な交流をすることができたのだった。アンドレ・ブルトンがいみじくも言うように、ユイスマンスのユーモアは、懐の深い独特なもので、著者をからかいたいという気にさせる。時に愚痴っぽく、あるときは容赦なく、時にはおかしみのある彼の過度な描写を読者は笑う。そしてぼくは誰よりもその寛容な笑いの恩恵に与《あずか》った。ビュリエの大学食堂（パリ五区にある学食）が、恵まれない利用者（明らかに他に行く場所がない者、もう少しましな食べ物を出す他のあらゆる学食からは追い出されたが、かろうじて学生証を持っているために、拒否することはできないので）に食べさせる、病院食のそれと同じ金属製のトレーに載せられた根セロリの芥子《からし》マヨネーズ和《あ》えとか鱈《たら》のピュレを受け取りながら、ユイスマンスにお決まりの修飾語——たとえば「残念な」チーズとか「恐るべき」ヒラメとかを思い起こし、そしてこんな料理を知らずにすんだユイスマンスが、監獄でも使われているこのトレーを見たらどんな風に小説に使っただろうなどと考えると、ぼくは自分の不幸が癒され、少しばかり孤独でなくなったと感じていた。

でもそれはみな過去のことだ。ぼくの青春は、とにかく、終わりを告げたのだ。今や、あまりぐずぐずせず、社会に出なければならないだろう。そう考えるとちっとも心楽しむことがないのだった。

周知のことだが、大学の文学研究は、おおよそどこにも人を導かず、せいぜい、もっとも秀でた学生が大学の文学部で教職に就けるくらいである。それは明らかに滑稽《こっけい》な状況で、突き詰めると自己再生産以外の目的を持たず、有り体に言えば、学生の九五パーセント以上を役立たずに仕立て上げる機能を果たすだけの制度なのだ。とはいえ、文学研究は人に害をもたらすわけではなく、マージナルな有用性を持つこともあった。たとえば、セリーヌやエルメスの販売員に応募するような女の子だったら、まず何よりも、自分の外見を大事にするはずだが、それに加えて、近代文学を学んでいれば、彼女にはさらなる競争力が付加される。ある種の知性の敏捷《びんしょう》さが、雇う側の人間に、こいつは気の利いた仕事ができるかもしれないなと考えさせる可能性があるのだ。さらに、高級嗜《し》好品《こうひん》業界では、「文学」はいつでもポジティヴなコノテーションをもって捉えられがちでもある。

ぼくはといえば、ごく少数の「もっとも秀でた学生」の一人と見られていた。自分がかなり出来の良い博士論文を書いたことを知っていたし、それにふさわしい成績を得ることも期待していた。とはいえ、論文が、教授たちから全員一致で賞賛されたときには少なからず驚いたし、彼ら審査員による博士課程の報告書がべた褒《ぼ》めだったのもまるで予想外だったけれど。つまり、望みさえすれば、ぼくには大学教員になるチャンスがかなりある、ということになったのだ。ぼくの人生は、その単調さと、予測可能な凡庸さにおいて、一世紀半前のユイスマンスのそれに重なり続けていたことになる。ぼくは成人としての最初の何年かを大学で過ごした。そしておそらく最後の何年かも大学で過ごすことになるだろうし、それも、おそらくは、同じ大学で過ごすことになるだろう（現実に起こったことは多少異なった。ぼくはソルボンヌ＝パリ第四大学で博士号を得て、パリ第三大学に教職を得た。権威はいささか劣るが、やはり、パリの五区に位置する第四大学から数百メートルしか離れていない大学だ）。

教職が天職であると感じたことは一度もなかったし、教職経験を経て十五年経った今でも、この職業意識の欠如を改めて確認するしかない。少しばかりの金を稼ぐためにしていた家庭教師の仕事にしても、すぐに、知性の伝達はほとんどの場合不可能だということをぼくに納得させた。知性には極端に幅があって、この根本的な不公平をなしにしたり、軽減したりするものは何もないのだ。もっと悪いことには、ぼくは若者が好きではなかった。連中を好きだったことは一度もなかったし、自分が若者と呼ばれる年代だったときだってそうだったのだ。若さと言ったとき、そこには、人生に対して熱中したり、反抗したりしなければならないという考えが前提になっているように思われ、自分たちがいずれその地位を乗っ取るだろう年長者たちに対するそこはかとない優越感さえ伴っている。でも、ぼくは、一度もそういう感覚を持ったことがなかった。もちろん、若い頃には、友人もいたし——正確に言えば、ゼミとゼミの間の休憩時間に、嫌悪感を抱くことなくコーヒーやビールを一緒に飲みに行ってもいいと思える同級生が何人かいたと言うべきか——何人かの恋人もいた。当時の言い方を借りると（そして今でもそう言うのかもしれないが）「ガールフレンド」が、大体一年に一人くらい。この恋愛関係は比較的変わることのない図式に従って進んでいった。大体、学期の始めに、ゼミで出会い、授業のノートを借りたり貸したりするとか、学生にはありがちな、そうした結びつきを契機にして交際が始まるのだ。職業生活に入ると同時にこういった機会はなくなり、多くの人間はそこで唖然《あぜん》とするようなラディカルな孤独に陥ってしまう。学生時代の恋愛関係は多くの場合、その学年を通じて続き、お互いのアパルトマンに泊まったりしては（おおむねは女の子の方にだ、ぼくの部屋は陰気な感じだったし清潔でもなかったので、「粋な逢い引き《あびき》」にはふさわしくなかったのだ）性交を行った（ぼくと同じように彼女たちも満足していたと思いたい）。夏のヴァカンスを終えて、大学が新学期を迎えると、毎年決まって女の子の方から別れを告げられ関係は終わった。夏の間に彼女たちに「何かがあった」というのがいつもの説明で、それを補足する情報は与えられなかった。ただ、ぼくに気を遣う気のない女の子たちは、それに加えて「ある人に出会ったのよ」と言うこともあった。そう、それで？　ぼくだって、「ある人」だったんじゃないか？

今になって考えてみると、これらの事実的な説明は十分でないように思われる。確かに彼女たちは、事実として否定しようもなく、「誰かに出会った」のだ。しかし、この出会いに、ぼくたちの関係を終えるにふさわしい重みを与え、新しい関係に踏み出させたのは、口にこそ出さないが、恋愛で取るべき態度の強力な規範で、そして、その規範の力があまりにも強かったからこそ、そのことは言葉にされずに終わったのだ。

ぼくの若者時代を通じて最上位にあった恋愛モデルによると（そして現在までそういう事情がはっきり変わったと思わせるものは何もない）、若者は、ティーンエイジの短い性的な彷徨《ほうこう》時代の後で、排他的な恋愛関係に入ると考えられ、それは厳格に一対一の関係で、そのつがいでの活動は性交だけではなく社会的な場でも（日々の外出、週末、ヴァカンス）保たれなければならないと考えられていた。これらの交際は決定的ではなかったものの、本当の恋愛について学ぶ機会と見なされていて、それは言ってみれば「インターンシップ」だった（その頃、ビジネスの世界では、最初の雇用に先んじてこれを実践することが一般化しつつあった）。その期間（ぼくの場合は一年で、これは大体まともな方に入ると考えられるだろう）と相手の数（十人から二十人までならまあ穏当なところ）のそれぞれに異なる恋愛関係が続いた後に、クライマックスとして、最後の、結婚に至る決定的な関係にたどり着くと考えられていて、それは、出産と家族の成立をもたらすのだった。

この結婚までの理想的な流れは、現実的にはまるで意味がないということをぼくが学んだのは、ずっと後になってからだった。つまりごく最近のこと、この何週間かの間に、偶然にオーレリー、そしてサンドラに出会う機会を得たときのことだった（もちろん、クロエやヴィオレーヌに出会ったところで、結果はそれほど変わらなかったに違いないと確信しているのだが）。オーレリーを夕食に招いて、バスク料理のレストランに着いたとき、自分はさんざんな一晩を過ごすだろうと、ぼくは理解した。ほぼ一人でイルレギーの白ワインを二本空けたにもかかわらず、良識的なレベルで温かなコミュニケーションを保つことがどんどん難しく、さらには不可能になっていくのを感じていた。自分では説明することができないのだが、共感できるような思い出話を見つけるのは、微妙どころか、ありえないことがすぐに分かった。そして現状として、オーレリーが誰かと結婚に至る関係に入れなかったのは明白で、さらには自分の時折の恋愛沙汰に嫌悪感を抱くようにさえなっていた。つまり彼女の感情生活は、手に負えぬほどの悲惨さへと向かっていたのだった。彼女はそれでも、色々なヒントから推察したところによれば、少なくとも一度は結婚を試みたのだが、その失敗から立ち直ることができなかった。そして、苦々しい思いと刺々《とげとげ》しさで男性の同僚のことを話すので（他に話す主題もないので、ぼくたちは仕事の話をしていた。彼女はボルドーワインの同業者組合で広報担当を務めていたので出張が多く、特に、フランスの高級ワインのプロモーションをするためにアジアに出かけることが多かった）、その会話から、彼女が「ひどい仕打ちを受けた」ことが、自然に、残酷なまでに明らかになるのだった。それでも、帰りのタクシーを降りるとき、彼女が「もう一杯どうか」と誘ってきたのには驚き、こりゃあずいぶんぼろぼろなのに違いないなとぼくは思い、エレベーターに乗ってドアが閉まるときには、ぼくたちは何もしないと分かっていたし、彼女の裸も見たくない、できればそういうことは避けたいと思っていたのだが、結局起こるべきことは起きてしまい、それは前もって感じていたことを追認させるに過ぎなかった。つまり彼女は、感情的に「ひどい仕打ちを受けた」だけではなく、身体も取り返しのつかないほど衰えていて、お尻と胸は痩せこけた身体の表面で縮こまりぶらぶらと垂れ下がって、欲望の対象にはならなかったしこれからもなりはしないだろう。

サンドラとの食事も、店と相手が異なることを別にすれば（海鮮料理のレストラン、多国籍企業の薬品会社の役員秘書）オーレリーとほぼ同じ図式をなぞり、同様の終わりを告げた。異なるのは、サンドラは、オーレリーよりもふくよかで陽気で、孤独な女性という印象はそれほど強くないことだった。ただ、彼女は癒すことのできない大きな悲しみを抱えていて、それはじきに彼女のすべてを覆ってしまうだろうことをぼくは知っていた。オーレリーと同じように、彼女も結局のところ「重油にまみれた海鳥」に過ぎないのだったが、こう言って良ければ、彼女は飛べないまでも、羽をばたばたさせる能力を少しは残していたのだった。これから一、二年もすれば彼女は母親になることを諦め、まだ完全には消え去っていない性欲が彼女を若い男漁りに駆り立て、ぼくが若い頃の言い回しで言えば「クーガー女子」になり、それは何年か、よくすれば十何年か続き、そして身体に致命的なレベルで商品価値がなくなれば、決定的な孤独に陥るだろう。

ぼくの二十代、あらゆることをきっかけに、そして何のきっかけがなくても勃起していた時代、言うなれば「宙に向かって」勃起していた若い頃だったら、年上の女性とその手の関係を試みることもできただろう。その頃だったら、個人授業よりも満足が得られ、お金にもなるそういった役割だって演じられたかもしれないが、今となってみれば言うまでもなくそんなことは不可能で、勃起することは稀《まれ》になり、そもそも不可能なまの場合も多くなって来ると、相手の身体がきちんと整い、しなやかで申し分のないことが不可欠だった。

ソルボンヌ゠パリ第三大学の准教授に就任して最初の何年間かのぼくの性生活には、特記すべき展開はなかった。ぼくは、毎年のように、女子学生たちと寝た。彼女たちに対して教師という立場であることは、何かを変えるものではなかった。ぼくと彼女たち学生の年齢の違いは始めの頃は大きくはなかったし、それがタブーの様相を呈してきたのはどちらかと言えば大学での昇進のせいであって、自分が年を取ったからでも、老いが外見に現れたからでもなかった。女性の性的魅力の崩壊は驚くべき荒々しさで、ほんの何年か、時には何か月かの間に起こるが、男性の加齢はその性的な能力をとてもゆっくりしか変えないという基本的な不公平をぼくは十全に利用した。学生の頃との大きな違いは、年度が替わると同時に二人の関係に終止符を打つのが今ではぼくの方だということだった。自分にドン・ファンの趣味があったわけではいささかもなく、抑えがたい放蕩《ほうとう》生活の欲望に駆られていたわけでもない。同じように一、二年生を対象に十九世紀文学を教えていた同僚のスティーヴとは違って、ぼくは、新学期の一日目から一年生という「新入荷商品」に貪欲に飛びついたりはしなかった（Tシャツにコンヴァースのバスケットシューズ、そしてどことなくカリフォルニア風のスタイルのスティーヴは、映画『レ・ブロンゼ　日焼けした連中』に出てくるティエリー・レルミットが、ヴァカンスクラブに毎週新しく入ってくる若い子たちを捕まえるべく、家から出て来る場面を思わせた）。ぼくがそういった若い女の子たちとの関係を止めるのは、どちらかと言えば、やる気がなくなり、飽きてしまうからだった。まさに、恋愛関係を続けられる状態ではなくなってしまい、相手をがっかりさせたり、幻想を打ち壊したりすることを避けたかったのだ。学期中には、たとえばミニスカートのような、外見的な、そして副次的に過ぎない要素に影響され、自分の意見を変えるだけのことだった。

それから、それもまた終わりを告げた。九月末にミリアムと別れてから、もう今では学期も終わり近くの四月半ばになっていたが、ぼくはまだ新しい彼女を見つけてはいなかった。ぼくは教授職に就き、大学での昇進はここである意味での頂点にたどり着いたと言えたが、それが本当にこの状況の変化と因果関係があったとは思わない。反対に、相変わらず独り身でいるときにオーレリーとサンドラに会ったという事実には、ぼくを動揺させる、不愉快な、ぼくを不安に陥れるような関連があった。というのも、何日か経つうち、ぼくは理解したのに違いないのだ。元彼女たちとぼくは、自分が思っているよりもずっと似たような状況にあり、その場限りの性行為は、将来も続くような親密さとは無縁であるために、より強い幻滅をぼくたちにもたらしてしまうのだ。ぼくは、女の子たちとは違って、自分を誰にも開くことができなかった。個人的な生活について語ることは、男性たちの間では受け入れがたいことだからだ。男性というものは、自分の性格に応じて政治、文学、経済市場やスポーツについて語るが、個人の恋愛生活については死ぬまで沈黙を守るものなのだ。

ぼくは、年を取るにつれて、更年期のせいで男性としての力を失っているのだろうか。それも考えられた。そしてぼくは、その疑いを晴らすために、この何年かの間に定番のポルノサイトになっていた「ユーポルノ」を毎晩見て過ごすことにした。そして、すぐに安心できた。「ユーポルノ」は世界中に散らばった通常の男たちのファンタズムに答えており、ぼくはまったく普通の男だということが最初の何分間かではっきりしたのだった。そういう結果が出るとは予想していなかった。ぼくは人生の大部分を、一種の「デカダンス」作家だと思われている、結果としてセクシュアリティーも曖昧な作家を研究して過ごしたのだから。やれやれ、ぼくはこの試練を心安らかに乗り越えた。これらのビデオには素晴らしいものもあれば（ロサンゼルスの撮影部隊によるもので、照明からビデオエンジニア、カメラマンまでちゃんと揃《そろ》えている）、ひどい出来だがかつてのブルーフィルムを思い出させる（ドイツ人のアマチュアによる）ものまであり、大体が似通った、心地よいシナリオに従って撮影されていた。もっとも知られたものには、一人の男（若者と老人、両方のヴァージョンが存在する）が滑稽にペニスをブリーフだかトランクスだかの奥に眠らせておく。その時々で人種の様々に異なる二人の若い女性がこの非礼に気づき、この一時の隠れ家から性器を解放しようと絶えず試みる。彼女たちは派手な媚態《びたい》を振りまき、ペニスを陶酔させ、これらはすべて友好的に、女性同士の共犯関係の中で行われる。ペニスは口から口へと渡され、舌は、ヨーロッパを離れて冬を過ごしにセーヌ＝エ＝マルヌ県南方の薄暗い空を渡る、少しばかり落ち着かないツバメの飛翔のように行き交い、男は、この昇天に呆然としてただ数語を発するのみだ。フランス人の場合には恐ろしく貧困な（「畜生！」「あぁこんちくしょう、いく！」王殺害の民の口から聞ける言葉といったらそのくらいだ）、アメリカ人にとってはより美しくインパクトのある表現（「おお神さま！」「ジーザス！」）で、それらの言葉は彼らが神の恩寵（フェラチオとか、チキンローストとか）を無視していないことを証している。どちらにしても、ぼくもまた、二十七インチ iMac の前で勃起した、物事はよい方向に向かっていた。

教授職に昇進してからは持ち時間が減ったので、ぼくは大学関係の仕事を水曜日にまとめた。まず午前八時から十時まで、十九世紀文学についての講義を二年生向けに行い、スティーヴは同じ時間帯に、隣の講堂で同様の講義を一年生向けに行う。十一時から十三時までは修士二年生向けに頽廃派と象徴派についての講義。それから、十五時から十八時までのゼミでは博士課程の院生の質問に答える。

ぼくは朝七時過ぎにメトロに乗るのが嫌いではなかった。「早朝から勤勉なフランス」、労働者と職人のフランスに自分が属しているというはかない幻想を抱くことができるからだ。でもぼくのようなケースは例外だったに違いない。閑散とした講堂で講義をした朝八時、出席していたのは、一か所に固まり、おしゃべりもせず冷蔵庫のように凍り付いた真剣さで授業を聞いている中国人女子学生の一団で、それ以外には誰も来なかった。彼女たちは、講堂に着くとすぐにスマートフォンの電源を入れてぼくの講義を全部録音し、その上二十一×二十九・七センチの大型スパイラルノートを開いてメモを取るのだった。彼女たちは講義中ぼくの話を止めて質問することは決してなく、講義が本当に始まったという印象がないまま二時間は過ぎた。講義が終わると、ぼくは、同じような学生だけを相手にしてきたスティーヴと合流した。彼の場合、中国人女子学生ではなくて、ヴェールを被ったマグレブ（北アフリカ諸国）女子学生の一団が相手だったが、彼女たちも同じように真面目で、教師にとりつくしまを与えなかった。スティーヴはぼくに、お茶でもどうと声をかけ、大抵の場合ぼくたちはキャンパスから通りを何本か隔てたところにあるモスクでミントティーを飲んだ。ぼくはミントティーが好きではなかったし、モスクにしても同様で、さらにはスティーヴのこともたいして好きではなかったが、それでもいつも彼と一緒に行った。彼はそれに感謝していたと思う。スティーヴは同僚からあまり敬意を払われていなかったし、そもそも、どうして彼が今のポストを得たのかは謎だった。彼は重要な紀要にはもちろん、重要でないものにも一本も論文を発表したことがなく、ランボーについて博士論文らしいものを書いてはいたが、そもそもランボーという詩人は、バルザックの専門家として知られた同僚のマリー＝フランソワーズ・タヌールに言わせれば、素晴らしく「どうしようもないテーマ」であって、ランボーについては数え切れない論文がフランス全土だけではなく海外のフランス語圏でもそれ以外の国でも書かれているのだし、フローベールを除けば世界でもっとも繰り返し書かれた博士論文の主題なのだから、地方の大学で書かれた昔の博士論文を探し出して少しばかり手を入れさえすれば、誰もその真偽を確認する具体的な手段を持たず、それどころか、個性を欠いた学生たちが「見者」について飽くことなく長々と書いた何十万ページもの論文を比較検討することなど誰もするわけはなかった。またもやマリー＝フランソワーズの言葉を借りれば、スティーヴが唯一なし得た学問上の貢献と言えば、彼がドルーズおばちゃんの「草をはんだ」ということだった。考えられないことではないが、少しばかり驚きではある。ソルボンヌ＝パリ第三大学の学長であるシャンタル・ドルーズは、いかり肩で短く刈った白髪、そして非の打ちどころのない「ジェンダースタディーズ」の研究キャリアを経てきた女性で、百パーセント鉄板レズビアンに見えたからだが、ぼくが間違っている可能性もあるし、もしかしたら、それこそ男性に対して恨みを抱き、それが女王様を演じるという幻想の形で現れ、気の優しいスティーヴ、無害でつるっとした顔をして、カールした猫毛のボブスタイルのこの男を、どっしりした尻の間に跪《ひざまず》かせることは、彼女に新しい種類のエクスタシーをもたらしたのかもしれない。本当のところは分からないが、この朝、モスクのティーサロンで、彼がアップル風味のくそまずい水煙草を吸っているのを見ながら、ぼくはそのことを考えずにはいられなかった。

彼の話はいつものように、大学内のヒエラルキー、ポストの任命や昇進の周りを回っていた。彼が自分からそれ以外の話をすることはなかったと思う。この朝、彼の関心事は、レオン・ブロワ*について博士論文を書いた二十五歳の男が准教授に任命されたということで、それは彼に言わせれば「アイデンティティー運動**のネットワーク」の結果な

＊一八四六－一九一七。小説家、エッセイスト。

のだった。ぼくは時間稼ぎのために煙草に火を付けながら、それがこの男に一体何の関係があるのかと思っていた。彼の中の「左翼の男」が目覚めたのかという考えが一瞬頭をよぎり、だがすぐ冷静に考え直した。左翼の男はスティーヴの中では長いこと眠ったままであって、どんなに重要な出来事も、たとえフランスの大学のトップが大幅な政治的変容を遂げたとしても、彼を眠りから覚ますことはできないだろう。彼はこう続けた。これはきっとある種の兆候だよ、二十世紀初頭の反ユダヤ主義の作家についての研究で知られているアマール・レズキだって教授になったばかりなんだし。そしてこう言い張った。国立大学学長会にしてからが、イスラエル人研究者たちとの交流をボイコットするキャンペーンに最近参加したばかりだし、それはイギリス人の研究者たちの肝煎りで始められたんじゃないか。

よく吸い込めない水煙草に彼が懸命になっている間に、ぼくはちらりと時計に目をやり、まだ十時半で、次の授業があるからとずらかるわけにはいかないと判断し、さしてリスクのない会話を持ちかけてみようと思いついた。何週間か前から、ソルボンヌ大学の分校をドバイ（またはバーレーンかカタールだったか、その辺りの国がごっちゃになっているのだが）にも作ろうという、少なくとも四、五年前からの古いプロジェクトがまた表面化していた。同様のプロジェクトはオックスフォード大学も検討中で、この二つの大学の歴史の古さがオイルマネーの豊かなどこぞの国を魅了したに違いなかった。これを考慮に入れると、若い准教授は、現実的な経済的利益を得る可能性が高いに違いなく、それでスティーヴも反ユダヤ主義の立場をアピールするタイミングと考え、ぼくもまた同じ態度を取ったほうがいいと考えたのだろうか。

ぼくはあけすけに詮索する視線をスティーヴに向けた。この男は矮小な知性すら持たないから、動揺させるのは簡単で、ぼくの視線はすぐにその効果を明らかにした。彼は口ごもりながら言った。

「ブロワの専門家なんだから、きみは当然、人種主義、反ユダヤについて色々知っているだろう……」

ぼくは呆《あき》れ果て、ため息をつきながらこう言った。ブロワは反ユダヤ主義者じゃないし、ぼくはブロワの専門家でもない。ユイスマンスについての研究の中でブロワについて語らざるを得なかったことはあり、ぼくの唯一の著作『新語の眩暈』の中でこの二人の言語の使用法について比較はした。この本はぼくがこの地上で成すことができた知的努力の頂点であり、『ポエティーク』誌と『ロマンティスム』誌に素晴らしい書評を書いてもらい、それがおそらくぼくの教授職への就任にも効果があったに違いない。ユイスマンスの著作に見られる奇妙な単語の大方は新語ではなく、職能団体に特有の語彙《ごい》から借用した耳慣れない単語、または地方の方言に由来する語彙なのだ。ぼくの展開した論理は次のようなものだった。ユイスマンスは最後まで自然主義の作家であり続け、現

＊＊（27ページ）極右の政治運動で、白人という人種やキリスト教など何らかのアイデンティティーに根拠を置き、その名の下に集まる。

実の人々の話し言葉を作品に丁寧に導入し、ある意味では、若い頃メダン（パリ郊外にある街）にあるゾラの別荘での夜の会合に参加した頃の社会主義者のままだったのかもしれず、確かに彼は左翼への軽蔑の念を募らせる一方だったが、それでも、青春期の、その始まりから抱いていた資本主義、金銭、そしてブルジョワ的価値に合致するあらゆる事柄への嫌悪は決して消えることはなかった。彼の思想は「キリスト教自然主義」という独自の位置にあったのだが、ブロワの方は、いつでも商業的そして社会的成功を得ることに熱心だった。立て続けに新語を使うことで、ブロワは自分を屹立した作家、他の者とは次元を異にする存在、世俗世界とは無縁であり、迫害されている精神的な輝きとして表現していたのだ。彼は当時の文学の世界で、知的かつ神秘的な意味でのエリートであることを望んでいた。ところが、その思惑が実現せず、読者の関心を惹くこともなかったことに驚いていたのだが、彼自身、あらゆる相手に呪詛《じゅそ》の言葉を振りまいていたせいだと考えればそれも無理はなかった。ユイスマンスはこう書いている。「彼は不幸な男であり、その自尊心は悪魔のごとく、その憎しみは計り知れなかった」最初からブロワは、ぼくには「悪しきカトリック信者」の原型と思われた。その信仰と熱狂は、自分の話し相手を呪わしい者どもと決めつけたときにしか昂揚しないのだ。ぼくは、博士論文を書いていた頃、様々な王党カトリック左派との関わりがあって、彼らはブロワやベルナノスを神のごとく崇め、こんな手紙やあんな手書き原稿を持っているとちらつかせていたが、結局のところ、彼らはぼくに提供できるような資料は何も所持せず、研究者が普通にアクセスできるアーカイヴで容易に見つけられないような資料は何も持っていなかった。

「きみは何かを嗅ぎつけているに違いないね。ドリュモン*を読んだらどうだい」とぼくはそれでもスティーヴに言ったが、それは彼を喜ばせるためであって、彼はぼくに従うかのごとく、楽観的でナイーヴな子どもの目でぼくを見た。教室のドアの前で――ぼくはこの日ジャン・ロラン**の話をすることにしていた――アラブ人が二人、アフリカ系が一人、いずれも二十代の若者が入り口をふさいでいた。今日は武器も持たずどちらかといえば落ち着いていて、威嚇《いかく》的な態度は何もなかったが、それでも教室に入るためにはこの連中の間を通らなければならず、彼らを相手にする必要があった。ぼくは彼らの正面に立った。彼らは、挑発を避け、大学教員を敬意を持って扱うようにという指示を受けていたのだろう。少なくともぼくはそう願っていた。

「わたしはこの大学の教員で、今から講義をしなければならないんだが」

ぼくはきちんとした言い方で三人全体に話しかけた。答えたのはアフリカ系の男で、にこやかに微笑んでいた。

「もちろん問題ありませんよ、ぼくたちはただ、妹たちに会いに来ただけで……」

彼らはそう言って落ち着いた仕草で講堂を指さした。「妹たち」といえばマグレブ出身の女子学生が二人いるだけで、彼女たちは講堂の左上方に隣り合って腰掛け、黒いブ

* エドゥアール・ドリュモン。一八四四－一九一七。フランスの反ユダヤ主義のジャーナリスト。
** 一八五五－一九〇六。フランスの高踏派作家兼ジャーナリスト。

ルカを身につけ、網状の布で目も隠され、その身なりはイスラームの規定に完全に適っているに違いないと思えた。

「それでは、もういいですね。大丈夫でしょう?」とぼくはものわかりよく言い、「もう行ってください」と念を押した。

「もちろん問題ありません」と男はまたもや笑顔で答えると、踵《きびす》を返して、他の二人に付き添われて立ち去った。二人の男は一言も口をきかなかった。二、三歩歩いたところで、彼はぼくを振り返った。

「あなたの上に平安がありますように、ムシュー」そう言うと彼は軽くお辞儀をした。

「やれやれ、やっと済んだ……」

ぼくはそうつぶやきながら教室のドアを閉めた。

「今回は上手《うま》くいった」自分が何を危惧していたのか正確には分からない。ミュルーズ、ストラスブール、エクス＝マルセイユ、サン＝ドニなどの大学で、教員が暴行を受けたという噂《うわさ》があったが、暴行を受けた同僚に出会ったことは一度もなく、実際のところ、本当にそういった噂を信じていたわけではなかった。スティーヴによると大学関係者と若いサラフィスト（イスラーム過激主義者）の間で話が付いているらしく、ちんぴらや麻薬のディーラーが二年前からキャンパス近辺から消えたのはその成果だ、という噂もあった。その話し合いとやらにはユダヤ人団体がキャンパスに立ち入ることを禁じる条項があったのだろうか。それもまた噂でしかなく、確認は難しいが、フランスユダヤ人学生同盟は、去年の新学期からパリ一帯のキャンパスにはどこにも現れないのに、その一方で、イスラーム同胞党の青年部は、至るところでその支部を増やしているのだった。

講義を終えると（あのブルカの処女二人は何だってジャン・ロランに興味を持てたのだろう、唾棄すべきホモで、自分はケツ掘り屋だって言ってたやつじゃないか。彼女たちの父親は、娘の学業内容を正確に把握しているのだろうか。文学は実に便利なもんだ）、ぼくはマリー＝フランソワーズとばったり出会い、彼女は一緒に昼食でもどうと誘った。きょう一日は否応なしに社交の日になるという訳だ。

ぼくは、噂話に死ぬほど飢えているこの面白い毒舌女を嫌ってはいなかった。大学教師としての経歴が長く、いくつかの諮問委員になっていたので、彼女の噂話は信憑性が高いと思われていた。重要人物にほど遠いスティーヴのところに来る噂とは大違いだ。彼女はモンジュ通りにあるモロッコレストランを選んだ。今日は社交と同時に、ハラールの日でもあるってことだ。

ドルーズおばちゃんは折りたたみの椅子に座っていたようなものよ、彼女はウェイターが料理を持って来たときに、こう話しはじめた。六月の頭に行われる国立大学評議会はかなりの確率でロベール・ルディジェをおばちゃんの代わりに据えるでしょうね。

ぼくは自分の注文した子羊とアーティチョークのタジンにちらりと目をやってから、驚いたふりをして眉毛を上げてみせた。

「分かってるわよ」と彼女は言った。

「ありえないことに思えるけど、これは噂以上で、かなり確かな筋から来ているの」

ぼくはトイレに立って、こっそりスマートフォンを見た。インターネットには今では何でもかんでも載っていて、ちょっと検索しただけで、ロベール・ルディジェは親パレスチナの立場を表明したことで知られていて、イスラエルの研究者たちをボイコットした中心人物であることが分かった。ぼくは丁寧に手を洗うと同僚の元に戻った。

タジンはその間にちょっと冷めてしまっていて、残念だった。

「その任命、選挙まで待てないのかな」と、ぼくは一口食べてから聞いてみた、良い質問に思われたからだった。

「選挙まで？　何のために？　それで何が変わるって言うの」

彼女の返事からすると、ぼくの質問はそれほど良いものではなかったようだ。

「分からないけど、あと三週間で大統領選挙じゃないか……」

「大勢はもう決しているって、あなただって知ってるでしょう、二〇一七年と同じようになるわよ、国民戦線（フランスの極右政党）が決選投票に残って、そして左翼がまた選ばれるでしょうね。だとしたら国立大学評議会が選挙を待つ必要なんてちっともないでしょう」

「でもイスラーム同胞党の得票数は未知数だし、もし彼らが二〇パーセントの象徴的なハードルを越えたら、力関係にも影響が出るんじゃないか……」

この意見はもちろん馬鹿げたものでしかなく、イスラーム同胞党の支持者は九九パーセントが最終的には社会党に投票するだろうし、結果に影響することはないだろうが、「力関係」という言葉はいつでも会話の中では重みを持つのであって、クラウゼヴィッツ*や『孫子**』を読んでいることを匂わせられるし、「象徴的なハードル」という表現も乙だろうと思っていた。マリー＝フランソワーズは、ぼくがある考えを表明したかのようにに「そうねえ」とうなずき、イスラーム同胞党が内閣入りをしたら大学の理事会メンバーの構成がどう変わるかについて長々と吟味し始め、様々な人間関係について脳内検索エンジンを駆使してぼくにデモンストレーションをしていたが、ぼくはもう大してそれには耳を傾けず、彼女の痩せこけ年老いた顔に様々な仮説が表れては消えるのを眺めていた。とにかく人生においては何かに興味を持つ必要があるだろうとぼくは心の中で考えた。そして、自分の恋愛関係が本当に終わったのだとしたら、自分は果たして何に興味を持てるだろうかと考えた。ワイン醸造学のセミナーに参加するとか、飛行機のミニチュアを集めるなどでもいいのかもしれない。

午後のゼミでぼくはすっかり疲れてしまった。そもそも博士課程の院生たちがぼくをうんざりさせるのだ。彼らにとっては大事な時期にさしかかっているからだろうが、ぼくの方はとっくにそんな時期は終わっていて、考えていたのは今晩テレビ局フランス

2《ドゥー》での政治討論を見ながらどのカレーをレンジで温めるか（チキンビリヤニかチキンティッカマサラ、それともチキンローガンジョシュにしようか）くらいだった。

　その晩のゲストは国民戦線の立候補者で、彼女はフランスへの愛を表明し（「でも、どのフランスだ？」と中立左派のコメンテーターたちがさして鋭くもない反応をしていた）、そしてぼくは、自分の恋愛生活が本当に終わってしまったのかどうかについて考えていた。実際のところ、まだ確かではなく、その晩ミリアムに電話をかけようか長いこと迷っていた。彼女はぼくの後、他の男とつきあっているわけでもないようだし、キャンパスで何回か出くわしたときには、熱のこもった、と言ってもいい視線をぼくに向けていたが、どちらにしても彼女の視線は印象的で、リンスを選ぶときだってそうなのだから大騒ぎするほどのことはない、もしかしたらぼくは政治活動に参加した方が良かったのかもしれず、様々な党派の政治活動家たちは充実した選挙期間を過ごしていて、それにくらべてぼくがぼやぼやと引きこもっていたのは否定しようがなかった。

「人生に満足する者、楽しみ、満ち足りた者は幸せだ」とモーパッサンは『さかしま』について『ジル・ブラス』紙に書いた記事をこう始めている。文学史は一般的に自然主義には厳しく、ユイスマンスは自然主義の軛《くびき》を揺さぶったことで称賛されているが、モーパッサンの記事は、ブロワが同時期に『ル・シャノワール』誌に書いたものよりも深

＊プロイセンの軍人。『戦争論』で知られる。

＊＊中国春秋時代の兵法書。

みがあって、しかも繊細だった。ゾラの反論も、今読み返してみるとどちらかと言えば良識的に思える。デ・ゼッサント（『さかしま』の主人公）が心理的には最初から最後まで変わらずにいたことには違いなく、この本では何も起こらず何も起こりようがなく、ある意味ではどんな行動もない。しかし、ユイスマンスが『さかしま』のあと同じ作家でいることはできず、この偉大な作品は確かに次の変化の前の最終的な達成を示すものであった。とはいえ、それはどんな傑作も同じことではないのか。ユイスマンスは、このような本を書いた後では、自然主義者でいることはできなかったし、それはゾラが特に指摘したことで、モーパッサンは、どちらかと言うとアーティスト気質なので、この作品を傑作扱いしたのだった。ぼくはこういった考えを『十九世紀研究』に短い論文として発表し、それを執筆していた何日かは、選挙の様子を観察しているよりずっと楽しくもあったが、だからと言って、ミリアムのことをまた考えるのをやめたわけではなかった。

彼女は、それほど昔のことではないティーンエイジャーの頃は、愛らしいゴシック娘だったに違いない。いまはそれなりに趣味の良い女性になり、ボブの黒髪にとても白い肌、暗い色の瞳が、上品だが節度のある官能性を醸し出している。それに何より、彼女の匂わせるエロスは確かに上品で控え目だが、実際の彼女は驚くほどに大胆で積極的なのだ。男にとって愛とは与えられた快楽に対する感謝に他ならず、ミリアムほどの快楽を与えてくれた娘はいなかった。彼女は思うようにヴァギナを締めることができたし（時に優しく、抗いがたい緩やかな圧迫で、時に生き生きとしていたずらっぽい小さな振動によって)、ぼくに身を捧げる前に喩えようもない優雅さでその小さな尻をひねった。フェラチオに関して言えば、彼女のようなのは他には知らず、彼女はいつでもこれが最初で最後のフェラチオであるかのように事を行った。一回ごとのフェラチオが、一人の男の人生を正当化するに十分だった。

何日かぐずぐずしたあとで、ぼくは彼女に電話をした。そして、その晩のうちに会うことにしたのだった。

昔の彼女とは相変わらず「ぼく、きみ」で呼び合うのが習わしではあるが、唇へのキスは頬へのキスに取って替わられる。ミリアムは黒いミニスカートにやはり黒いストッキングを穿いていた。ぼくは彼女を家に呼んだが、それはレストランに行く気があまりしなかったからだ。彼女は好奇心に溢れた視線を部屋のあちこちに向けた後、ソファーに深く座った。彼女はしっかり化粧をしていて、スカートは本当に短く、そして何か飲まないかと聞くと、もしバーボンがあるなら、と答えた。

一口飲んでから彼女はこう言った。「部屋、なにか変えたでしょう……何かは分からないけど」

「カーテンだよ」ぼくは部屋のカーテンをオレンジとオーカーの、どことなくエスニックなものに変えていて、それとスタイルの合った布をソファーにかけていた。

彼女は後ろ向きになり、ソファーに膝をついてカーテンをよく見ようとした。じっくり確かめてから、彼女は「すてき」と言った。「とてもきれい。あなたって、昔から趣味良かったわよね。まあ、マッチョにしてはだけど」とある種の含みを持った言い方で言葉を続け、そしてソファーに座り直すとぼくの正面を向いた。

「あなたはマッチョだ、って言ってもいいかしら」

「分からない、そうかもしれない、ぼくは多分いいかげんなマッチョなんだ。実際のところ、女性が投票ができるとか、男性と同じ学問をし、同じ職業に就くことがそれほどいい考えだと心から思ったことはない。今はみんな慣れっこになってるけど、本当のところ、それっていい考えなのかな」

彼女は驚いて目を瞬き、ぼくは、彼女がこのことを真剣に捉えたのに気づいて、自分でも少し考えてみたが、それに対する答えを自分は持っていないことに気が付いた。どちらにしても、どんな問いに対してだって自分は答えなど持っていないのだ。

「あなたは家父長制の復権に同意してるの」

「ぼくは何にも同意してないよ、知ってるじゃないか。でも家父長制は少なくとも存在するだけの価値はあると思う。つまり社会の仕組みとしては、家族がいて子どももいて、皆がほぼ同じ図式を反復し、そうやって慣性の法則で回って来たんじゃないか。今は十分に子どもがいないからお先真っ暗だけどね」

「わかった、理論的にはあなたがマッチョなのは疑いはないわ。あなたの文学的趣味は洗練されてる。マラルメとかユイスマンスとか、それが基本的なマッチョからあなたを遠ざけているんだわ。それに、尋常じゃない女性的な感受性がある、たとえばカーテンの柄なんかにね。その代わり、あなたはいつも同じ田舎くさい服を着ている。グランジのマッチョなら、それなりの信憑性もあったかもしれないけど、あなたはZZ Top*は好きじゃないし、いつでもニック・ドレイク**の方を好んできた。つまり、あなたって人は矛盾した人間なのよ」

攻撃性はしばしば誘惑の欲望を隠している、ぼくはそれをボリス・シリュルニク（フランスの精神科医）の本で読んだ。この精神科医は生真面目で、心理学の繊細さに騙されない、いわば人間を対象にしたコンラート・ローレンツなのだし、彼女はわずかながら太ももを開いてぼくの答えを待っているじゃないか。これはボディーランゲージと言える、ぼくたちはしっかりとリアルな世界にいるのだ。ぼくはバーボンを再び自分で注いでから彼女に答えた。

「矛盾なんてどこにもないよ、きみは女性雑誌の心理学を援用してるけど、それは消費者のタイプ分けに過ぎない。環境に配慮するブルジョワ＝ボヘミアンとか、スノッブのプチブル、ゲイフレンドリーなクラブ女とか、サタニズムギーク、禅テクノとか、毎週新しいカテゴリーを発明してるんだ。ぼくはすぐにどっかのカテゴリーに当てはまるようなタイプじゃないってだけだ」

「そうも言えるけど……せっかくまた会ったんだから、少しは友好的な会話をした方がいいと思わないの」

今回は彼女の声に亀裂のようなものがあって、それがぼくの気にかかった。

「おなかすいてるかい」

ぼくはこの気まずさを打ち消そうとこう尋ねた。いいえ、おなかはすいてない、と彼女、でもどちらにしても何か食べるんだったら、「スシはどう?」もちろん彼女は受け入れる、スシを勧めて断る人はいない、もっともうるさ方の美食家から身体のラインを気にする女性たちまで、この、生魚と白米がはっきりとした形を持たずに重なっている食べ物に関しては普遍的なコンセンサスがあるのだ。ぼくはスシの出前のチラシを取り出したがそのリストを全部読むのは困難だった。ワサビとノリマキとサーモンロールの間で、ぼくには何が何だか分からないし分かる気もしなかったので、B3セットを注文することにして電話をした。本当はレストランに行った方が良かったのかもしれない。そして電話を切った後ニック・ドレイクをかけた。長い沈黙がそれに続き、ぼくはその沈黙を、最近学校の方はどう、というかなり馬鹿げた質問で破った。彼女は非難がましい目つきでぼくを見つめ、まあまあ、エディターコースの修士に行こうと思ってる、と答えた。ぼくはほっとしてもっと一般的な話題に移り、それは彼女の進路にお墨付きを与えるものでもあった。フランス経済全体が落ち込み続ける中、出版業界はどちらかと言えば余裕のある業界であって、その利益が増しているのは驚くべきことではあるが、希望がなくなったとき人々に残されているのは読書なのだと信じるべきなのだろう。

「あなたの方は本調子じゃないみたいね。でも本当のことを言えば、いつもそんなイメ

＊　一九七〇－八〇年代に活躍したアメリカのロックバンド。
＊＊　一九六〇年代末から七〇年代初頭に活動したイギリス人のフォークシンガー／ソングライター。

ージをあなたは与えてきたわけだし……」と彼女は特に悪意もなく言った。悲しそうでさえあった。ぼくはそれにどう答えることができただろう。反論するのは難しかった。

「そんなに落ち込んでいるように見える？」とぼくは新たな沈黙の後で言った。

「落ち込んでるって言うんじゃないけど、ある意味ではかえって悪いかも。あなたはいつも異常なほど正直で、人が息をつけるような気を利かせることができない人だったし。たとえば、家父長制についてのあなたの考えが正しかったとするじゃない。それだけが実現的なプランだったとする。でも、わたしは高等教育も受けて、自分を独立した一個人と考えるのに慣れているし、男性同様考えたり決定したりする能力があると思ってる。だとすると、わたしはどうなるの？　捨てられても構わない女だって言うわけ？」

正しい答えはおそらく「そうだね」だったのだろう。でもぼくは黙っていた、結局ぼくはそれほど正直ではないのだろう。スシはまだ来なかった。ぼくはまたバーボンを注いだ、すでに三杯目だった。ニック・ドレイクは、昔ながらのプリンセス、純粋な若い女の子たちのことを歌っていた。そしてぼくは彼女に子どもを作らせる気もなければ、家事を分担したりおんぶ紐を買ったりする気もないのだった。ぼくはセックスする気もなかった、いや、少しはする気はあったけど同時に死にたい気もあり、もう何をしたいのかよく分からず、軽い吐き気さえ覚えた。「スピードスシ」は何をしてるんだ？　今、ちょうどこのとき、ぼくは彼女にフェラチオを頼めば良かったのかもしれない、そうすればこの関係にもう一度チャンスが出て来るだろう、でもぼくはこの気まずさが増大して、部屋を満たすのを放っておいた。

「じゃあ、もう行った方がいいみたいだから……」彼女は少なくとも三分間以上黙った後でこう言った。ニック・ドレイクはその嘆き節をちょうど終えたところで、ぼくはニルヴァーナの異界的なシャウトに変えようと思っていたが、音楽を止めてこう答えた。

「そう……」

「こんなことになってごめんなさいね、フランソワ」と彼女は玄関で言った。彼女はすでにコートを羽織っていた。「何かしてあげたいけど、どうしたらいいか分からないし、あなたはその機会をくれないから」ぼくたちはまた頰にキスをして、ぼくは自分がこの状況を乗り越えられるとは思えなかった。

スシは彼女が去ってから何分か後に届いた。すごい量だった。

2

ミリアムが去ってから、ぼくは一週間以上ひとりでいた。教授になってから初めて、ぼくは水曜日の講義を遂行できないのではないかと思った。ぼくの人生における頂点は博士論文の執筆と本の出版だった。しかしそれはすべて十年以上前のことだ。知性の頂点、というよりは、ぼくの人生そのものの頂点というべきか。ともあれ、そのとき、自分の存在に「意義が与えられた」と感じていたのは本当だ。それからというもの、ぼくは『十九世紀研究』に短い論文を書くか、自分の専門に関わる新刊が出たときに、時折『マガジン・リテレール』に何か書くくらいだった。ぼくの論文は明白かつ簡潔で、知性に富んでいた。そして大方の場合好意的に受け入れられた。締切を破らないのでなおさらだった。しかしそれだけで自分の人生には存在意義があると言えるのだろうか。そもそも人生には意義が必要なのだろうか。あらゆる動物、そして人類の圧倒的多数はそんな意義を探す必要などこれっぽっちも感じずに生きている。生きているから生きている、こんな風に彼らは考えているのだ。そして、彼らが死ぬのは死ぬからであって、彼らにとってそこで分析は終わるのだ。しかし、少なくともユイスマンスの専門家として、ぼくは彼らよりももうちょっとましに考える必要があった。

博士課程の学生たちが、自分の博士論文の対象として選んだ作家の作品にどんな風に取り組んだらいいのかと訊いてくると、ぼくはいつも、時系列に従うのがふさわしいと答えてきた。作家の人生が現実的に重要性を持っているからではない。時間を追って書かれた作品の連なりから、一種の知的な経歴を辿《たど》ることができ、そこには固有のロジックがあるからだ。ジョリス＝カルル・ユイスマンスの場合、問題は当然ながら、『さかしま』の例外的な強度にはっきり現れていた。世界文学でも類を見ないこれだけ強いオリジナリティーのある作品を書いたあとで、作家はどうやって書き続けることができるのだろうか。

すぐに頭に浮かぶ答えは、もちろん、それは容易ではない、というものだ。そして、ユイスマンスの場合も実際そうだった。『さかしま』に続く『仮泊』は期待はずれの作品で、それは避けがたい結果であり、テキストが停滞し、のろのろ失速しているというネガティヴな印象にとらわれるが、にもかかわらず読書の快楽が完全には奪われないのは、この作家が、巧妙な仕掛けを思いついたからだ。それは、読者を失望させるしかない本の中で失望についての物語を書くことだった。そのおかげで、主題とその扱いは美学的に結びつき、そりゃあ多少は退屈するが読み進められる本にはなっていて、だけど田舎の退屈きわまりない滞在にうち捨てられたように「仮泊」しているのは登場人物だけではなくユイスマンス自身でもあると感じるのだ。読者は、彼が自然主義に回帰しようとしているのではないか（田舎の手垢《てあか》まみれの自然主義、そこでは、農民たちはパリジャンよりもさらに唾棄すべき貪欲な存在であると知れる）という印象さえ抱くが、幻想的なエピソードが語りを中断しに掛かるので、自然主義への回帰は決定的にダメになり、分類不可能な物語に仕上がっているのだ。

さらにその次の仕事で、ユイスマンスが自らの隘路《あいろ》から脱出できたのは、次のようなシンプルかつ信頼に値する方策のおかげだった。作者の声を代弁する人物を中心に据え、何冊もの作品にわたってそれを展開させる。これらをすべて、ぼくは博士論文の中ではっきりと示した。論文で困難だったのはその後で、それは、最初のページですでに自然主義に引導を渡している『彼方』から『出発』や『大伽藍《だいがらん》』を経て、『修錬者』に至るまで、デュルタル（そしてユイスマンス自身）の展開の中心が、カトリックへの改宗にあるからだ。

無神論者にとって、改宗が中心的な主題である一連の著作について語るのは言うまでもなく容易ではない。一度も恋に落ちたことがない人にとっては、恋愛感情がまったく奇妙であるだけでなく、その主題を扱った小説に興味を抱くのが難しいのと同じことだ。ユイスマンスの最後の三冊の小説を織りなす筋である、恩寵が心に溢れ出すかと思うと、潮が引くように情熱が冷め、さらにまた篤い信仰心が復活する、という心の動き、デュルタルの精神的道行きに直面したとき、感情的に納得できない無神論者が否応なしに少しずつ抱く感情、それは残念ながら、退屈、である。

そんなことを考えていたとき（ぼくは起きたばかりで、日が出るのを待ちながらコーヒーを飲んでいた）、極めて不愉快な考えがやって来た。ユイスマンスの文学的人生の頂点が『さかしま』であったように、ミリアムはおそらくぼくの恋愛履歴の頂点であったのだろう。恋人の喪失をどのように乗り越えることができるのだろうか。答えは、否、だった。

しかし人生の終わりを待ちながらも、ぼくにはまだ『十九世紀研究』が残っていた。次の会議は一週間足らずの内に行われることになっていた。それから、選挙もあった。多くの男が政治と戦争に関心を持つが、ぼくはそういった娯楽をほとんど楽しまなかった。ぼくはトイレの手ぬぐい程度の政治意識しかなかったし、おそらくそれは残念なことなのだろう。確かに、若いときには、選挙はどうしようもなく興味を惹かなかった。「政治的な提案」は、どの政党を取り上げてみても、その凡庸なことに驚くばかりだった。中道左派の立候補者が、そのカリスマ性の度合いによって一期か二期選ばれ、摩訶《まか》不思議な理由で三期目は落選する。人々はその候補者、さらには中道左派自体に飽き、そうすると「民主主義的な政権交代」の現象が表面化し、有権者たちは中道右派の候補者を政権につけ、それもまた、彼の人格次第で一期か二期続いた。不思議なことに、西欧諸国は、対立するギャングが権力を分け合うに過ぎないこの選挙システムを非常に誇りにしていて、時には、その熱狂を共有しない国にそれを押し付けるために戦争を起こしたりもするのだった。

極右の台頭は事を少しばかり興味深くはした。討論の中に、忘れられていたファシズムの恐怖が滑り込んできたからだ。しかし、はっきりと変化が訪れたのは二〇一七年の大統領選の決選投票だった。いよいよ右傾化を強めていく国で左翼の大統領が再び選ばれるというこの恥ずべき、しかし理屈からいって避けがたい見世物を、海外メディアは呆れながら鑑賞した。投票に続く何週間かの間、奇妙に抑圧的な雰囲気が国内に広がった。それはまるで、叛乱のほのかな希望が現れては消える、息詰まるラディカルな絶望にも似ていた。多くの者が国外脱出を試みた。決選投票の後、モアメド・ベン・アッベスはイスラーム同胞党の設立を発表した。「フランスムスリム党」という、政治化したイスラームの試みがその前にもあったのだが、これは極右と関係を結びさえした党首の厄介な反ユダヤ主義のためにすぐに頓挫していた。この失敗に教訓を得て、イスラーム同胞党は穏健な立場を保持することに注意を配り、パレスチナ問題にもほどほどにしか介入せず、ユダヤ教の権威とは友好的な関係を保っていた。かつてはフランスでも共産党が用い、アラブ諸国でイスラーム教諸党派が現在も用いている方法に倣って、いわゆる政治的行動は青年部の活動や文化的施設、慈善事業を行う協会などとの密接なネットワークと繋《つな》がっていた。大衆の貧困が否応なしに広がり続ける国では、このネットワーク型政治が成果を上げ、イスラーム同胞党の意見に耳を傾ける者を、厳密な信者の枠をはるかに超えて広げることに成功した。最新のアンケートによると、結党以来まだ五年のこの党派は二一パーセントの得票率を得て、二三パーセントの社会党に追いつかんばかりの勢いだった。伝統的右翼の方は一四パーセントで頭打ち、そして国民戦線は、三二パーセントで他をはるかに引き離してフランス第一党になっていた。

ダヴィッド・ピュジャダス*は何年か前から象徴的存在になっていた。彼は、第一回投票、そして決選投票の間大統領候補者の討論を調停するにふさわしい能力があると捉えられたことで、メディアの歴史において、政治専門ジャーナリストの「閉鎖的なクラブ」(ミシェル・コタ、ジャン゠ピエール・エルカバシュ、アラン・デュアメルその他何人かの)に加えられた。それだけではなく、彼はその丁寧かつ断乎とした態度、冷静さ、特に、自分に向けられた罵倒を無視したり、あちこちに飛び散りかねない対立を集中させたり、意見の対立に、それにふさわしい威厳と民主的な外見を与える能力などにおいてそれらのジャーナリストたちを凌駕していた。国民戦線の候補者もイスラーム同胞党の候補者も、お互いの討論の仲裁としてピュジャダスを受け入れたし、そしてこの二人の討論は、第一回投票に先立つ討論の中でももっとも多くの関心を集めていた。イスラーム同胞党の候補者は選挙運動に入ってから世論調査でも絶えざる前進を続け、社会党の得票率を超えていたので、決選投票はまったく予測不可能な状態で、当然その結果もまったく見えなかったからだ。左翼の有権者たちは、自分たちが通常読んでいる新

＊フランスのジャーナリスト、特にテレビの政治番組の司会者として知られる。

聞や週刊誌などが以前にも増して強い調子で警告を発していたにもかかわらず、イスラーム教徒の候補者に票を移すことを渋っていた。いや増すばかりの右翼の賛同者の方は、各党首たちが断乎とした調子でまくし立てるにもかかわらず、境界を越えて、決選投票では「フランス的で国民的な《国民戦線》」候補者に票を入れる用意があった。というわけでこの女党首は、大きな勝負に出ていたわけだ——おそらく、人生で一番大きな勝負に。

討論は水曜日に行われたが、ぼくにとっては都合の良くない日だった。その前日、ぼくはレンジで温めるインド料理パックと、安物の赤ワイン三本を買った。ハンガリーからポーランドにかけて高気圧が長期間停滞しているため、イギリス諸島にある低気圧が南に降りることができずにいた。そのせいで、ヨーロッパ大陸の全体を、この季節としては例外的に寒くて乾いた天気が覆っていた。博士課程の学生たちは、どうしてマイナー詩人（モレアスとかコルビエール*など）はマイナーと考えられているのですか、とか、彼らを偉大な詩人（簡単に言えば、ボードレールとかランボー、マラルメなど。その後はブルトンに飛ぶ）と見なすことができないのは何故なんでしょうとか、無駄な質問でぼくを一日中苛立たせた。彼らの質問は、純粋なものではなかった。痩せこけて意地の悪い二人の博士課程の学生の一人はシャルル・クロについて、もう一人はコルビエールについての論文を書いていたが、同時に彼らは下手をうちたくないと思っていて、それがよく分かった。彼らは、制度の代表者としてぼくの答えを窺っていたのだ。その手には乗るものかと、ぼくは中間的なアイディアとしてラフォルグ**を彼らに勧めた。

討論番組が始まってからも色々と厄介事があった、というよりは電子レンジが厄介事を引き起こしたのだ。レンジは新しい機能を勝手に生み出し（すさまじい勢いで回り、超音波みたいな音を発しながら、それでいて食物は温めない）、そのせいでぼくはインド料理パックをフライパンで温める羽目になり、番組の大事な部分を逃してしまった。しかし、観ることのできた部分だけから言えば、討論は過度に礼儀正しく行われ、二人の大統領候補は順番にフランスへの溢れんばかりの愛を表明し、互いに敬意を表し合い、大方のところでは同意しているように思われた。しかし同時に、モンフェルメイユ（パリ北東部郊外の街）では極右の活動家とアフリカ系の若者グループの間で抗争が起こっており、ただし両方とも政治的な所属は何も明らかにしていなかった。一週間前にこの自治体でモスクが攻撃されてから、この街ではいくつかの事件が散発的に起こっていた。極右のウェブサイトが翌日報道したところでは、抗争は暴力的で、複数の死者が出たということだったが、内務省はすぐさまこの情報を否定した。毎度のように、国民戦線とイスラーム同胞党の党首はそれぞれ記者会見をし、この犯罪には自分たちは何の関係もないと熱心に主張した。マスメディアは二年前、武器による最初の抗争が起こったときに煽情的なドキュメンタリー番組を何本か作ったが、最近はこの話を取り上げることは次第に少

＊ジャン・モレアス、トリスタン・コルビエール。いずれも十九世紀後半のフランスの詩人。

＊＊ジュール・ラフォルグ。十九世紀後半のフランスの象徴主義の詩人。

なくなっており、凡庸な事件になったように思われた。何年か、さらにはもしかしたら十何年かの間、『ル・モンド』紙や一般的な中道左派の新聞、つまり現実的にはあらゆる新聞が、イスラーム教徒の移民と西洋人の間での抗争を予見する「カッサンドラ」的な見解を定期的に告発していた。ギリシャ文学を教えていた同僚の一人がぼくに説明したところによると、カッサンドラの神話をこんな風に引用するのは本当のところはおかしいということだった。ギリシャ神話では、カッサンドラはまず大変美しい若い女性、「金のアフロディテにも似ている」とホメロスにも謳われる女性だった。アポロンはカッサンドラに恋をし、愛の行為と引き替えに彼女に予言能力を与えた。カッサンドラはこの贈り物を受け入れるが、アポロン神の愛を拒絶したため、彼は憤慨し、呪詛として顔に唾を吐きかけ、そのせいで誰一人として、彼女の予言を理解したり信じたりしなくなった。彼女は、パリスによるヘレネの略奪、トロイア戦争の勃発を予言し、トロイア市民に、ギリシャ人の策略（かの有名な「トロイアの木馬」だ）と、そのせいで街が陥落するかもしれないことを伝えた。彼女はクリュタイムネストラの手に掛かり命を落としたが、暗殺されることを自分では予見していた。アガメムノンの暗殺も予言したのだが、彼はカッサンドラを信じなかったのだ。一言で言えば、カッサンドラは、必ず現実になる不幸な予言の例を提供しているのだが、事実を見るにつけ、中道左派のジャーナリストたちはトロイア市民の盲目を模倣しているだけとも思えるのだった。このような盲目は歴史的には新しくはない。同様の事例は、「ヒトラーは最終的には理性に立ち返るだろう」と揃って思い込んでいた一九三〇年代の知識人や政治家、ジャーナリストたちにも見られただろう。既存の社会制度の中で生き、それを享受してきた人間にとって、そのシステムに期待するものが何もなかった者たちが、格別怖れもせずにその破壊を試みる可能性を想像することはおそらく不可能なのだ。

しかし本当のところ、何か月か前から、中道左派のメディアの態度は変わった。郊外の暴力、民族間の抗争を語ることはもうなかったし、問題は無視されてしまい、「カッサンドラ」を告発することさえせず、カッサンドラは沈黙したのだ。人々はこの話題に飽き飽きしたように思われる。そして、ぼくの業界では、他のどこよりもこの無気力は早く現れた。事は「起こるべくして」起こった、一般的な感情を要約すればそういうことになるだろう。そして、その次の日、『十九世紀研究』の一学期に一度のカクテルパーティーに行ったとき、ぼくはすでに、モンフェルメイユの抗争はほとんど話題にならないだろうと分かっていたし、大統領選第一回投票に先立つ討論についても同様で、大学の最近の人事についてのコメントはさらに少ないだろうことも分かっていた。パーティーは、シャプタル通りにある、ロマンティック美術館を借り切って行われた。

ぼくは昔からサン＝ジョルジュ広場、目を楽しませるベル・エポックの数々のファサードが好きだった。ガヴァルニ*の胸像の前でしばし立ち止まった後、ノートル＝ダム＝ド＝ロレット通りを上ってシャプタル通りに着くと、十六番地には木々に囲まれ石の敷かれた短い路地があり、美術館へ続いていた。

いい陽気の日で、観音開きの扉は庭に向かって左右に大きく開かれていた。シャンパングラスを手に取り、菩提樹の木々の間をゆっくりと歩いていると、すぐにアリスの姿を見かけた。彼女はリヨン第三大学の准教授でネルヴァルの専門家だった。彼女が着ていた、色とりどりの花模様がプリントされた薄い生地のドレスは、いわゆるカクテルドレスというものかと思ったが、カクテルドレスとイブニングドレスの違いはぼくには本当のところはっきりとは分からず、ただ確実なのは、どんなときにもアリスはＴＰＯに適った服装をしていて、態度も全般的にそれにふさわしく、彼女と一緒にいると心が和《なご》むということだった。それで、ぼくは彼女に声を掛けに行った。彼女と一緒にいたのは、色白で頬のこけた若者だった。彼はＰＳＧ**のＴシャツの上に青いブレザー、真っ赤なスニーカーを履いて、しかし全体としては奇妙なことにエレガントな印象を与えていた。彼らは何やら話している最中だったが、ぼくが近寄ると、その若者はゴドフロワ・ランペルールと名乗り「今度あなたの新しい同僚になりまして……」とぼくの方に向かって言った。ぼくは、この時間からすでに彼がウイスキーを満たしたグラスを持っているのに気が付いた。

「パリ第三大学に任用されたところです」

「ああ、その人事のことはうかがっています。あなたはブロワの専門家だそうですね」

「フランソワはいつだってブロワを嫌っていたのよね。まあ、ユイスマンスの専門家からすれば、ブロワはまさに対極だからね」とアリスは軽い調子で言った。ランペルールはぼくの方にびっくりするほど親しみを込めて微笑みかけると、早口で言った。

「もちろんあなたのことは存じ上げてます。ユイスマンスについてのお仕事、本当に素晴らしい」

それから一瞬黙り、ぼくからは視線をそらさないまま言葉を探していた。彼の眼差しはあまりに強いので、化粧でもしているのでは、少なくとも睫毛《まつげ》にさっとマスカラでも塗っているのではと思わせるほどで、ぼくに何かとても大事なことを言おうとしている

＊ポール・ガヴァルニ。十九世紀のフランス石版画家。
＊＊「パリ・サンジェルマン」の略称。フランスのサッカーチーム。

ような印象を与えた。アリスは、男性同士の会話、同性愛と決闘の間で揺れる雰囲気の会話を追っているときの女性にありがちな、愛情の籠もった、そしてわずかにからかいを帯びた眼差しでぼくたちを見つめていた。突風が三人の頭上を吹き過ぎ菩提樹の葉を揺らし、その瞬間、どこか遠いところから、爆発のような、籠もってはっきりしない音が聞こえて来た。

ランペルールはついに口を開いた。

「自分の青春の情熱を捧げた作家への関心を、ずっと持ち続けるというのは、不思議なことですね。ある作家が亡くなって、一世紀も二世紀も過ぎれば、その作家自身への情熱は消え去り、学者として文学的な客観性を保ちつつその人物にアクセスできるだろうと思ったりもするのです。でも、実際のところは、まったくそうではないですよね。ユイスマンス、ゾラ、バルベー*、ブロワなどの作家は、互いに交流し、友情や憎しみを抱いたり、同盟関係を築いたり、口論したり、彼らの人間関係の歴史は同時にフランス文学の歴史でもあります。そして、ぼくたちは、一世紀以上の距離を置いて、同じ人間関係を再現しているのです。それぞれが、自分にとってのチャンピオンに誠実で、その作家のために、ぼくたちは、喧嘩したり、お互いに論文を書いては闘ったりしているのですから」

「まったくその通りで、でもそれがいいところなのではないでしょうか。少なくとも、文学は真面目な事柄だということを証明することになりますから」

「可哀想に、誰もネルヴァルとは喧嘩しなかったわ……」とアリスが口を挟《はさ》んだが、ランペルールの耳には入っていないようで、彼は、自分自身の言葉に呑み込まれたように相変わらず強い視線でぼくを見つめていた。

彼は続けた。「あなたはいつだって真面目な研究者であり続けましたね。ぼくはあなたが『十九世紀研究』に書かれた論文を全部読みました。ぼくは、あなたのようではないのです。二十歳のときにはブロワに熱中し、彼の妥協のなさ、過激な部分、人を軽蔑したり罵倒したりするときの名人芸に目を奪われてきました。でもそれはまた、その時代がもたらした現象でもあったのです。ブロワは二十世紀の凡庸さや政治の示した愚かさや、べたついた甘っちょろい人道主義に対する絶対的な武器でした。サルトルやカミュ、アンガージュマンの操り人形すべてに対する武器でもあり、胸が悪くなるようなフォルマリスト、ヌーヴォー・ロマンなど、これらの取るに足らない馬鹿馬鹿しさに対する武器でもあるのです。今、ぼくは二十五歳で、サルトルも、カミュも、ヌーヴォー・ロマンに属するものも相変わらず好きではありません。しかしブロワの技巧は耐え難いものになり、彼が喜んで繰り返すスピリチュアルでかつ聖的な様相はもうぼくには何の感興も引き起こしません。今では、モーパッサンやフローベールを読み返すことの方を好んでいますし、何ページかなら、ゾラだっていいのです。それから、もちろん、大変

＊バルベー・ドールヴィイ。一八〇八－八九。フランスの作家、批評家。

興味深いユイスマンスも……」

彼はなかなかに魅力的な「右翼インテリ」の特徴を持っているな、とぼくは思った。この個性のおかげで、彼は大学でわずかながら独自性を確立できるだろう。相手に長い間話させておくことはできたし、彼らは常に自分の演説に酔いしれているから構わないのだが、それでも時々は、最低限合いの手を入れる必要があるだろう。ぼくは特に幻想も抱かずにアリスの方をちらりと見た。この手の文学がアリスの関心をまったく惹かないことは分かっていた。このところ彼女はドイツロマン主義に頭まで浸かっていたからだ。ぼくはランペルールにこう尋ねそうになってあやういところで思いとどまった。「あなたはどちらかと言えばカトリックですか、またはファシスト、それともその両方？」ぼくは右翼インテリとの関わりをまったく失っていたから、どのように彼らとつき合ったらいいのか分からなくなっていたのだ。遠くで、爆竹のような音が続けざまに聞こえた。

「あれ、何かしら。銃声みたいだけど……」と彼女はとまどった様子で言った。ぼくたちはすぐに黙り、庭では誰もが話を止めていて、風が葉を揺らす音、砂利の上を遠慮がちに歩く音だけが聞こえていた。参加者はパーティー会場を離れ、そろそろと庭の方に出て、何があったのだろうかと耳を澄ませていた。モンペリエ大学の教員が二人ぼくの近くを通り、スマートフォンの電源を入れると、魔法の杖みたいにスクリーンを水平に保つ奇妙な仕草をしていた。

「ネットには何も上がっていない」とその内の一人が不安げにため息をついた。「相変わらずG20の話をしているだけだ」彼らは、ニュース番組が事件を報道していると思ったのかもしれないが、それなら間違いだとぼくは思った。昨日も今日も、モンフェルメイユでは、完璧な報道管制が敷かれているのだから。

「パリで銃撃戦があるのは初めてだな」とランペルールが冷静な声で言った。それと同時にまた銃撃の音が、今回ははっきりと銃声として、それも極めて近くに聞こえ、それからもっと強烈な爆発音がした。客たちがその方向を向くと、建物の上から一本の煙の柱が上がっていた。方角からして、クリシー広場の辺りに違いない。

「まあ、わたしたちの舞踏会は早めにお開き、ってことかしら」とアリスが冗談めかして言った。実際、多くの人々が電話をかけていた。そして、退出し始める者もいたが、あくまでもゆっくり、三々五々であって、その動きは、自分たちは冷静で、決してパニックになんか陥っていない、と主張しているようだった。

「もしよかったら、家でこの話の続きでもいかがですか。ぼくはカルディナル・メルシエ通りに住んでいます。ここからすぐのところです」とランペルールが提案した。

「わたしは明日リヨンで講義があって、朝六時のTGV*に乗らなければならないから、そろそろ帰ろうと思うわ」

＊新幹線にあたるフランスの高速列車。

「大丈夫？」

「ええ、変な感じだけど、全然怖いとは思わないの」

ぼくは彼女を見て、もう一度提案しようかどうか考えたけど、考えてみれば不思議なことにぼくもまったく怖れを感じてはいず、抗争はクリシー大通りで止まると根拠もなしに考えていたのだ。

アリスのトゥインゴ（ルノーの車種）はブランシュ通りの角に駐められていた。ぼくは別れの挨拶をすると、彼女にこう言った。

「あまり慎重な行動とは思えないけど、仕方がないね……。一応、家に着いたら、電話して」

彼女はうなずくと車を発進させた。

「素晴らしい女性だ」とランペルールは言った。ぼくも同意したが、実際のところぼくはアリスのことをほとんど知らないのだった。ぼくたち同僚の間では、大学の肩書きや昇進の話と共に、性に関わる噂が唯一の話題となっていたが、ぼくは彼女に関してはほとんど何も耳にしたことがなかった。彼女は知的で、エレガントで、美人で、年齢不詳、おそらくぼくと同じくらい、四十歳から五十五歳の間、そして見たところ、関係のある男はいなかった。完全に枯れてしまうにはいくら何でも早すぎるとぼくは思い、そして昨晩自分についても同じことを考えていたことを思い出した。「本当に素晴らしい！」

とぼくは、この問題を頭から追い出すために強い口調で言ってみた。

銃声は止んだ。この時間は人っ子一人いないバリュ通りに入ると、ぼくはランペルールに、今ぼくたちは、お気に入りの作家たちの時代にいるところですね、と指摘した。きちんと保存されたほとんどの建物が、第二帝政か第三共和政の初期の建築だった。

「そうですね、マラルメの火曜会もこのすぐ近く、ローマ通りでしたし……」と彼は答えた。

「それで、あなたはどちらにお住まいですか」

「ショワジー大通りです。七〇年代建築ですね。文学的にはふるわない時代ですよ、もちろん」

「チャイナタウンと呼ばれる地区ですか？」

「そうです。チャイナタウンのど真ん中です」

「賢い選択だと言えますね」と、彼は、長い間考えてから、思慮深げに言った。ちょうどそのとき、ぼくたちはクリシー大通りとの角に着いた。そこでぼくは立ちすくんだ。角から百メートルほど北のクリシー広場全体が炎に覆われていた。車やバスの黒こげになった残骸。モンセー元帥*の像が、黒々と、威厳を保ったままで炎の中から浮き上がって見えていた。見渡す限り誰もいなかった。静寂がこの場面を覆い、繰り返されるサイ

＊ボン・アドリアン・ジャノー・ド・モンセー。フランス革命戦争、ナポレオン戦争期の軍人。

レンの叫びだけがそれを破っていた。

「モンセー元帥の業績を知っていますか」

「いや、全然」

「彼はナポレオンの兵士でした。一八一四年にロシア軍の侵略からクリシーのバリケードを守ったことで有名になりました。もしパリ市内にまで民族間の抗争が広がったとしても」とランペルールは同じ調子で続けた。「チャイナタウンは抗争には巻き込まれないでしょう。パリの地区の中で、チャイナタウンは唯一安全な地区になるかもしれませんね」

「そんなことが本当にあると思いますか」

彼は返事をせずに肩をすくめた。ちょうどそのとき、ぼくは、二人の治安機動隊員が、機関銃を斜めに担ぎ、防弾服に身を包んで、クリシー大通りからサン＝ラザール駅へと坂を下ってくるのを見て驚きを抑えきれなかった。二人は快活におしゃべりをしていて、こちらには一瞥もくれなかった。

ぼくはあまりに呆然として言葉を出すのも困難だった。

「彼らは……まったく何も起きていないように振る舞っている」

「そうですね」ランペルールは立ち止まり、仔細ありげに顎をさすった。

「お分かりでしょうが、今の時点では、何が起きうるのか、起きないのかを言うことは困難です。馬鹿か嘘《うそ》つきでもない限り、予測できるという人はいない。これから何週間か、何が起こるか知っていると言える人は誰もいないでしょうね。さて」と彼はまた少しばかり考え込んでから言った。「家はもうすぐのところです。あなたのご友人が無事お帰りになったのだといいのですが……」

カルディナル・メルシエ通りは静かで人の気配がなく、通りの端は行き止まりになっていて、円柱に囲まれた噴水があった。通りのどちら側にも、監視カメラが上に設置された堂々たるポーチが、木々の植えられた中庭に並んでいた。ランペルールはアルミニウムの小さなプレートに人差し指を押し付けた。生体認証の機械に違いなかった。ぼくたちの前のシャッターがそれと同時に開き、中庭の奥、プラタナスに半ば隠れた館が認められた。豪華かつエレガントで、典型的な第二帝政様式だった。大学准教授の初任給のおかげでこのような場所に住めるわけではないだろう。だとすると、なぜ？

ぼくは、どうしてか分からないが、この新しい同僚が、ミニマルな内装の、洗練された、白で統一された家に住んでいると想像していた。実際はその反対で、家具は完全に建築様式と調和していた。絹とビロードが張り巡らされた広間には快適な椅子、寄せ木細工と螺鈿《らでん》で飾られた円形のサイドテーブル。十九世紀アカデミズム絵画様式の、おそらく本物のブグロー*の絵が、精巧な細工を施された暖炉の上に鎮座ましましていた。ぼくは、ボトルグリーンの布張りをされたオットマンに腰掛け、洋梨の蒸留酒はどうか、という提案に頷いた。

彼はぼくに酒を注ぎながら言った。

「何が起こっているか見てみましょうか、もしよければ……」

「無駄ですよ。ニュースには何もないでしょうから。もしケーブルテレビがあれば、CNNでひょっとして何か報道しているかもしれませんが」

「わたしもこの何日間か色々試してみました。CNNでもYouTubeでも何も上がっていませんでしたが、それは予想可能でした。Rutube（ロシアのYouTube）には、一般市民が携帯で撮った動画が上がることがありますが、それもあったりなかったりで、今回は何も見つけられませんでした」

「どうして報道管制をしたのか分かりません。政府は何を思って今回このような方策を？」

「それは、わたしの意見では、はっきりしています。国民戦線を選挙に勝たせたくないんですよ。都市での暴力といったイメージは、国民戦線に票を与えるだけですから。現在緊張状態を増大させようとしているのは極右です。もちろん、郊外では一触即発状態であることは確かです。でも、よくご覧になれば、ここ何か月間か、事態が切迫するときには、最初に反イスラームの挑発行動があるのです。荒らされたモスクとか、脅され

＊ウィリアム・アドルフ・ブグロー。十九世紀フランスのアカデミズム絵画を代表する画家。

てヴェールを取らなければならなかった女性とか、そういった種類のものです」

「それであなたは、背後にいるのは国民戦線だとお考えですか」

「いえいえ、彼らにはそんなことはできませんよ。物事はそんな風には進みませんから。言ってみれば……そう、架け橋のようなものがあるのです」


彼はグラスの酒を飲み干すと自分とぼくのグラスに再度注いで、そして口をつぐんだ。暖炉の上のブグローの絵には、庭に佇《たたず》む五人の女性が描かれていて、白いチュニックを着た女性たちと、ほとんど裸の女性たちが、巻き毛で全裸の一人の子どもを囲んでいた。裸婦の内の一人は自分の手で胸を隠していた。もう一人は、野の花の束を持っていたのでそうできなかった。その胸はきれいで、画家はまた服のドレープを描き出すのに完璧に成功していた。ほぼ一世紀前の絵だが、あまりにも遠くに感じ、最初の反応は、この理解不可能なオブジェの前で呆然としていた。それから次第に、ゆっくりと、十九世紀のブルジョワたちの気持ちを体現してみようという気になる、こういった絵を注文していたフロックコートの名士たちの一人の。彼らのように、ギリシャ的裸体の前でエロティックな情動の高まりを感じることもできた。しかしそれは苦労して時代を遡る困難な行為だった。モーパッサン、ゾラ、ユイスマンスでさえもっと直截《ちよくせつ》なアクセスを可能にしていた。もしかしたらぼくは、文学のこの奇妙な力のことを語るべきだったのだろう。でもぼくは政治について話し続けることに決めた。もっと知りたかったし、彼はそうした情報を持っているように見えた。少なくともそういう印象を与えたのだ。

「あなたはアイデンティティー運動に参加していたのですよね」

　ぼくの口調は完璧だった、興味と好奇心を抱いているがそれ以上ではなく、好意的な中立性を持ちエレガントでもあった。彼はためらいなく率直に笑った。

「ああ、大学でそういう噂が流れたのは知っています。わたしは確かに、何年か前、博士論文を準備していた頃、その手の政治活動に参加していました。それはカトリックをアイデンティティーの根拠とする運動で、王党派、懐古主義、要するにロマンティックで、多くの場合アルコール漬けでもありました。しかし今ではまったく違います、もう接触もありませんし、もし今ミーティングに行っても、そこで起こっていることにはまったくついて行けないでしょうね」

　ぼくは意図的な沈黙を保った。人をまっすぐ見つめながら故意に黙っているという印象を与えると、人は、自分の言葉が咀嚼されていると感じ、より多弁になるものだ。どんな人も、自分の話を聞いてもらいたがっているのは、探偵なら誰でも知っている。調査員、作家、スパイたちはみな、そのことを分かっているのだ。

「ご存じのように、『アイデンティティー連合（フランス極右の政治団体）』は、その名に反して、まったく連合とは言えず、いくつもの部門に分かれてお互いが理解するのも相手の声を聞くのも難しい状態になっていました。カトリック、『第三の道』に属する連帯派、王党派、異教復興主義、極左から来ている完全な世俗派……しかし『ヨーロッパの現地民』運動が創設されてからすべては変わりました。彼らは当初『共和政の現地民（人種差別に反対する政治運動）』から想を得て、それと正反対の運動を立ち上げ、連合を可能にする明確なメッセージを発することにその後成功しました。つまり、我々はヨーロッパの現地民、この地に住んでいた最初の人間なのだから、イスラーム教徒たちによる植民地化を拒否する、というものです。そしてアメリカ企業、インドや中国などから来た新たな資本主義者による我々の国家財産の買い取りも拒否します。彼らはジェロニモ*やクーシシュ**、シッティング・ブル***などを引用しますが、それはかなり利口なやり方です。それから、彼らのウェブサイトもグラフィック上の様々な工夫がなされていて、興味深い動画や効果的な音楽で、新しい、若い層を獲得しているんです」

「あなたは本当に彼らが内戦を起こそうと考えていると思いますか」

「それについては間違いありませんね。ネット上のテキストをひとつお見せしましょう」

　彼は立ち上がると隣の部屋に移った。ぼくたちが広間に入ってから、銃撃音は止んだように思われた。でも、この袋小路はあまりに奥まっているので、彼の家からは銃声が聞こえないだけなのかもしれなかった。

　彼は戻ってくると、小さい文字で印刷され、ホッチキスで留められた十数ページのプリントをぼくに手渡した。その資料には、実際のところ、あまりにも明白にこう題されていた。「**武装蜂起を準備せよ**」

「こういった種類の文書はいくらでもありますが、これは、もっとも信頼できる統計を使った総合的なものです。彼らはEU二十二か国のケースを扱っているので色々な数字が出てきますが、結果はどこでも同じです。彼らの論旨を要約すると、宗教を信じることには人生の選択をする上で有利な点があると言うのです。啓典の民であると自覚し、家父長制を尊重しているカップルは、無神論者や不可知論者のカップルよりも子どもを多く作ります。女性の教育程度は低く、快楽主義や個人主義をそれほど追求しません。また、宗教は広い意味で言えば遺伝のように次世代に伝えられる特徴です。改宗や家族の価値の拒否には副次的な重要性しかありません。人々は、ほとんどの場合が、自分が育てられた価値判断のシステムに忠実であり続けます。無神論者の人間中心主義と、それに立脚する、世俗主義の『共に生きる』という思想は、短命を運命づけられているのです。人口における一神教徒のパーセンテージは急速に増加するでしょうし、イスラーム教の人口は特にそうです。この現象を加速する移民を考慮に入れるまでもありません。ヨーロッパのアイデンティティーに根拠を置く者たちは、イスラーム教徒とその他の人々が、遅かれ早かれ必然的に内戦を引き起こすという予測をすでに受け入れています。彼らは、もしもこの戦争に勝ちたければ、戦争を早い内に起こす方がいい――仮説とし

＊アメリカ先住民、アパッチ族のシャーマン。対白人戦争で闘った。
＊＊アパッチ族の族長。
＊＊＊アメリカ先住民、ハンクパパ族の戦士、呪術師。

ては二〇五〇年以前、できればもっと早く——と結論づけています」

「それは筋が通っているように思われますね……」

「そうです。政治的にも軍事的にも、彼らの言うことは正しい。残りは、彼らが今すぐ行動に出ることをすでに決定したのか、そしてそうだとしたら、どの国でかということです。ヨーロッパ各国で、イスラーム教徒排斥運動は同じように執拗《しつよう》に行われていますが、フランスでは、軍のせいでまったく特殊なケースが生じています。フランス軍は世界でももっとも強力な軍隊であり続けていますし、そのレベルは、政権の担い手が様々に変わり、予算削減がなされても相変わらず保たれています。そうなると、武装蜂起を試みる運動も、政府が本当に軍を介入させるならば、大した効果は期待できないのです。ですから戦略は必然的に異なります」

「つまりそれは？」

「軍隊での個人のキャリアは短いものです。現在、フランス軍は、陸軍、海軍、空軍を合わせて、さらに憲兵も含めれば、三十三万人を雇っています。毎年の雇用人数は約二万人です。つまりほぼ十五年間でフランス軍スタッフの全体が総入れ替えということになります。もしも、アイデンティティー運動の若い活動家が——いずれにせよ、彼らはほぼすべて若者なのですが——大量に軍隊に志願するならば、彼らは比較的短期間で、軍を思想的にコントロールするようになるでしょう。この運動の政治部門は、最初からこれを目指しているのです。そしてそのせいで二年前に、武装部門と決裂することになってしまいました。武装部門は即座に武装蜂起することを求めていましたから。ぼくが思うに、この運動は政治部門がコントロールすることになり、武装部門は与太者上がりと軍事おたくというごく少数の手合いしか魅了しないでしょうね。しかし状況は他の国では異なる可能性があります、特にスカンジナヴィアではそうです。多文化主義思想はフランスよりもスカンジナヴィアではさらに抑圧的なので、アイデンティティー運動も多人数で、しかも蜂起に備えています。

そして軍隊はほとんど意味のないくらいの少人数ですから、深刻な暴動が起こったらもしかすると対応できないかもしれません。そうですね、もしも政治蜂起が近々ヨーロッパで起こるとしたら、それはノルウェーかデンマークから来る可能性があります。それから、潜在的に非常に不安定なベルギーやオランダも考えられますね」

午前二時にはすべては静けさを取り戻したように見え、ぼくはたやすくタクシーを呼ぶことができた。ぼくは洋梨の蒸留酒が大変美味であったとランペルールを褒めた——ぼくたちはほぼ一本を空けてしまったのだ。今晩の話題は、ぼく、そして誰もがここ何年間、さらには十何年もの間耳にしていたことだった。「我が亡き後には洪水よ来《きた》れ」と言ったのはルイ十五世だともその愛人のポンパドゥール夫人だとも伝えられている。この表現はぼくの精神のあり方をかなり正確に要約していたが、不安な考えがよぎったのは初めてのことだった。洪水は、結局のところ、ぼくが死ぬ前に来るかもしれないのだ。ぼくは幸せに人生を終えられるなどとは無論期待してなかったし、近親の死や病気や身体障害、苦悩から逃れられるなどという根拠もありはしなかった。それでも、今までは、それほど悲惨な目に遭うことなしにこの世界を離れられると思っていたのだった。彼は状況をあまりにも悲観的に捉え過ぎているのだろうか。残念なことにそうとは思えなかった。この若者は大変真摯《しんし》な人間だという印象をぼくに与えた。次の日の朝ぼくはRutubeを眺めてみたが、クリシー広場については何も見つけられなかった。そこで、暴力的な要素は何も含んでいないにもかかわらず、かなり恐怖を起こさせる映像を見つけてしまった。目だけを出して頭から脚まで黒装束で覆った十五人ほどの男たちが、軽機関銃を構えてV字形に並び、アルジャントゥイユ*の広場を思わせる現代的な都市空間を背景にゆっくり進んでいた。これはもちろん携帯で撮られた動画ではなかった。細部まで鮮明で、スローモーション効果も付けられていた。この動きの少ないビデオは、人を圧倒するように、微かにローアングルで撮られていた。これは、自分の存在、そしてあるテリトリーを掌握したということを誇示するものに他ならなかった。民族抗争があれば、ぼくは自動的に白人の側に入れられるだろう。買い物をしに外に出て、初めてぼくは、中国人がぼくの地区にずっと前から住んでいたおかげで黒人とアラブ人が住み着かないで済んだのだと理解した。彼らだけではなく、一部のヴェトナム人を除いては、あらゆる非中国人が住み着くことも結果として阻止したことになる。

事態が急速に悪化した場合には、撤退できる術を考えておくのが賢明だろう。ぼくの父はエクラン山地の山小屋に住んでいた。そして少し前から（少なくとも、ぼくが知ったのは少し前だが）新しい伴侶を見つけていた。ぼくの母親はヌヴェールで鬱々とした生活を送っていて、フレンチ・ブルドッグの他には話し相手もなかった。この十数年、ぼくは両親の近況をほとんど聞かなかった。ベビーブーム時代に生まれた両親は情け容赦のないエゴイズムを発揮し、ぼくを歓迎してくれるという保証はどこにもなかった。親が死ぬ前に再び会うことがあるだろうか、と問うたことは時折あったが、その答えは否定的で、内戦が起きたからといってその状況が改善されるとも思えず、彼らはぼくを住まわせるのを拒否する言い訳をいつでも見つけるだろう。その点に関して、彼らは今までにも、言い訳をいくらでも生み出せていた。それから幾人か、とはいえそれほど多くはない友人ともぼくはほとんど連絡していなかった。そう、アリスがいた、おそらくアリスを友人と考えることはできるだろう。つまり、ミリアムと別れてから、ぼくは本当に一人だったのだ。

＊パリ近郊の街。十九世紀に多くの工場が進出し、二十世紀後半に大規模な都市化を遂げる。

五月十五日　日曜日

ぼくはずっと前から大統領選の晩が好きだった。サッカーワールドカップの決勝戦を除けば、一番好きなテレビ番組だと言ってもいい。もちろんサスペンスの感覚はサッカーに比べればさほどではなく、選挙の展開は、すでに決まった筋書きに従っていて、結末は番組の冒頭から知られている。しかし、コメンテーターの多様性（政治学者、「一流の」論説委員、選挙事務所で歓喜に沸いたり泣いたりしている支援者たち……。それから政治家の、前もって考えられていた、またはその場の情動に動かされた、開票直後の発言とか）、関係者誰もが興奮しているので、貴重で稀な、絵になる歴史的な瞬間に生放送で立ち会っているという印象を受けるのだった。

電子レンジが邪魔をしたせいでほとんど見られなかった前回の討論番組に懲りて、今回ぼくは、タラマ、ホムスとブリニ、*そしてイクラを買ってきていた。赤ワイン「リュリ」が二本、昨日買って冷蔵庫に入れてある。十九時五十分にダヴィッド・ピュジャダスが画面に現れるやいなや、ぼくは、この選挙の晩は特別で、ぼくはテレビ番組でも例外的な時間に立ち会うだろうということを理解した。ピュジャダスはもちろんプロとしての冷静さを徹底して保っていたが、彼の目の輝きは間違えようもなかった。彼はすでに結果を知っていて、十分後にはそれを公にすることができるだろうが、それはとてつもないサプライズなのだ。フランスの政治的光景はひっくり返されるのだ。「大きな地殻変動が起こっています」と彼は最初の数字が映った時点ですでにそう告げた。国民戦線は三四・一パーセントの得票率で断然一位に立っていた。しかしそれはほとんど予想内のことで、あらゆる世論調査は何か月も前からそう告げていたし、極右のこの候補者は選挙期間のここ何週間かの間にわずかに票を伸ばしただけだった。しかし、二一・八パーセントの社会党候補者と、二一・七パーセントのイスラーム同胞党は肩を並べており、得票数はほとんど差がないので、状況は大きく変わるかもしれず、この晩の内にもおそらく、大都市とパリの投票所の結果が出るに従い、状況は二転三転するだろう。右翼の候補者は、一二・一パーセントで決定的に競争から外れていた。

ジャン＝フランソワ・コペ**は二十一時五十分頃画面に現れた。やつれて、髭の剃り残

＊タラマはたらこペースト、ホムスはひよこ豆のピュレ、ブリニは薄いパンケーキ。いずれもフランスのスーパーマーケットで一般的に売られている商品。
＊＊ＵＭＰの党首でもあった政治家。

しが目立ち、ネクタイはよじれ、この何時間かの間にひどい目に遭ってきたという印象を今までになく与えた。苦悩を抱え込んだ表情で、それでも威厳を保ちながら、彼は、これは敗北、しかも重大な敗北であり、その責任はすべて自分にあると認めた。しかし、コペは、二〇〇二年にリオネル・ジョスパンがしたように、政治活動から身を引くことはないだろう。決選投票については、彼は何も指示を与えなかった。ＵＭＰ*の政治オフィスが会合を開き、来週決定をするだろう。

二十二時になっても二人の候補者の決定票は出ず、数字は相変わらずまったく同じ予測を出していた。状況が不確定なので、社会党候補者は、おそらく困難なものになる声明を出さないで済んでいた。第五共和政の初頭からフランスの政治生命を構成してきた、二大政党の対立という構図はここで一掃されてしまうのだろうか。この仮説はあまりにも度肝を抜くものだったので、次々に現れるコメンテーターや、マニュエル・ヴァルス**と近い位置にあり、イスラームに対して好意を持っていないダヴィッド・ピュジャダスでさえも、密かにそれが起こることを望んでいるようにさえ思われた。テレビ局からテレビ局へと電光石火の早業で渡り、一度に複数の場所にいる才能があるかのように、夜遅くまでそのスカーフを振り回していたクリストフ・バルビエ（政治ジャーナリスト）は、異論の余地なくこの選挙の晩を支配したコメンテーターの一人であり、自分の雑誌***が予想していなかった結果に気落ちして陰鬱なままだったルノー・デリ****を簡単に背景に押しやり、普段ならもっと食い下がって論争を挑んでくるイヴ・トレアール*****をも圧倒していた。

二本目のリュリを飲み干した頃、午前零時を過ぎてやっと、最終的な結果が出た。イスラーム同胞党の候補者、モアメド・ベン・アッベスが二二・三パーセントの得票率で二番目の位置に付いた。社会党候補者は二一・九パーセントで退けられた。マニュエル・ヴァルスは短く簡素な演説を行い、頂点に立った二人の候補者に敬意を示し、次の社会党責任委員会議まであらゆる決定を延期した。

＊国民運動連合、フランスの中道右派政党。
＊＊二〇一五年現在、社会党政権下で首相を務める。
＊＊＊フランス左翼系の週刊誌『ヌーヴェル・オプセルヴァトゥール』誌。
＊＊＊＊ジャーナリスト。『ヌーヴェル・オプセルヴァトゥール』の編集長。
＊＊＊＊＊『フィガロ』紙の論説委員。

五月十八日　水曜日

講義をしに大学に戻ったとき、ぼくは初めて、何かが起こるかもしれないという感覚を抱いた。子どもの頃から慣れていた政治システムは、見たところかなり前から亀裂を起こしていたが、ここで一挙に崩壊するかもしれなかった。何がそんな印象を与えていたのかはっきりとは分からなかった。もしかしたら修士の学生たちの態度だったかもしれない。彼らは無気力でノンポリだったが、その日は緊張し、不安に脅え、スマートフォンやタブレットで情報の断片を摑《つか》まえようと試みていた。とにかく、今までにないほど彼らはぼくの講義に集中していなかった。それとも、ブルカの女子学生たちの態度がそう思わせたのか。彼女たちはいつもよりも自信に満ちゆっくりとして、三人組で、壁際ではなく堂々と廊下の真ん中を歩き、まるで陣地を占領した女主人のようだった。

反対に、同僚たちの無気力さには驚かされた。彼らにとっては、何も問題はなく、まったく自分には関係がないかのようで、それはぼくがこの何年間か思っていたことを裏付けした。いったん大学教員のステイタスを獲得した者は、政治の変化が自分の職歴に少しでも影響を与えうるとは想像だにしない。彼らは孤高で不可触な存在だと自分たちを見なしているのだ。

その日の終わり、メトロに向かう途中、サントゥイユ通りの角を曲がったところでマリー＝フランソワーズを見かけた。ぼくは足を速め、彼女に追いつくために走り出していた。そして彼女のところまで来ると、慌《あわ》てて挨拶をして、藪《やぶ》から棒にこう聞いた。

「同僚たちがあんなに落ち着いていていいと思うかい？　自分たちだけは本当にとばっちりを食わない場所にいるのだと君は思う？」

「そう、ね！」と彼女は地の精ノームのような嘲笑を浮かべて大声を出したが、それは彼女を一層醜く見せた。そして、彼女はジタンに火を付けるとこう言った。「わたしも、このどうしようもない大学で、誰かが目を覚ますことなんてあるのかと思ってた。信じてちょうだい、わたしたち、安全な場所なんかには決していないわよ。誰が知ってるって、わたし、そのことについては情報を持ってない訳じゃないんだから……」彼女は何秒か黙ってから説明し始めた。

「夫がＤＧＳＩ（国内治安総局）で働いていてね……」ぼくは驚いて彼女の方を見た。ここ十年来彼女と交流があるが、今初めて、ぼくは彼女が女性だったこと、そして、男性の性欲の対象になりうる女性だと意識したからだ。彼女はずんぐりがっしりして、ほとんど両生類のようなのだ。幸いにも彼女はぼくの反応を別の意味で受け取ったようで、「驚くのは分かるわ……」と満足そうに言った。

「こういう話はいつだって平静に聞いてはいられないから。でも、あなた、DGSIって何か知ってるの？」

「秘密組織だろう。DST*みたいな」

「DSTはもう存在しない。情報局と統合されてDCRI（国内情報中央局）になり、それからDGSIになったの」

「旦那さんはスパイの一種？」

「そうでもなくて、スパイはどちらかというとDGSE**で、これは国防省の管轄。DGSIは内務省の管轄だわね」

「公安警察って感じ？」

彼女はまた笑ったが、今度はさっきよりも控え目な笑いだったので、それほど醜くも見えなかった。

「公的には、彼らはその用語は正しくないと言うでしょうけど、まあ結局のところ、大体はそんなものね。過激派の動きを、テロ行動に出かねないものを監視したりするのが、中心的な管轄の一つだから。家に寄ってくれたら、夫がちゃんと説明してくれるわよ。というか、話しても差し支えのないことだけだけど。本当のところ、話してもいいことって、事件とその成り行きによってしょっちゅう変わるから、わたしにはよく分からないけど。いずれにしても選挙の後には激変が起こるでしょうね。大学にも直接その余波が来るでしょう」

夫婦はサンシエ＊＊＊から徒歩五分のところにあるヴェルムヌーズ広場に住んでいた。彼女の夫はぼくが想像していたような諜報機関のメンバーにはまったく見えなかった（大体、何を想像していたというんだ？　多分ギャングとアペリティフ飲料の営業マンを一人二役で演じるコルシカ人のような感じだろう）。微笑をたたえ、身ぎれいで、頭はつや出ししたように光り、タータンチェックの部屋着を着ていたが、ぼくは、職務中にはジレに蝶ネクタイで古風なエレガンスを醸し出しているに違いないと想像した。彼は異常なほどの知性の敏捷さを持っているとぼくにはすぐに分かった。おそらく、ウルム通り（高等師範学校の通称）の旧学生でただ一人、高等教員資格を取った後で国立高等警察学校の試験を受けた人間に違いない。彼はぼくにポルトを注ぎながらこう言った。

「警察署長に任命されてからすぐに、わたしは情報局への配属を希望しました。一種の天職とも言いましょうか……」そう言って彼は微笑した。まるで諜報機関への関心が、単純な偏愛から来ていたかのように。

彼は長いこと間を置き、ポルトを一口飲み、それからもう一口飲むと、こう続けた。

＊　国土保安局。フランス内務省の防諜機関。
＊＊　対外治安総局。フランスの情報機関。
＊＊＊　パリ第三大学の通称。地区の名前。

「社会党とイスラーム同胞党との交渉は考えられているよりももっと困難です。しかし、イスラーム同胞党の方は半分以上の省庁を左派に渡してもいいと考えています。経済・財務省と内務省のような要となる省庁も含めてです。彼らは経済についても税制についてもまったく意見の相違はありません。治安に関しても同様です。それに加えて、自分たちのパートナーとなる社会党とは異なり、郊外地区の治安を統制する術を持っています。外交に関してはなにがしかの相違が出るでしょう、彼らはフランスがイスラエルをもっとはっきり糾弾《きゅうだん》することを願っていますが、それについて、左派は問題なく受け入れるでしょう。本当の困難、交渉の障害となるのは、教育です。社会党は伝統的に教育に関心を持ち続けてきましたし、教育界は社会党を手放さなかった唯一の部門で、奈落の底までもこの党を支援し続けて来ました。ただここで、教員たちは、社会党とは違った形で教育改革に熱心な党を相手にしなければなりませんし、彼らはどんな名目にも意を屈することはないでしょう。イスラーム同胞党は特別な党なのです、お分かりになりますか。彼らは、通常の政治的に重要な点にはほとんど関心がなく、特に、経済をすべての中心に置くことはありません。彼らにとって不可欠な課題は人口と教育です。出生率を高め、自分たちの価値を次代に高らかに伝える者たちが勝つのです。彼らにとっては、事態はそれほど簡単なのです。経済や地政学などは目くらましに過ぎません。子どもを制する者が未来を制する、それ以外にはありえないのです。ですから唯一重要な点、この点に関してだけは全面的な同意を取り付けたい点は、子どもの教育なのです」

「それで、彼らは何を求めているのですか」

「そこですが、イスラーム同胞党は、フランス人の子弟が、初等教育から高等教育に至るまで、イスラーム教の教育を受けられる可能性を持たなければならないとしています。そしてイスラーム教育はあらゆる点で、世俗教育とは大変に異なります。まず、男女共学はあり得ません。それから、女性に開かれているのはいくつかの教科だけです。彼らが根底で希望しているのは、ほとんどの女性が、初等教育を終えた時点で家政学校に進み、できるだけ早く結婚することです。極めて少数の女性だけが、結婚前に文学や芸術課程に進むでしょう。それが彼らの抱いている理想的な社会なのです。そもそも、あらゆる教師は、例外なくイスラーム教徒でなければなりません。学校の規則は給食の食事制限にも及びます。それから、毎日五回の礼拝に割り当てられた時間は守られなければなりません。そして何より、学校のプログラム自体がコーラン教育に沿っている必要があるでしょう」

「折衝は上手くいくとお考えですか」

「他の選択肢はありません。もしも合意に至れなければ、国民戦線は確実に選挙に勝つでしょう。そして、社会党とイスラーム同胞党が合意に至ったとしても、世論調査をご覧になったように、国民戦線にもかなりのチャンスがあるのです。コペが、個人的には票を入れないと声明を出したばかりですが、実際にはUMPの支持者の八五パーセントが国民戦線に投票するはずです。かなりの接戦になるでしょう。本当に、五分五分です」

そして彼はなおも続けた。

「イスラーム同胞党と社会党に残されている最後の解決策は、教育制度の二重化を図ることです。一夫多妻についても彼らはすでに合意に達していて、教育について合意に至る際にもそれをモデルにするでしょう。共和国の結婚制度は変わりません、男性と女性の二人の間の結びつきです。イスラーム式の結婚は一夫多妻かもしれませんが、戸籍上は何も重要性はないものの、社会的な結合として認められ、社会保障や税制などに関しても権利が与えられます」

「そんなことがありえるでしょうか。大変な改革のように思われますが……」

「もちろんです。これもまた交渉の中で明記されています。これは非イスラーム教徒が大多数の場合のイスラーム法学理論には完璧に適ったことで、かなり前からイスラーム同胞団関係の運動の中では支持されています。教育に関しても大体同じことになるでしょう。共和国の学校はそのまま、すべてに開かれたままで留まるでしょうが、公的な予算は削減されるでしょう。国民教育省の予算は三分の一になり、教員たちはどれだけ抗議したところで何も得ることはできないでしょうね。現在の経済的文脈においては、予算のあらゆる場面での削減は多くのコンセンサスを得ることは確かなのですから。それと同時に、私立のイスラーム学校制度を作り、それは国立と同じ価値の証書を発行でき、スポンサーからの資金を集められるようにします。そうなれば、あっという間に、公立学校のレベルは下がり、子弟の将来を案じる親たちはイスラーム系の学校に子どもを入れることになるはずです」

「それから、大学に関しても同じこと」と彼の妻が口を挟んだ。「ソルボンヌ大学は特に、信じられないくらいイスラーム同胞団に夢を見させているから。サウジアラビアはほぼ無制限に寄付をしてもいいと言っているのよ。そうなれば、世界でもっとも裕福な大学の一つになるでしょう」

「それで、ルディジェは学長になるのかな」とぼくは聞いた。前回の会話を思い出していたのだ。

「彼は今まで以上に申し分のない人物になるはずよ。イスラーム寄りの彼の立場は、少なくとも二十年前からずっと変わらなかったからね」

今度は夫がこう言った。「たしか、彼は改宗もしたはずだ……」

ぼくは自分のグラスを一気に飲み干し、彼はまたぼくに注いだ。そういうことなら、状況は変わるだろう。

ぼくは言った。「この手の話は極秘なのだと思っていましたが……。どうしてぼくにこんな話をなさろうとしたのか分かりません」

「普段ならばもちろん、わたしは沈黙を守ります。ただし今回、あらゆる情報は流出していますし、それが我々を不安にさせている点でもあるのです。わたしがあなたにお話ししたことすべて、いやそれ以上を、わたしは、アイデンティティー運動家たちのブログでそのまま読むことができました。それに、彼らの情報に潜入もできています」彼は信じられないというように頭を振った。「もしも内務省のもっとも保護された部屋に盗聴器を仕掛けたとしても、これ以上のことは分からないでしょうね。それにもっと悪いことには、今のところ、これらの衝撃的な情報を、彼らは何にも利用しないということです。記者会見も、一般人に向けた暴露もなし。彼らは、ただ待っているのです。これは今までになかった状況で、完璧に不安を抱かせるものです」

ぼくは、アイデンティティー運動についてもう少し知ろうと思ったが、彼は明らかに口を閉ざしてしまったようだった。ぼくはこう言った。大学の同僚が一人、アイデンティティー運動のかなり近いところにいて、その後まったく袂を分かってしまったようです。「ああ、彼らは皆そう言いますね」と彼は皮肉たっぷりに吐き捨てた。それらのグループのうち一部が持っている武器についてぼくが質問すると、彼はただ、ポルトをすすり、口の中で何かこう言っただけだった。「ロシアの億万長者からの資金があるという噂もありましたが……でも実際に裏付けられた情報は何もないのです」そう言うと彼はすっかり黙ってしまった。ぼくはそのあとすぐに彼らの家を辞した。

五月十九日　木曜日

次の日ぼくは、仕事は何もなかったが、大学に赴いた。そしてランペルールに電話をかけた。ぼくの計算によると、それは彼がちょうど講義を終えた時間のはずだった。そして彼は電話に出た。ぼくは、一杯どうですかと誘い、彼は、大学近くのカフェはあまり好きではないから、コントルスカルプ広場の「デルマ」で落ち合いましょうと提案した。

ムフタール通りを上りながら、ぼくはマリー＝フランソワーズの夫が言ったことを再び考えていた。ぼくの若い同僚は、マリー＝フランソワーズの夫がぼくに話してくれたことよりも、もっと多くを知っているのだろうか。彼はまだ運動に関わっているのだろうか。

革張りのアームチェアに落ち着いた色の床、赤いカーテンと、「デルマ」は完璧に彼のスタイルのカフェだった。彼は正面にあるカフェ、偽の本棚が痛々しい「コントルスカルプ」には足を踏み入れもしないだろう。趣味のいい男なのだ。彼はシャンパーニュを注文し、ぼくはレフビールの生で留めておいたが、そのとき何かがぼくの中ではじけた。自分の繊細さと穏健さに嫌気がさし、ウェイターが注文の品を運んで来る前に直截にこう切り出した。

「政治状況は極めて不安定に思えるね……。正直なところ、君がぼくの立場だったら、何をする?」

彼はぼくの率直さに微笑し、同じ調子でこう答えた。「まず最初に、ぼくだったら銀行口座を変えるところから始めると思います」

「銀行口座? どうして……」

ぼくは自分が大声をあげていたことに気が付いた。意識しないまま、かなり緊張していたに違いない。ウェイターが飲み物を持ってきて、ランペルールはちょっと間を置いてからこう答えた。「つまり、最近の社会党の動向が有権者に評価されているとは思えないので……」この瞬間、ぼくは、彼は「知っていて」、アイデンティティー運動の中でまだ何かの役割を、それも決定的な役割を担っているのかもしれないと理解した。アイデンティティー運動の諸団体の中で流出していた極秘情報を彼は完全に握っていて、もしかしたら彼が、現在まで秘密にしておくことを決定したということもありうる。

彼は穏やかに続けた。「このような状況では、国民戦線が決選投票で勝つことも十分に考えられます。そうなれば彼らは欧州連合とヨーロッパ共通の通貨システムから抜けざるをえないでしょう、それも絶対に。彼らは、ＥＵからの独立を目指している有権者にその線で強く確約したのですから。長い目で見れば、フランス経済に与えるインパクトはもしかしたら大変有益かもしれません。しかし最初のうち、我々は憂慮すべき経済混乱を体験することになるでしょうね。フランスの銀行が、もっとも経営状態の良い銀行であっても、それに耐えられるとは思いません。ですので、外国資本の銀行に口座を開くことをお勧めしますよ。たとえば、イギリスの、バークレイズとかＨＳＢＣなどの銀行に」

「それで……それだけですか」

「すでにそれだけでも大変なものです。それから……。しばらくの間避難できる場所を地方にお持ちですか」

「持っているとは言えません」

「あまり待たずにお発ちになるといいと思いますよ。田舎に、小さなホテルを見つけて。チャイナタウンにお住まいでしたよね。あの地区で略奪とか深刻な抗争の危険はほとんどないとは思いますが、それでも、わたしがあなたの立場であれば、どこかに行きますね。ヴァカンスをお取りになって、ほとぼりを冷ますのがよろしいでしょう」

「どうも船を逃げ出す鼠《ねずみ》の気分ですが」

「鼠は賢い哺乳類ですよ」と彼はほとんど楽しんでいるような様子で、冷静に言った。

「鼠は人類が絶滅した後でも生き残るでしょう。どちらにしても、彼らの社会システムは人間のものよりはるかに堅固です」

「大学の学期はまだ終わっていませんが。あと二週間講義があります」

「それはね」彼は、今度は、はっきりと、笑い転げんばかりだった。

「色々なことが起こるし、状況をはっきり読めるとは到底言えません。ただ、通常の状況で大学の学期が終わるのは、わたしにはほぼ不可能に思われますね！」

そこで彼は話を止め、シャンパンをゆっくり飲んでいて、ぼくは、彼がこれ以上話すことはないだろうと悟った。微かに人を馬鹿にするような笑みが彼の口元には浮かんでいて、しかし奇妙なことにぼくは彼に親しみさえ抱き始めていた。ぼくは二杯目のビールを頼んだ、今度は木苺《きいちご》風味だ。家に帰る気はまったくしなかった、何も、誰もぼくを待ってはいないのだ。ぼくは、彼にはパートナーか彼女か何かがいるだろうかと考えた。おそらくいるだろう。彼は、多かれ少なかれ地下活動をしている運動組織の政治的リーダー、一種の黒幕なのだ。そういうのに惹かれる女の子たちがいるのはよく知られている。ユイスマンスの専門家に興味を抱く女の子たちもいるくらいなんだから。一度、若くて、可愛くて、魅力的で、それなのにジャン゠フランソワ・コペに性的幻想を抱いている女の子と話したことだってある。ショックから立ち直るのには何日もかかった。本当に、現代の女の子には、考えられないほどありとあらゆるタイプがいるものなのだ。

五月二十日　金曜日

次の日、ぼくはバークレイズ銀行のゴブラン大通り支店に口座を開いた。預金の移動は一営業日で済みますと従業員は言った。そして驚いたことに、すぐにＶＩＳＡカードも発行してくれた。

ぼくは徒歩で家に帰ることにした。口座変更の手続きをロボットのように機械的に済ませたあと、色々と考える必要があったのだ。イタリア広場に出たとき、ぼくは急に、すべてが消えてしまうかもしれないという感覚に襲われた。巻き毛で小柄のアフリカ系の女の子、お尻を際だたせるぴったりしたジーンズを穿いて二十一番のバスを待っているこの子は、消えるかもしれない。確実に消えるか、または根本から再教育を受けるだろう。ショッピングモール「イタリー２《ドゥー》」の前の広場には、いつものように募金への協力を求める人たちがいて、今日はグリーンピースの募金だった。彼らもまた消えるだろう。肩までの長さの茶色の髪と髭を蓄えた若者がパンフレットを手に近づいて来たとき、ぼくは目をしばたたいて、まるで彼がすでに消えてしまったように、彼を見ることなく前を通り、ショッピングモールの一階に続くガラスのドアを開けた。

　ショッピングモールの内部では、結果はよりはっきり分かれた。ブリコラマ（チェーン店の大型ホームセンター）はまず間違いなく大丈夫だろう、だが「ジェニファー」（十代女性対象のファッションブランド）の寿命は長くない、イスラーム教徒の十代女性にふさわしいものを何も提供していないのだから。反対に、ブランド下着をアウトレット価格で提供している「シークレット・ストーリーズ」は、何も心配ないだろう。この手の店はリヤドやアブダビでも大流行で、決して否定されたことはなかったし、「シャンタル・トーマス」や「ラ・ペルラ」（いずれも高級下着ブランド）も、何も問題なくイスラーム政権下で営業できるだろう。裕福なサウジ女性はまったく中を見ることができない黒いブルカに日中は身を包み、夜になると極楽鳥に姿を変え、ガーター付きビスチェ、透かし模様のブラジャー、華やかな色のレースと宝石に彩られたストリングを身につけるのだ。西欧の女性は、それとは逆で、日中は、社会的ステイタスが掛かっているから上品かつセクシーに装い、夜家に帰ればぐったりと疲れ切って、魅力を振りまこうなんて考えを放棄し、だらだらとリラックスした服に着替えるのだ。
「ラピッドジュース」のスタンドの前で（ここのミックスジュースはどんどんややこしくなっている。たとえば、ココナツ・パッションフルーツ・グアバだとか、マンゴー・ライチ・ガラナだとか、驚くべきビタミン含有量を誇る混合果汁が十種類以上あった）、ぼくは突然ブリュノ・デランドのことを思い出した。彼にはもう二十年近く会っておらず、その間思い出すこともなかった。彼は博士課程仲間で、友人関係にあったと言ってもいい。ラフォルグについて研究し、出来はいいがそれ以上ではない博士論文を書き、その後すぐに税務調査官になる試験を受け、アンヌリーズと結婚した。学生のパーティーかどこかで出会った女性だ。彼女はモバイルサービス企業のマーケティング部門で働いていていて、彼よりもずっと稼ぎが良かったが、でも彼の仕事はよく言うように安定していたし、彼らはモンティニー＝ル＝ブルトヌーに家を買って、もう子どもが二人いる。男の子と女の子が一人ずつ。かつての学生仲間で通常の家庭生活に入ったのは彼一人だけで、他の者たちは、出会い系サイト「ミーティック」や、スピードデーティング、そして多くの孤独な時間の中をさまよっていた。ブリュノ・デランドにはRER線の電車の中で偶然再会し、ぼくは、次の金曜日の晩のバーベキューに招待された。五月末のことで、芝生付きの庭があってバーベキューをすることができ、隣人も何人か来るとのことで、「大学関係は一人もいないよ」と彼はぼくにあらかじめそう告げた。

過ちは、金曜の晩にそのパーティーを開いたことだと、ぼくは庭に出て彼の奥さんに挨拶したときにすぐ気が付いた。彼女は一日中働いて疲れ切っていて、それに、六チャンネルの番組『ほぼ完璧なディナー』の見過ぎで分別を失い、手間をかけ過ぎて行く先の見えなくなった料理を出していた。モリーユ茸《たけ》のスフレは絶望的で、ワカモーレも失敗であることが明らかになると、ぼくは、彼女が泣き出すのではないかとさえ思った。三歳の息子は叫び始め、最初の客が来た時にはもう酔っぱらい始めていたブリュノは、ソーセージを焼くのに何の役にも立たなかったので、ぼくが手伝おうとすると、彼女は絶望の淵から、取り乱して感謝に満ちた視線を投げかけるのだった。バーベキューはぼくが考えていたよりもずっと複雑で、子羊の骨付きロースはあっという間に黒く炭化して、おそらく発がん性物質を含む膜に覆われた。きっと火が強すぎたのだが、こうしたことについて何も知らないのだから、メカニズムに首を突っ込んだらブタンガスの瓶を爆発させるリスクがあり、ぼくたちは二人きりで黒こげになった肉の山を前にしていた。他の招待客はぼくたちにまったく注意を向けずにロゼワインを飲んでいて、嵐が接近してきたのを見てぼくはほっとした。最初の冷たい何滴かが、斜めにぼくたちの上に落ちてきて、すぐに広間に撤退しなければならなくなり、パーティーの料理は冷製料理のビュッフェに変わったのだった。アンヌリーズが、憎しみを込めた視線をタブレに投げかけつつカナッペに崩れ落ちたとき、ぼくは彼女の人生、そしてすべての西欧女性の人生について考えた。朝、おそらく彼女はブラッシングをして、自分の職業のステイタスに適うよう細部まで気を遣いながら服を選び、彼女の場合はセクシーよりもエレガンス中心だろうが、とは言ってもその配分は複雑で、子どもを保育園に送る前にかなりの時間をかけ、そうして一日は、メールや電話、様々なアポで過ぎていき、午後九時に疲れ切って家に帰る(ブリュノが子どもを保育園に迎えに行き、ご飯を食べさせる。公務員だからだ)、すべてのエネルギーを使い果たし、トレーナーとジョギングパンツに着替え、このようにして彼女は自分の旦那様、ご主人様の前に出てくるのだ。彼は必然的に、どこかで騙《だま》されたような気がしていたに違いないし、彼女自身もどこかでしてやられたような感覚を持っていただろう、そういうことは年月が解決する問題ではないし、子どもは育ち、職業上の責任は自動的に増加する、肉体が衰えつつあることを考慮することもなく。

ぼくは最後に帰った客の一人だった、アンヌリーズが片付けるのを手伝いもした、ぼくは、彼女と関係を持つ気はまったくなかった――そうすることも可能であっただろう、この状況では何でも可能に思えた。ぼくはただ、彼女に、一種の連帯感、役に立たない連帯感を感じてもらいたかったのだ。

ブリュノとアンヌリーズは今ではもう離婚しているだろう、現代では事はそんな風に進むのだ。一世紀前、ユイスマンスの時代だったら、彼らは一緒に暮らし続けただろうし、最終的にはそれほど不幸せでもなかったかもしれない。家に帰ると、ぼくはワインをなみなみと注ぎ、『家庭』の読書にのめり込んだ。ぼくはこの本がユイスマンスの小説の中でももっとも優れていたという記憶があり、そこでぼくは、二十年後でも奇跡的に損なわれていない読書の快楽を見いだした。長く続いた夫婦のぬるま湯のような幸福がこれほどの優しさで描かれたことは今までになかった。「もう少しすると、アンドレとジャンヌは、時折一緒に寝ることに、心穏やかな優しさ、母親のような満足だけを抱くようになった、ただ、お互いが並んで横になり、話をし、そのあとお互いに背中を向けて静かに眠りにつくこと」それは美しいが、そんなことが本当に可能なのだろうか。今日実現可能な地平なのか。それはもちろんのこと、食卓の快楽に結びついている。「美食は彼らの感覚が無関心を増すのに比例して、彼らの家に新しい関心をもたらした。それは、肉体の快楽を禁じられるなか、繊細な食事や古いワインにいななき声を上げる聖職者の情熱にも似ていた」女性が自ら野菜を買い、皮を剝き、肉の下ごしらえをし、何時間もかけて煮物を作っていた時代、人に乳を与えるのにも似た優しい関係が発展することがあったのだろう。食生活が変化すると、このような感覚は失われ、それに、ユイスマンスがはっきりと告白するように、それは肉体の快楽の喪失をやっと埋め合わせるものに過ぎなかったのだ。彼自身も自分の人生において、いわゆる「ポトフ女」と一緒に住んだことはなかった。ボードレールに言わせると、「ポトフ女」は、「(寝るための)若い女」と並んで、唯一文士にふさわしいタイプだというのだが――この観察は、若い女が年月と共に、やすやすとポトフ女に変化でき、それは女性の秘められた欲望であり自然な性質であるだけに余計に説得力をもつ。ユイスマンスは、反対に、相対的な「放蕩」の一時期のあと、隠遁生活に入ってしまったのであり、そこでぼくは彼と袂を分かったのだ。ぼくは『出発』を手に取って何ページか読んでみてから、もう一度『家庭』の読書に入り込んだ、宗教的なセンスはぼくには決定的に欠けているらしく、それは残念なことだった。修道院生活は何世紀も前から変わらず今でも存在しているのだから。それでは、ポトフ女は今どこで見つかるのだろうか。ユイスマンスの時代にはまだ確実に存在していたが、彼がいた文学的環境では、ユイスマンスはそういった女性に出会えなかったのだった。本当のところ、大学もそれよりましな環境とは言えない。ミリアムは、時が経てば、ポトフ女になれたのだろうか。そういった具合のことを自分に問うていたとき、携帯に電話があり、偶然にもそれはミリアムだった。ぼくは驚いてどもってしまった、彼女が電話をかけてくれるとは期待してなかったのだ。ぼくは時計に目をやった。すでに夜の十時過ぎで、ぼくは完全に読書に没頭していたので、食事を摂るのを忘れていた。それとは反対に、二本目のワインをほとんど終えてしまっていたことにも気が付いた。

彼女はためらってからこう言った。「思ったんだけど……もしかして明日の夜会えないかしら」

「いいけど？」

「明日、あなたの誕生日でしょう。忘れてるかもしれないけど」

「ああ、そうそう。本当のことを言うと、まったく忘れてたよ」

「それから……」彼女はもう一度ためらいの間を置いてからこう続けた。「言わなきゃいけないこともあるし。とにかく、会った方がいいと思うの」

五月二十一日　土曜日

朝四時に目を覚ました。ミリアムの電話の後、ぼくは『家庭』を読み終えた。真の傑作だ。ぼくは三時間あまりしか眠らなかった。ユイスマンスは、一生涯をかけて探し求めた女性を、二十七歳か二十八歳のときすでに、一八七六年にブリュッセルで出版された最初の小説『マルト、一娼婦の物語』で描き出していた。普段はポトフ女の彼女は、ある時間が来ると、と彼は正確に指摘するのだが、若い女に姿を変えることが可能であり続けていた。若い女に変容するのはそれほど難しいことではない、ベアルネーズソースをこしらえる方が難しいくらいだ。それでも、そういう女性を、ユイスマンスは探しても見つけられなかったのだ。そして、それはぼくが今のところ見つけることのできないでいる女性でもあった。四十四歳になるのはたいしたことではなく、ただの誕生日に過ぎなかった。しかし、ユイスマンスはちょうど四十四歳のときに信仰に出会ったのだ。一八九二年七月十二日から二十日までの間、彼はマルヌ県にあるイニーのトラピスト修道院に最初の滞在をする。七月十四日に、彼は長い間躊躇した後信仰告白をし、それは『出発』の中で細部にわたって描かれている。七月十五日、彼は、子どものとき以来、本当に久しぶりに、聖体拝領を受ける。

ユイスマンスがその何年か後に修道会員になったリギュジェ大修道院で、ぼくは一週間を過ごし、さらにイニー大修道院でもう一週間滞在した。ユイスマンスについての博士論文を書いていた頃だ。この修道院は第一次世界大戦時に一度全壊していたのだが、ぼくはそこに滞在したことで多くを得た。内装や家具はもちろん近代化していたが、簡素なのは変わらなかった、ユイスマンスに感銘を与えた飾り気のなさだ。それから、朝四時の「お告げの祈り」から晩の「サルヴェ・レジーナ」まで、様々な祈りや聖務は昔のままだった。食事は沈黙のうちに行われ、それは、大学学食に比べて心落ち着くものだった。それから、修道女たちがチョコレートやマカロンを作っていたのも覚えている。それらの品々は、『プティ・フュテ』（旅行シリーズ物のガイドブック）の推薦を受け、フランス全国に送られていた。

ぼくは、人が隠遁生活に惹かれることがあるのは容易に理解できた。もちろん、ぼくの見地はユイスマンスのそれとはとても異なっているのは意識していたが。ユイスマンスのような、肉体の情熱へのあからさまな嫌悪はまったく感じることができなかったし、自分がそういう立場になるとも想像できなかった。ぼくの身体は、偏頭痛とか、皮膚病、歯痛、痔《ぢ》など、苦痛を与える様々な病気の住みかとなっていて、それらが絶え間なく訪れ、ぼくをそっとしておくことがなかった。まだ四十四歳だというのに！　五十歳、六十歳、それ以上になったらどうなることだろう！　ぼくはゆっくりと分解する器官の連なりでしかなく、人生は絶え間ない拷問になるだろう、無気力で喜びもなく、しみったれて。ペニスは、ぼくの意識に苦悩を伝えることのなかった唯一の器官だった。地味だが頑丈なこの器官は常にぼくに忠実に役だってくれた——というよりはもしかしたら、ぼくが彼に仕えていたのかもしれない、擁護しうる考えだ、しかし、だとしたら、その鞭は非常に優しかったということになるだろう。ペニスはぼくに何かを命令することはなかったし、時折、控え目に、喧嘩腰でも怒るわけでもなく、社会生活にもっと関わるようにと仕向けてくれたのだ。ぼくは、この器官が今晩、ミリアムとの仲介に入ってくれるだろうことを知っていた。いつだってミリアムとこいつとは良い仲にあったのだ。ミリアムは常に愛情と敬意を持ってぼくのペニスを扱ったし、それはぼくに素晴らしい快楽を与えてくれた。そして、ぼくには、他に快楽を与えてくれるものはほとんどなかった。知的生活に対するぼくの関心は大幅に減退した。ぼくの社会生活も、身体生活同様、満足のいくものではなかったし、それは、洗面台が詰まるとか、インターネットが故障するとか、運転免許の減点を喰らったとか、正直ではない家政婦とか、確定申告書の書き間違いとかの小さな厄介事の連続から成り立っていて、ぼくをほっとさせてくれることは決してなかった。修道院では、そういった心配事のほとんどから逃れられるのだろうとぼくは想像した。個人生活の重荷を肩から下ろすのだ。そして同様に、快楽も放棄するのだ。しかしそれは擁護できる決定だった。ユイスマンスが、『出発』の中で、過去の放蕩への嫌悪をあれほどしつこく表明するのは残念だと読書を続けながら思った。ひょっとして彼は、その点では、完全には誠実でなかったのかもしれない。修道院に彼が惹かれたのは、肉体の快楽の追求から逃れるためではなかっただろうとぼくは推測した。それはむしろ、日常生活の些末な厄介事の、人を疲労困憊《こんぱい》させる無気力な反復から自由になることであり、それは、彼が『流れのままに』で見事に描き出していることすべてだった。修道院では少なくとも、住みかと食事が与えられる。おまけに、最良の場合には、永遠の生も獲得できるのだ。

　ミリアムは十九時ぐらいにベルを鳴らした。ドアの外に立ったまま、すぐに「誕生日おめでとう、フランソワ……」と微かな声で言うと、彼女はぼくに抱きついて唇にキスをした。長い、官能的なキスで、ぼくたちの唇と舌は絡み合った。彼女を連れてリヴィングに戻ると、ぼくは、彼女が前回よりさらにセクシーだということに気が付いた。彼女は前とは別の、さらに短い黒いミニスカートに、ガーターストッキングを穿いて、彼女がソファーに座ると、黒いガーターベルトがとても白い太ももに映えて見えた。やはり黒いブラウスも完全に透けていて、胸が動くのがとてもよく見えた。ぼくは、自分の指が彼女の乳輪を辿るときの触覚をまだ覚えていることに気が付き、彼女は戸惑ったような微笑を浮かべていて、その瞬間、なにかはっきりしないが運命的なものがあった。

「プレゼントを持って来てくれたの？」とぼくは、快活な調子で聞いた。この雰囲気を少しでも軽くするように。

しかし彼女は重々しく答えた。「いいえ、気に入ったものをなにも見つけられなかったから」

新たな沈黙の後、突然、彼女は腿を大きく開いた。ショーツを穿いていなかったし、スカートはあまりにも短かったので、毛を剃ったあどけないヴァギナの線が現れた。

「くわえてあげる」と彼女は言った。「すごいやつ。来て、ソファーに座って」

ぼくは彼女の言う通りにし、彼女がぼくの服を脱がせるのに任せた。彼女はぼくの前に跪いて、長く優しくアヌスを嘗《な》め、それからぼくの手をとって立たせた。ぼくは壁を背にして立った。彼女はまた跪くと、ペニスを素早くさすりながら睾丸《こうがん》を嘗めた。「ペニスに移った方がいいとき、いつでも言って……」と彼女は、一瞬動きを止めて言った。ぼくはもう少し、我慢できなくなるまで待ってから、言った。「いま」

彼女の舌がぼくの性器に置かれる前、彼女と目を合わせた。彼女を見ると余計に興奮した。彼女は普通ではない状態にあり、集中していながら何かに取り憑かれたようで、舌はぼくの亀頭の周りを、時には素早く、時にはゆっくりと押し付けるようにくるくると動いた。左手はペニスの根元をしっかりと握り、右手の指は睾丸を触っていて、快楽の波が押し寄せぼくの意識をどこかに押しやってしまい、ぼくは立っているのがやっとで、意識を失ってしまいそうだった。叫び声と共に爆発しそうになる一瞬前に、ぼくにはこう嘆願する力がやっと残っていた。「ちょっと待って……止めて……」声はゆがんで、聞こえるか聞こえないかで、自分の声かどうかも分からないくらいだったが。

「口でいきたくないの？」

「今は」

「そう……っていうことは後でセックスしたくなるってことだと思っていいわよね。そうしたら、なにか食べておく？」

今回ぼくは前もってスシを頼み、午後半ばから冷蔵庫に入れておいた。それからシャンパンが二本冷えていた。

彼女は一口飲んでから言った。

「ねえ、フランソワ、わたしは娼婦でも色情狂でもない。こんな風にくわえるのは、あなたが好きだからよ。本当に。知ってる？」

ああ、ぼくは知っていた。それから、他の、彼女がぼくに言えないことがあることも。ぼくは彼女を長い間じっと見つめ、どうそれを切り出そうかと考えたが、上手くいかなかった。彼女はシャンパンを飲み干すと、ため息をつき、手酌で二杯目を注いで、ついにこう告白した。

「うちの親、フランスを離れることに決めたの」

ぼくは驚いて声もなかった。彼女は二杯目も飲むと三杯目を注ぎ、こう続けた。

「イスラエルに移住するの。今度の水曜日のフライトで。決選投票を待つまでもないと思ったの。気違いじみてるのは、わたしたちに何も言わないで、わたしたちの意見なんてまったく考えないですべてを準備したってこと。うちの親ね、イスラエルに銀行口座を開いて、パリからアパートの賃貸契約をしたの。それから、早期退職金をもらって、家を売りに出し……そういうこと全部、わたしたちに何も言わずに。妹とか弟に言わなかったのはまあ分からなくもない、まだ小さいから、でもわたしはもう二十二歳なのに、こんな風に事後承諾で事を決めるなんて！　わたしは親と一緒にフランスを離れなくてもいい、本気で言い張れば、親にはパリにアパートを借りてくれる気はあるの。でも、もうすぐ大学はヴァカンスに入ってしまうし、親をこんな風に放っておけない、少なくとも今は、あの人たちすごく心配するだろうし。わたしは気が付いていなかったけど、うちの親、何か月か前からつき合いを変えていたの。ユダヤ人同士でしか会わなくなっていた。一緒に夕食をしたりして、お互いに不安を募らせあって。フランスを離れるのはうちの親だけじゃないの、彼らの友人たちの中にも少なくとも四、五人は、財産を処分してイスラエルに移住する人たちがいる。一晩中親と話し合ったけど、彼らの決意をぐらつかせるには至らなかった。フランスで、ユダヤ人にとって重大なことが起こるだろうと確信しているから。五十年も経ってからまた蘇って来るものがあるのね、馬鹿みたい、国民戦線には反ユダヤ的なところはもう全然ないって言ったんだけど！」

「そんなに昔のことじゃないよ、きみは若いから知らなかっただろうけれど、現党首の父親のジャン゠マリー・ル・ペンはまだフランスの極右の古い伝統と繋がりを持っていたんだ。彼は愚かで無教養だから、ドリュモンもモーラス*も読んだことがなかっただろうが、名前くらいは聞いたことがあり、そういった精神的地平に位置していたのに違いない。娘の方は**、そういった名前は聞いたこともないかもしれないが。しかし、もしもイスラーム教徒の方が勝っても、何ら怖れることがあるとは思えないな。何といっても社会党と連合しているのだし、好きなようにできる訳じゃないだろう」

そこで彼女は疑わしげに首を振った。「その点については、わたしはあなたみたいに楽観的にはなれない。イスラーム教の党が政権についたら、ユダヤ人には絶対に良くないに決まってる。その反例は見つけられない……」

ぼくは何も言えずにいた。実際のところ、ぼくは歴史をよく知らないのだ、高校では注意力散漫な生徒だったたし、その後歴史書を最後まで読めたこともないのだ。

彼女は再び酒を注いだ。確かに状況に鑑みれば、ちょっと酔うくらいがふさわしいだろう。それに、このシャンパンは美味だった。

「弟と妹は向こうで高校を続けられるし、わたしもテルアヴィヴ大学に行ける、部分的に単位も交換可能だし。でも、わたし、イスラエルでなにをしたらいいの。ヘブライ語は一言も話せないのよ。わたしの母国はフランスなんだから」

彼女の声は微妙に変わって、ほとんど泣かんばかりだと感じた。「わたしはフランス

＊シャルル・モーラス。一八六八－一九五二。右翼王党派のアクション・フランセーズを主宰したフランスの作家。
＊＊マリーヌ・ル・ペン。国民戦線現党首。

が好きなの！」彼女の声は切迫していた。

「好きなの、たとえば……チーズとか！」

「チーズならあるよ！」ぼくはピエロみたいにソファーから飛び上がってその場の雰囲気を変えようとした。そして、冷蔵庫の方に行った。サン゠マルスラン、コンテ、ブルー・デ・コースを買ってあった。それから、白ワインを開けたが、彼女は目もくれなかった。

「それから……それから、わたしたちの関係が終わるのも嫌だし」と彼女は言って、泣き出した。ぼくは立ち上がって彼女を抱きしめた。もっともらしい返事が何も見つからなかった。ぼくは彼女を寝室まで連れて行って、また抱きしめた。彼女はしくしくと泣き続けていた。

ぼくは朝の四時頃目が覚めた。満月の夜で、月が寝室からよく見えた。ミリアムはうつぶせになって、Tシャツだけを身につけていた。大通りには車の往き来はほとんどなかった。二分か三分してから、営業車のルノー・トラフィックがゆっくりと走ってきて、正面のアパートのところで止まった。二人の中国人が車から出て、煙草を吸いながら、辺りの様子を監視しているようだった。それから、やって来たときのように彼らはまた車に乗って、ポルト・ディタリーの方向へ走り去った。ぼくはベッドに戻ると、彼女のお尻を撫でた。彼女は眠ったままぼくの方に身を寄せた。

ぼくは彼女を仰向けにし、脚を広げて愛撫し始めた。ほとんどすぐに彼女は濡れ、ぼくは彼女に挿入した。ミリアムはいつでもこのシンプルな体位を好んでいたのだ。奥まで入るようにお尻を上げ、ピストン運動を始めた。女性の快楽は複雑で神秘的だとよく言うが、ぼくに関して言えば、自分の快感についてはもっとよく分からなかった。ぼくはすぐに、今回は必要なだけ長く自分を律することができるだろうと感じた。そして、快楽が登ってくるのを自由に止めることができるだろうとも。ぼくの腰はしなやかに、疲れを知らず動き、何分か経って彼女は呻き始め、それから叫び、ぼくは彼女が膣《ちつ》を痙《けい》攣《れん》させ始めてもなおも動き、ゆっくりと、楽々と呼吸をし、永遠の存在になったと感じ、それから彼女は長い呻き声を上げた。ぼくは彼女のうえに倒れ込み、彼女を腕に抱きしめ、彼女は泣きながら、「フランソワ、わたしのフランソワ……」と繰り返していた。

五月二十二日　日曜日

ぼくは八時に再び目を覚ますと、パーコレーターを準備してから二度寝をした。ミリアムは規則的な呼吸をしていて、それはパーコレーターの密やかな音に少し遅れ気味に寄り添っていた。丸々とした積乱雲が空に浮かんでいた。入道雲は自分にとってはいつも幸福をもたらす雲であって、輝く白は空の青を一層引き立てる。それは理想的な家を子どもが描くときの雲で、家には暖炉があり、芝生と花が生えているのだ。ぼくは、コーヒーを一杯飲んでから、ふと思い立って、iTéléを付けた。音が大きすぎ、リモコンを見つけて音声を消すのに手間どっている内に彼女の目を覚ましてしまった。Tシャツのまま、彼女は応接間のソファーにきて丸くなった。ぼくたちのささやかで平和な時間は終わってしまった。ぼくはまた音量を戻した。社会党とイスラーム同胞党の秘密の交渉についての情報が夜の間にネット上で流れたのだ。iTéléもBFMもLCIも、どのテレビ局もその件についてしか報道していなかった。緊急ニュースがずっと流れていたのだ。今のところ、マニュエル・ヴァルスの反応はなかった。しかし、モアメド・ベン・アッベスは十一時に記者会見を行うことになっていた。

でっぷりと肥って快活、ジャーナリストたちには当意即妙で答えるこのイスラーム教徒の候補者は、エコール・ポリテクニーク*にもっとも若くして入学し、そのあとフランス国立行政学院**にローラン・ヴォーキエ***と同期のネルソン・マンデラ年****に入ったことをまったく忘れさせた。というのも彼の様子はどちらかと言うと近所の乾物屋の陽気なチュニジア人の親父を思わせたからで、そもそもそれは彼の父親の職業だった、その店はヌイイー＝シュル＝セーヌ（パリ近郊の高級住宅地区）にあってパリ十八区ではなく、ましてやブゾンやアルジャントゥイユではなかったのだが。

彼は何より、共和国の能力尊重主義の恩恵を受け、それ故に、自分が、フランス国民の選挙に立候補するまでに恩義を受けたシステムに打撃を与えるようなことは誰よりも望んでいないと今回も強調していた。そして、乾物屋の二階にあった小さなアパートで自分は宿題をしたのだと話し、感動を引き起こすのにちょうど十分なだけ自分の父親を簡潔に描写した。ぼくはすっかり兜を脱いだ。

＊　フランスの理工系エリート養成の高等教育機関。
＊＊　フランス随一のエリート官僚養成学校。
＊＊＊　UMPの政治家。
＊＊＊＊　フランス国立行政学院の学生は、入った年によって、著名人の名前を冠した年で呼ばれる。

彼はこう続けた。理解しなければならないのは、時代は変わったということです。ユダヤ教徒であろうと、キリスト教徒であろうとイスラーム教徒であろうと、子どもたちに知識を伝達するだけではなく、自分たちの伝統に適った宗教教育を取り入れる家族が増えています。この宗教への回帰は根深い流れで、わたしたちの社会を貫いていて、国民教育省もこれを考慮に入れないわけにはいきません。つまり、共和国学校の枠を広げ、イスラーム教、キリスト教、ユダヤ教という、わたしたちの国の大きな宗教的伝統が、調和をもって共存できるようにすることが求められているのです。

彼の演説は、心地よく耳に囁きかけるように十数分続き、それから記者との質疑応答の時間になった。ぼくはずっと前から、もっとも攻撃的で挑発的なジャーナリストすら、モアメド・ベン・アッベスを前にすると催眠術に掛かったように骨抜きになってしまうのに気が付いていた。彼を困らせるような質問をすることもできたのに、とぼくは思った。たとえば、男女共学を廃止することや、教師はイスラーム教徒に限ることについてなどだ。しかし結局のところ、カトリック教徒の間ではすでにそうなっているはずだ。カトリック系の学校で教えるには、洗礼を受けている必要があるのではないだろうか。考えるにつれて、ぼくは、自分が何も知らないのだと気が付いた。そして、記者会見が終わる頃には、イスラーム党首が望む状態に自分がなっていることに気が付いた。つまり、何についても疑問を抱き始め、特に警告を発することなど何もありはしないのだという感覚、本当に新しいことは何も起こらないのだからという気持ち。

マリーヌ・ル・ペンは十二時半に反撃に出た。活発で、ブラシをかけたばかりの髪、パリ市庁舎の前でローアングルで撮られた彼女は、ほとんど美人と言っても良かった。それは彼女がそれまでに姿を現したときとは明白に対比をなしていた。二〇一七年の転換期以来、この百パーセントフランス製の候補は、最高官職に達するためには、女性の場合必然的にアンゲラ・メルケルのような雰囲気を醸し出さなければならないのだと確信し、このドイツ首相の重々しい貫禄に匹敵しようと努め、髪型や服装を真似することまでしていたのだ。しかし、この五月の朝、彼女は運動初期を思い起こさせるような、燃え立つ斬新なエネルギーを再び見いだしたようだった。いつ頃からか、彼女の演説の一部は、フロリアン・フィリポ*の監修の元にルノー・カミュ**が執筆していると噂されていた。この噂が信頼に足るものかは分からないが、確かに彼女はめざましい進歩を遂げていた。ぼくは、彼女の演説の共和国的、また、率直に反教権主義の部分に驚かされた。ジュール・フェリー***に単純に言及するに留まらず、コンドルセ****が一七九二年に立法議会

＊国民戦線の副党首。
＊＊フランスの作家。一九四六―。極右的な発言で知られている。
＊＊＊フランスの政治家。一八三二―九三。教育相として大規模な改革を行い、初等教育の無償化、非宗教化、義務化を実現した。
＊＊＊＊コンドルセ侯爵マリー・ジャン・アントワーヌ・ニコラ・ド・カリタ。一七四三―九四。フランス啓蒙時代の数学者、哲学者、政治家。

前で行った記念碑的な演説を引用し、そこでコンドルセは、「人間精神が多くの進化を遂げ、その後、宗教権力が人間を教育する権利を奪ったときに、もっとも恥ずべき無知による愚鈍化に陥った」エジプト人やインド人について触れたのだった。

「彼女はカトリック教徒だと思ってたけど……」とミリアムが指摘した。

「それは分からないけど、彼女の支持者たちはそうじゃないよ。国民戦線はカトリックの有権者たちに入り込むことが決してできなかったからね。カトリック教徒たちは連帯主義に頭まで浸かっていて、第三世界のシンパでありすぎるから。彼女はそれで、融通を利かせる必要があるのさ」

ミリアムは時計を眺めて、おっくうげに言った。

「フランソワ、わたしもう行かなきゃ。親と一緒に昼ご飯を食べることになってるの」

「きみがここにいるって親御さんは知っているの？」

「うん、親は心配してないけど、でも昼食のために待ってるから」

ぼくは、つき合い始めの頃、一度彼女の両親の家に行ったことがあった。彼らはメトロのブロシャン駅の裏側にある「シテ・デ・フルール」*に住んでいた。車庫、アトリエが付いていて、どこか田舎の村のようだった。どこでもいいが、パリではありえない。確か芝生の上で夕食を摂った、黄水仙の季節だった。彼らは親切で温かく快く迎えてくれたが、特にぼくを重視する様子も見せず、それが尚更都合が良かった。父親がシャトーヌフ・デュ・パプの瓶を開けたとき、ぼくは突然、ミリアムは二十歳を過ぎても毎晩両親とご飯を食べているのだと気が付いた。そして弟の宿題を手伝い、妹と服を買いに行っているのだ。それは確乎とした血縁で結ばれた一族、結束の固い家族なのだ。ぼく自身の経験と比べてあまりにも見たことがない様子に、ぼくは泣き出しそうになるのを抑えるのに苦労したのだった。

ぼくはテレビの音を消した。マリーヌ・ル・ペンの身振りはいよいよ激しくなり宙で拳を叩き、あるときには激しく腕を広げたりしていた。ミリアムは両親と一緒にイスラエルに発つだろう、他には方法がないのだ。

「すぐにまた戻れるといいのだけど、本当に……」

彼女はあたかもぼくの考えを読み取ったかのように言った。

「何か月かだけ、フランスで事件の澱《おり》が沈むまでの間」

ぼくは、彼女は楽観的に過ぎると思ったが、黙っていた。

彼女はスカートを穿いた。

「はっきりしているのは、これだけのことがあったら、うちの親は高らかに言うってことでしょうね、多分食事中はこの話ばかりになると思う。『ほら、お父さんお母さんが言ったでしょう……』って。もちろん、うちの親は優しいし、あたしのことを考えて言ってくれるんだって、知ってる」

＊十九世紀建築の、閉鎖された私道からなる建築群。建築当時の景観が保存されている。現在でも高級住宅地区。

「きみの親御さんは優しいよ。とても」

「それで、あなたはどうするの。大学、どうなると思う？」

ぼくは彼女を入り口のところまで見送った。そのとき、自分がそのことについて何も考えていないことに気が付いた。それから、そんなことはどうでもいいと思っていることも。ぼくは彼女の唇に優しくキスをしてからこう答えた。「ぼくにはイスラエルはないから」味気ない答えだったが、正しい考えでもあった。それから彼女はエレベーターへと消えた。

それから何時間かが過ぎた。ぼくが再び完全に自己を取り戻し、状況をすべて把握したときには、太陽は高層建築の間に沈むところだった。ぼくの精神は不確かで暗いゾーンに迷い込み、ひとりぼっちで死にそうだった。ユイスマンスの『家庭』に出てきた文章が、何度となく戻ってきて、ぼくはミリアムに、家に来て一緒に住んだらどうかと提案さえしなかったと苦々しく気が付いた。しかしすぐに、問題はそこではないと思い直した。どちらにしても彼女の親はアパルトマンを借りてあげるつもりでもいたのだし、ぼくのマンションは二部屋しかなく、二部屋と言ってもそこそこ広くはあったがそれでも二部屋に変わりはなく、一緒に住めば短い期間に性的欲望は消え、それを乗り越えるにはぼくたちカップルは若すぎたのだった。

もっと昔、人は家庭を作っていた、つまり子どもをこしらえた後、彼らが成人するまで何年か汗水垂らして働き、それから創造主の元に召されたのだ。しかし、今では、カップルが家庭を持つのは五十歳か六十歳になってからがふさわしい、身体が老いて、辛くなり、貞節で心温まる家族的な接触しかもはや必要ではなくなってから。それから、たとえば『プティルノーの小さな旅』*で称賛されているような郷土料理が他の快楽に先んじるようになってから。ぼくは、『十九世紀研究』のためにある論文を書いたらどうかと思いついた。それは、モダニズムの長くうんざりする時期を過ぎ、ユイスマンスの冷めきった結論が再び現代的なテーマとなっている、今特にそうなのは、料理、しかも郷土料理に特化した、ありとあらゆる番組がどの局でも大人気なのを見てもよく分かる、というものだが、ぼくはすぐに、『十九世紀研究』のようなささやかな雑誌にでさえ、自分にはもう論文を書くエネルギーもそれに必要な欲望もないのだと実感した。それから同時に、iTéléがミュートのままずっと付けっぱなしだったという信じがたい事実に気が付き呆然とした。ぼくは再びテレビの音を出した。マリーヌ・ル・ペンはずっと前にその演説を終えていたが、あらゆるコメントはその演説の周りを回っていた。それから、この国民戦線の党首が、水曜日に、シャンゼリゼ大通りを歩く壮大なデモを呼びかけていることを知った。彼女は警察の許可を求めることをまったく考えていなかった。そして、禁止された場合でも「何があっても、デモは行われる」と、前もって警察関係者に予告していた。彼女は、自分の演説を、一七九三年の「人間と市民の権利の宣言」の一条を引用して終えていた。「政府が人民の権利を疎外する場合には、叛乱は、人民とどの市民についても、もっとも神聖なる権利でありもっとも欠かせない義務である」「叛乱」という単語は当然のことながら多くのコメントを引き起こし、フランソワ・オランドを、その長い沈黙から引っ張り出しもしていた。二期にわたるさんざんな任期の間、国民戦線の台頭を利用するというけちくさい戦術で再選されただけの、任期の最後にあるこの大統領は、発言することをほとんど放棄し、ほぼすべてのメディアは彼の存在も忘れてしまったように思われた。エリゼ宮の入り口の階段で、十数人のジャーナリストを前に、彼は、自分は「共和国秩序の最後の砦」であると述べ、それに対し、短くはあったがあからさまないくつかの笑いが起こった。十数分後、今度は首相が声明を出した。真っ赤な顔をして、額の静脈はふくらみ、彼は、民主的な合法性のボーダーに位置している者たちは皆、実際のところ、法律に違反している者として扱われるだろうと警告した。最終的に、冷静さを保っていたただ一人の人間はモアメド・ベン・アッベスであり、彼はデモをする権利を主張し、マリーヌ・ル・ペンに政教分離の原理についての討論を持ちかけた。これは多くのコメンテーターによればうまいやり方で、彼女がその提案を受けるとはまず思えないので、彼に、新たに、穏健で対話に開かれた人間だというイメージを与えることになるのだ。

ぼくは飽きてしまって、肥満についてのバラエティー番組にチャンネルを何となく変えてから、結局テレビを消した。政治についての話がぼく自身の人生に何らかの役割を果たすことがありえるということにぼくは当惑し、ぞっとしない気分だった。もちろんぼくは、何年も前から、国民と、国民の名で語る者、政治家やジャーナリストの間の、

＊テレビの美食番組。美食評論家のジャン゠リュック・プティルノーがフランス各地の美食を探訪する。

広がる一方の途方もない乖離《かいり》が、必然的に、混沌《こんとん》として暴力的、そして予想のできない状況に導くだろうことは理解していた。フランスは、他の西ヨーロッパ諸国のように、ずっと前から内戦へと自らを導いてきて、それは明白だった。しかしこの何日か前まで、ぼくは、フランス人の大多数が諦めて無気力でい続けていると確信していたのだ。おそらくそれはぼく自身がかなり諦めきって無関心だったからだろう。ぼくは間違えていたのだ。

ミリアムは火曜日の夜、十一時過ぎになってやっとぼくに電話をかけてきた。しっかりした声で、未来に対する信頼が戻ってきたようだった。彼女によると、フランスの情勢はすぐに改善されるだろうとのことだったが、ぼくはそれには懐疑的だった。彼女は、ニコラ・サルコジが政治の駆け引きに戻ってきて、救い主として受け入れられるだろうと自らを納得させようとさえしていた。ぼくは、彼女の過ちをあえて指摘する気力はなかったが、それはかなりの確率でありえないことに思われた。サルコジは、心の底から政治を諦めてしまい、二〇一七年からは自分の人生の政治家としての時期にピリオドを打ってしまっていた。

彼女は次の日の早朝の便に乗ることになっていた。だから、ぼくたちは、彼女の出発前に再び会うことはもうできなかった。しなければならないことが沢山あったのだ。たとえば、荷物を作ったり。人生まるごとを三十キロのスーツケースに詰め込むのはそれほど簡単なことではないだろう。予想はしていたが、それでも、ぼくは電話を切ったときに、軽いショックを覚えた。これからは、ただ一人っきりになるだろうと分かったのだ。

五月二十五日　水曜日

次の日、大学に行くためにメトロに乗ったとき、ぼくはしかしながらほとんど快活な気分で陽気でさえあった。ここ何日かの政治的事件、そしてミリアムの出発までが、悪い夢、素早く訂正されるはずの過ちだったように思われたのだ。だから、サントゥイユ通りに来たとき、キャンパスに続く柵が厳重に閉ざされているのを見て、ぼくは本当に驚いた。いつもなら午前七時四十五分には警備員が入り口を開けているのだ。ぼくが担当する二年生の学生たちを含め、何人もの学生たちが入り口の開くのを待っていた。ひとりの警備員が八時半になってやっと現れた。彼は事務局の方からやって来て柵の向こう側から、キャンパスは今日は一日中閉鎖で、新たな指示があるまではその状態が続くと告げた。彼はそれ以上のことを言えなかった。ぼくたちは家に帰らなければならず、「個人的に連絡を受ける」だろうとのことだった。その職員は黒人の男で、記憶によれば確かセネガル人、ぼくは彼を何年も前から見知っていて感じよく思っていた。ぼくがキャンパスを離れようとする前に、彼はぼくの腕をつかんで引き留め、スタッフたちの噂によると状況は深刻を極め、この何週間かの内に大学がまた扉を開くとは思えないと言うのだった。

マリー＝フランソワーズなら、多分何かしら知っているだろう。午前中ぼくは何度も彼女に連絡を取ってみたが、捕まらなかった。絶望して、午後一時半頃、ぼくはiTéléをつけた。国民戦線が組織したデモの参加者がすでに大勢集まっていて、コンコルド広場、チュイルリー公園は群衆で溢れていた。主催者たちによると、参加者は二百万人だった。一方、警察発表では三十万人。どちらにしても、かつてこれほどの群衆を目にしたことは一度もなかった。

サクレ・クール寺院からオペラ座まで巨大なかなとこ雲がパリ北部を覆って張り出していて、重苦しい雲の側面は暗褐色に染められていた。ぼくが視線を再びテレビに向けると、とてつもない数の群衆が集まり続けていた。それから、ぼくは、また空に目を向けた。暗雲はゆっくりと南に向かっているようだった。もしこの雲がチュイルリー公園の辺りで雨になれば、デモの進行に深刻な障害をもたらすに違いない。

午後二時きっかりに、マリーヌ・ル・ペン率いる一団はシャンゼリゼ大通りを凱旋門に向けて進み出した。彼女は三時に凱旋門で演説を行うことになっていた。ぼくは音を切ったが、しばらくの間映像を眺め続けていた。巨大な横断幕が大通り一杯に広がっていて、そこにはこう書かれていた。「我々はフランスの民である」群衆がそれぞれに掲げているプラカードには、ただこう書かれていた。「わたしたちは我が家にいる」この、明白だが攻撃的ではありすぎない言葉が、彼らの集会を通じて全国の支援者たちが使ったスローガンとなった。夕立の気配は去ることなく、広大な雲は行列の上に居すわっていた。何分か後、ぼくは退屈して、また『仮泊』の読書に戻った。

マリー＝フランソワーズは六時過ぎに電話をかけてきた。彼女は大したことは知らなかった。国立大学評議会は前日に開かれていたが、どんな情報も漏れてきてはいなかった。どちらにしても、大学は選挙が終わるまでは開かないだろうし、おそらく新学期まで開かないかもしれない、試験は九月に延期することができるからと彼女は確信ありげに言った。一般的な状況はいっそう深刻であると考えていた。彼女の夫は不安をかき立てられて、週の始めからＤＧＳＩのオフィスに一日十四時間詰めっきりで、昨日の夜はオフィスで寝たのだという。彼女はぼくに、何か新しい情報を得たらまた連絡すると約束して電話を切った。

家には何も食べる物がなく、ハイパーマーケット「カジノ」に行く気もあまりしなかった。この下町では、夕刻は買い物をするのにふさわしくない時間帯なのだ。でも空腹だったし、とにかく、何か食べる物を買いたかった、ブランケット・ド・ヴォー（子牛のクリーム煮込み）とか、チャービル風味のメルルーサとか、ベルベル風ムサカ*とか。電子レンジで温められる製品は、味気ないことではお墨付きだが、パッケージはカラフルで楽しげで、ユイスマンスの主人公たちの悲しむべき経験に比べれば飛躍的な進歩を示していた。そこにはどんな敵意も読み取れないし、失望するかもしれないが皆と同等に集団的体験に参加しているという印象のおかげで、たとえ部分的にではあっても甘受の道を開くことができたのだ。

奇妙なことにスーパーマーケットにはほとんど客がいなかった。ぼくは、熱中と懼《おそ》れが混ざった勢いで買い物用のカートをすぐに一杯にした。「灯火管制」という言葉が、特に理由もなく、ぼくの頭に浮かんだ。客が誰もいないレジで、自分の持ち場に立って並んでいるレジ打ちの女性たちはトランジスターラジオを聞いていた。デモは続いていて、今のところ何のトラブルも起こっていなかった。それは、デモが終わってから、群衆が散った頃合いに起こるだろうとぼくは思った。

ショッピングモールから出ると、とても激しい雨が降り始めた。濡れながら急いで家に帰って、ぼくはマデイラワイン入りソースの牛タンを温めた、ちょっとゴムっぽかったがまあ合格ではある。そしてテレビをオンにした。抗争が始まっていて、突撃銃や軽機関銃を装備し、顔を隠した素早い動きの男たちの集団が何組も映し出されていた。ウ

＊地中海沿岸諸国の伝統的な料理。一般的に、野菜と挽肉を層に重ねてオーブンで焼いたもの。

インドーが何枚か割られ、そこここで車が燃えていたが、降りしきる雨の下で撮られた映像の質は悪く、どのくらいの武装集団がいるのかは分からなかった。

3

五月二十九日　日曜日

ぼくは朝四時頃起きた、頭は冴《さ》えていて緊張感があった。ぼくは時間をかけて、丁寧に荷造りをした。薬を一通り揃え、一か月分の着替えを詰めた。トレッキング用の靴まで引っ張り出した。それはアメリカ製の超ハイテクな靴で、ぼくは一度も履いて歩いたことがなかった。一年前に、ウォーキングを始めようと思って買い求めたものだ。それから、ラップトップのコンピューター、プロテインバーのストック、電気ポット、インスタントコーヒー。五時半には、すっかり準備ができていた。ぼくの車は難なく発車した。パリから郊外に向かう高速道路はがらがらで、朝六時には、すでにランブイエに近づいていた。ぼくには何の予定も、はっきりとした目的地もなかった。ただ、南西に向かった方がいいのではないかという漠然とした感覚があるだけだった。つまり、もしフランスで内戦が起こっても、南西地方に広がるまでには時間がかかるだろうと思っていたのだ。本当のところ、ぼくは南西地方について何も知らなかった、せいぜい、鴨《かも》のコンフィを食べる地方だということくらいだ。そして、鴨のコンフィは内戦とは両立しないように思えた。もちろん、ぼくが間違っているのかもしれないが。

そもそも、ぼくはフランスについてほんの少ししか知らなかった。子ども時代と思春期をこの上なくブルジョワ的なパリ郊外のメゾン＝ラフィットで過ごした後、ぼくはパリに居を構え、そこから出ることはなかった。理論的には自分が国民であるこの国を、本当の意味で探訪したことはなかったのだ。このフォルクスワーゲン・トゥアレグや、同じ頃買ったトレッキングシューズからも分かるように、そうする気はあった。ぼくの車は排気量四・二リットル、八気筒直噴式のディーゼルエンジンで、最高時速は二百四十キロ、高速で長距離を走るように設計されていて、さらには、オフロードでその真価を発揮すると宣伝されていた。ぼくは当時、週末になったら、山道を走りに行こうと考えていたに違いない。しかしそうしたことは実際には起こらず、日曜日に、ジョルジュ＝ブラッサンス公園で開かれている古書市に定期的に行くくらいだった。時折、幸いなことに、ぼくは日曜日をセックスだけして過ごすこともあった。大体はミリアムとだった。もし時々ミリアムとセックスすることがなかったら、ぼくの人生は退屈で、活気のないものになったことだろう。ぼくはシャトールーで高速を降りて、すぐのところにあるミル・エタン（「千の沼」という地名）のサービスエリアで休憩した。ダブルチョコレートクッキーとビッグサイズのコーヒーを「ラ・クロワッサントリ」で求め、それから運転席に戻って、自分の過去を思い起こしながらこの朝食を摂った。いや、過去を思い起こすこともなく、何も考えていなかったかもしれない。駐車場の周り一帯は田園風景で、何頭かの牛――おそらくシャロレー種だろう――がいる他は生きものの気配はなかった。いまや日はかなり高くなったが、霧がいくつもの塊になって下の方にある草原を漂っていた。風景は谷が多く、どちらかと言うと美しいと言えたが、しかし沼も、さらには川も見えなかった。未来について考えるのは賢明でないように思えた。

ぼくはカーラジオのスイッチを入れた。投票が始まり、そして通常通りに進んでいた、フランソワ・オランドはすでに彼の選挙区であるコレーズ県で投票をすませたところだった。投票率は、この時点で分かる限りでは、早朝にもかかわらずかなり高く、先の二回の大統領選挙のときよりもさらに高かった。政治アナリストの中には、投票率が高い場合、極端な政権よりも「与党」が有利になると考える者もいた。しかし、彼らと同じくらい有能な他の解説者は、まったく反対のことを考えていた。つまり、今のところ、投票率からは何の結論も出せないということで、ラジオを聞くにはまだ早かった。ぼくはラジオを消してパーキングを出た。

高速に再び乗ってからすぐに、ガソリンゲージが低いことに気が付いた。大体四分の一だった。ガソリンスタンドで満タンにするべきだったのだ。それからまた、高速がいつになく空いていることに気が付いた。日曜の朝、高速が混雑していたことはない。それは社会が深呼吸をし、鬱血をとり、社会という身体の各部、つまり個々人が、それぞれに存在しているというはかない幻想を与える時間帯なのだ。しかし、それにしても、おそらくもう百キロもの間、一台の車ともすれ違わず、追い越すこともないのはどういうことだろうか。ぼくはただ一台、疲れ切ったブルガリアの大型貨物車が右車線と緊急停止ゾーンの間をジグザグ走行しているのを避けただけだった。すべてが静かで、ぼくは微風にそよいでいる二色の吹き流しの列に沿って進んだ。日光は、頼りになる執事のように草原や林の上空で輝いていた。再びラジオをつけたが、今回は無駄だった。ぼくのラジオにあらかじめプログラムされたラジオ局は、フランス・アンフォからヨーロッパ1《アン》、ラジオ・モンテカルロからRTLに至るまで、混乱したノイズのザアザアいう音を流しているだけだった。何かがフランスで起こっている、と確信した。けれどもぼくは少なくとも、時速二百キロでフランス国土の高速道路網を走り、国を縦断できているのであり、これは良い解決策だったのかもしれない、もうこの国では何も機能しているように思えないし、レーダーもおそらく故障していて、この調子でいけばぼくは夕方四時にはジョンケの国境に着くだろう。スペイン側に渡ってしまえば状況は変わるだろうし、内戦からも少しは離れられる、やってみない手はなかった。ただ、先立つガソリンがなかった。早急に解決しなければならない問題だった、次のガソリンスタンドで入れることにしよう。次はペッシュ＝モンタのサービスエリアだろう。インフォメーションパネルをみると、特に気を惹くもののないエリアだった。レストランも地方の食材販売もない、ただガソリンを入れることに特化した、ジャンセニスム*のようにストイックなサービスエリアだった。だからと言って、その先の、ここから五十キロ下ったところにある「ロット県のコース庭園」まで進むわけにはいかなかった。そこで、まずぼくはペッシュ＝モンタでガソリンを入れ、ロット県コースのサービスエリアでは楽しみのためだけに駐車し、フォアグラや、カオール（ロット県の県庁所在地）のカベクー（ヤギ乳のチーズ）を買って、コスタ・ブラバ（スペイン、カタルーニャ地方の海岸）のホテルの部屋で夜食べようと思い直した。それは意味のある充実したプランだったし、実現可能でもあった。

パーキングエリアには誰もおらず、ぼくはすぐに、何かがおかしいと気づいた。ぼくはとても慎重に、極力スピードを落としてガソリンスタンドまで近づいた。窓ガラスは割れ、無数のガラスの破片がアスファルトを覆っていた。ぼくは車から降りて近づいた。店の内部では、冷たい飲み物が入っているケースのガラスも割れ、各種の新聞が入っている棚はひっくり返されていた。レジ係の女性が血の海に倒れているのを見つけたが、彼女の腕は、せめてもの自衛の姿勢で胸の所でぎゅっと縮められていた。完璧な沈黙が支配していた。ぼくはガソリンポンプに近づいたが、その機能はブロックされていた。レジを操作して、そこから再び動くようにしなければならない。ぼくは店に戻り、やむを得ずレジ係の女性の死体を跨《また》いだが、しかしガソリンの供給を指示すると思われるどんなメカニズムも見あたらなかった。短い間躊躇《ちゅうちょ》してから、ぼくはツナと野菜のサンドイッチ、ノンアルコールビールとミシュランのガイドブックをいただいた。

ミシュランガイドが勧めていたホテルの中で、もっとも近い「オー＝ケルシー・ホテル」はマルテル（ロット県の街）に位置していた。県道八四〇号線を十数キロ進めば良いだけだった。出口の方に進もうとして、大型車のパーキングの傍に二つの身体が横たわっているのを見たような気がした。ぼくは再び車から降りて近づいた。確かに、都市郊外の住民に典型的な服装の、マグレブ系の男が二人、倒れていた。彼らはほとんど血を流していないようだが、疑う余地なく死んでいた。彼らの一人はまだ軽機関銃を手にしていた。何がここで起こりえたと言うのだろうか。ぼくは聞き取れる局を探して、ダイヤルをもう一度あちこち回してみたが、今回もまた、ジリジリというノイズを聞いただけだった。

ぼくは十五分後に問題なくマルテルに着いた。県道は緑の多いさわやかな風景を通り抜けていた。相変わらず一台の車ともすれ違わなかったので、その理由を真剣に考えてみた。そして、自分がパリを離れたのとまったく同じ理由で、人々は自分の家に閉じこもっているに違いないという結論に達した。それはカタストロフィーが近づいているときの本能的な行動なのだ。

「オー＝ケルシー・ホテル」は白い石灰でできた三階建ての大きな建物で、村から少し離れたところにあった。柵の扉が軽くきしみながら開き、ぼくは小石に覆われた敷地を

＊（133ページ）十七世紀前半から十八世紀にかけてのキリスト教思想。その厳格主義はカトリック教会に異端視された。

横切って、受付までの何段かの階段を上った。誰もいなかった。机の後ろには、部屋の鍵が一つも欠けることなく全部壁にかかっていた。ぼくは何度も呼んでみた、次第に大声になりながら。しかし何の答えも返っては来なかった。ぼくは外に出てみた。建物の裏は薔薇《ばら》の茂みに囲まれたテラスになっていて、小さい丸テーブルと細工をほどこされた金属製の椅子が、おそらく朝食のために置かれていた。ぼくは栗の木の並木に沿って五十メートルほど進み、周りの田舎の風景が見渡せる、草に囲まれた見晴台に出た。そこには、ホテルの客のためにデッキチェアとパラソルが設《しつら》えられていた。ぼくは何分間か、その丘陵に縁取られた平和な風景を眺め、ホテルの方に戻ってきた。そしてテラスを通ろうとしたとき、一人の女性がそこから出てきた。四十代のブロンドの女で、灰色のウールのロングのワンピースを着て、ヘアバンドで髪を留めていた。彼女はぼくに気づき、びっくりして身を固くした。「レストランは閉まっていますから」と彼女は防御の口調でぼくにとりつくしまもなく言った。ぼくは彼女に、ただホテルの部屋を探しているだけですと告げた。「朝食もなしですけど」と彼女は付け加え、見るからに嫌々ながら、空き部屋があると認めた。

彼女は二階までぼくを案内し、ドアを開けると、

「正面扉は夜十時に閉まりますので、もしその後にお戻りのようでしたらこのコードを押して下さい」と言って紙切れをぼくに手渡し、それ以上もう何も言わずに離れていった。

る薄惚けたマゼンタの壁紙を除けば。ぼくはテレビでも見ようとしたが無理だった。どの局も何も映らず、画面は砂嵐状態だった。インターネットもまた機能しなかった。Bboxとか SFRで始まるネットワークがいくつもあった――おそらく村人のだろう――しかし「オー＝ケルシー・ホテル」のアドレスはなかった。引き出しの中から見つけた宿泊者用のインフォメーションには、村の観光名所についての詳細が書かれていて、ケルシーの名産やレストランについても説明があったが、インターネットについては何も書かれていなかった。インターネットと繋がっているかどうかは、明らかに、このホテルの客の主要な心配事ではないようだった。

鎧戸《よろいど》を開けて光を入れると、部屋はそれほど悪くはなかった。狩猟の情景を表してい

荷物を片付け、持って来た洋服をハンガーに掛け、電気湯沸かし器と電動歯ブラシをコンセントに繋ぎ、携帯電話にメッセージがないか確かめてから、ぼくは、ここで何をしているんだろうと考え始めた。この、大変一般的な疑問は、どんな人間でも、人生のいつでもどこででも抱くことができるものだが、孤独な旅行者は、この疑問に余計に晒されていることを認めなければならない。本当のところ、もしもミリアムが傍にいたとしても、マルテルにいる理由は増えるわけではないのだ。とはいえ、端的に言えば、ミリアムがいればこの疑問を抱くことはなかっただろう。カップルとは一つの世界、独立して閉じられた世界であって、もっと広いもう一つの世界の真ん中を、傷つけられたりすることなく移動できるのだ。一人でいると、ぼくは欠落の感覚に襲われ、ジャンパー

のポケットに観光案内のパンフレットをしまって、村を見学しに再び外に出るのには、いくらかのエネルギーが必要とされた。

コンシュル広場の中央には、歴史的な価値がある穀物市場があった。建築に関してはほとんど何も知らなかったが、市場の周囲の家々は明らかに何世紀も前の、金色がかった美しい石造りの建築物で、この手の家は以前テレビで見たことがあった、ステファン・ベルン*が司会の番組などでだ。そして、これはテレビと同じくらい、いや、それよりも良かった。その内の一軒は飛び抜けて大きく、ほとんど豪邸と呼んでもいいほどで、尖頭アーチのアーケードと小塔があり、近づいて見ると、この建物は実際、チュレンヌの子爵だったラ・ライモンディー家の屋敷で、一二八〇年から一三五〇年の間に建てられたのだという表示があった。

村の他の部分も感じが良く、ぼくはピトレスクな趣の誰もいない小道をサン＝モール教会まで歩いた。教会の建物はどっしりとして、ほとんど窓がなかった。これは要塞化した教会で、この地域には多くあるように、異教徒たちの襲撃に耐えるように建てられたのだと観光案内のパンフレットには書かれていた。

村を横断する県道八四〇号線はロカマドゥール方面に向かっていた。ぼくはロカマドゥールの名は耳にしたことがあった。よく知られた観光地で、ミシュランのガイドブックにも多くの星がついているくらいなので、ステファン・ベルンの番組でロカマドゥールをすでに「見た」ことがあるのではないかと思った。しかしそうは言ってもそこまで二十キロはあったので、ぼくはもっと細くくねくねした県道を通り、サン＝ドニ＝レ＝マルテルに着いた。百メートル先のところに、彩色を施された木の小屋があり、そこでは、ドルドーニュの谷に沿って進む蒸気機関車のチケットを販売していた。なかなか楽しそうだったので、やっぱりカップルで来るべきだったとぼくは陰鬱な気分を楽しみさえしながら独りごちた。どちらにしても、小屋には誰もいなかった。ミリアムは何日か前にテルアヴィヴに着いていて、おそらく大学入学について問い合わせる時間もあっただろう、もしかしたらもう書類も入手したか、それともまだ海岸に行っただけなのか。あの子はいつもビーチが好きだったな、一緒にヴァカンスに行ったことは一度もなかったけど。ぼくは目的地を決めるのに向いていたためしがないのだ、予約についても同じ、ぼくは八月のパリが好きだとうそぶいていたけれど、事実は、パリから外に出ることが単にできなかったというだけなのだ。

舗装されていない道が鉄道に沿って右の方に続いていた。一キロほど、草の茂った林の緩い坂道を上ると、見晴台に出て、そこにはパノラマの絵看板があった。蛇腹式写真機を模したアイコンが、この休憩地が観光地であることを認識させた。

ドルドーニュ県は坂の下の方に続いていた。五十メートルほどの高さの石灰の峡谷の間に挟まれ、自分の地理的運命にひっそりと従い続けていた。この地域は先史時代のも

＊ラジオ、テレビの司会者。ヨーロッパの王室に詳しい。

っとも古くから人間が居住していたとぼくは案内板で学んだ。クロマニョン人が次第にネアンデルタール人を追い出し、ネアンデルタール人はスペインまで退却した末に絶滅したのだ。

ぼくは崖の端に座って、この風景を眺めることに集中しようとしたが、あまりうまくいかなかった。三十分後、ぼくは携帯を出してミリアムに電話をかけた。彼女は驚いていたが、嬉しそうだった。すべて上手く行ってる、親のアパルトマンは快適で、明るくて、中心街にあるの。彼女はまだ大学の入学手続きはしていなかった。そしてぼくは、ぼくの調子はどうかって？　大丈夫だよ、と嘘をついた。彼女がいなくなってとても寂しいのは確かだった。ぼくは彼女に、長いメールを送るように約束させた。可能な限りすぐに、近況を余すことなく話してくれるようにと。そう言った後で、ネットが繋がっていないことを思い出した。

ぼくはいつも電話でキスの音を真似するのを嫌っていた。若いときでさえそうしなければならないことに抵抗があったのだから、四十歳を過ぎた今では正直なところ馬鹿馬鹿しいと思えた。しかしながらそれを自分に強制し、そして電話を切った後でひどい孤独感に襲われた。ミリアムに電話する勇気はもう二度とないだろうと悟ったのだ。電話が作り出す親密さは刺激が強すぎ、それに続く虚しさは残酷すぎた。

この地方の自然の美しさに関心を持とうというぼくの試みは当然のごとく失敗する運

命にあった。それでも少し頑張ってみて、そして、再びマルテルの方角に向かったときにはもう夜になっていた。クロマニョン人はマンモスとトナカイを狩っていたが、現代の人間は、スイヤックにある大型スーパー「オーシャン」と「ルクレール」のどちらかを選ぶことができた。村にある数少ない店は、今日は閉店しているパン屋と、コンシュル広場に面したカフェだが、こちらも閉まっているようで、広場にテーブルは一つも出ていなかった。それでも、弱い光がカフェの中に見えて、ぼくはドアを押して入った。

四十人ほどが、完全な静寂の中で、部屋の奥、壁の上の方に設置されたテレビに映っているBBCニュースのルポをじっと見ていた。ぼくがカフェに入っても誰も身動きすらしなかった。皆地元の人間で、ほぼ全員が年金生活者、残りはおそらく職人か労働者だった。ぼくは、もう長いこと英語を話す機会はなかった。ニュース解説者はあまりにも早口で、ぼくには大したことは分からなかった。本当のところ、他の者たちにしても、ぼくより多くを把握しているようには思えなかった。ミュルーズ、トラップ、スタン、オーリヤックなど、様々な場所で撮られた画像は、見たところ特に関心を惹くようなものではなかった。多目的ホール、小学校、閑散とした体育館など。そのうちようやく、強すぎる照明の下で生気のない顔をしていたマニュエル・ヴァルスが、マティニョン（首相官邸）の入り口ステップに立って、事態の成り行きを説明した。フランス全土で二十数か所の投票所が午後早く武装集団に襲撃されたのだ。犠牲者はいなかったが、投票箱が盗まれていた。これらの犯罪には現時点で犯行声明は出ていなかった。この状況では、政府は選挙を中断するほかに選択肢はなかった。緊急対策会議が今晩行われることになっていて、大統領は状況にふさわしい対策を立てるだろう。力は共和国の秩序の下にある、とヴァルスは棒読みで言った。

五月三十日　月曜日

ぼくは朝六時頃起きて、テレビがまた機能し始めたのを確認した。iTéléの受信状況は良くなかったが、BFMは通常通り動いていた。言うまでもなく、あらゆる番組が先日の事件を取り扱っていた。解説者たちは、民主的プロセスの極度の脆弱《ぜいじゃく》さを指摘していた。というのも、選挙法の規定ははっきりしていて、フランス中で、結果を出せない投票所がひとつでもあれば、選挙そのものが無効になるからだ。彼らは同様に、過激派がその点を突いてきたのは初めてだとも強調していた。夜遅くになって、首相は、次の日曜日に再選挙が行われるだろうと声明を出した。そしてこの再選挙では、全投票所が軍の保護下に置かれるだろうと。

この事件が政治的にもたらすインパクトについて、解説者たちの意見は一致しなかった。そしてぼくは午前中の大部分を費やして彼らの嚙み合わない議論を見ていたが、そのあと本を持って公園に降りていった。政治抗争はユイスマンスの時代にももちろん存在していた。アナーキストたちの最初のテロ行為があり、エミール・コンブ政権が行った、現在では類を見ない激しさに思われる反宗教的政策があり、そこで政府は教会財産の国家接収と修道会解散を命じるまでに至ったのだ。この二番目の点はユイスマンスにも個人的に影響を及ぼした。というのも、彼は隠遁先としていたリギュジェ大修道院を離れることを強いられたからだ。しかしながらそれは彼の作品の中ではわずかな位置しか占めていない。政治の問題は全体的に彼にはまったく関心がなかったように思われる。『さかしま』の中で、デ・ゼッサントが、ディケンズを読んで感化され、ロンドンへの旅行を計画するが、パリのアムステルダム通りの居酒屋で、テーブルから離れることができず、出立できないという章をぼくはずっと好ましく思ってきた。「旅行に対するとてつもない反感、ゆっくりと留まっていたいという必要性が自分にのし掛かってきて……」少なくともぼくはパリを離れ、ロット地方までたどり着くことができたのだと、微風に優しく揺れる栗の木の枝を眺めながら思った。ぼくは、もっとも困難な部分は過ぎたのだと知っていた。一人っきりの旅行者は最初は警戒心、さらには敵意を呼び起こすが、少しずつ、ホテルでもレストランでも人々は慣れてきて、変わった人物かもしれないが危険人物ではないと言い合うことになるのだ。

実際、午後の始めにぼくが部屋に戻ってきたときには、ホテルの女主人は比較的愛想の良い顔で迎えてくれ、ホテルのレストランは今晩からまた開店すると教えてもくれた。新しい客も来ていて、六十代のイギリス人夫婦で、旦那の方は知的雰囲気があって大学教師という感じ、もっとも辺鄙《へんぴ》な土地までマニアックに礼拝堂を見学しに行くタイプで、ケルシーのロマネスク芸術とゴシック様式の影響についてはどんな質問にも答えられる、そういうタイプの連中には問題がないのだ。

iTéléもBFMも、大統領選挙の決選投票の延期がもたらす影響をまた話題にしていた。社会党の幹部会は会合を開いていて、イスラーム同胞党もまた会議中だった。UMPの幹事会でさえ、ミーティングを行った方がいいと判断したのだ。ジャーナリストたちは、ソルフェリーノ通り（社会党本部がある）、ヴォージラール通り（UMPの本部がある）、そしてマルゼルブ大通り（国民戦線の選挙運動本部がある）の間に数をなし、実際にはどんな情報も持っていないことを隠すのに大方は成功していた。

ぼくは夕方五時に再び外に出た。村は少しずついつもの活気を取り戻したようで、パン屋は開いていたし、コンシュル広場には人通りもあった。彼らは、ロット県の小さな村の住人というイメージからぼくが想像する人たちに大体のところ似通っていた。「カフェ・デ・スポール」にも人は少なく、政局に対する好奇心の火は消えてしまったようで、カフェの奥にあるテレビはモンテカルロテレビ局に合わせられていた。ビールを飲み終わったとき、ぼくは知っている声を聞いたような気がして振り向いた。アラン・タヌールが、レジで、シガリロ「カフェ・クレーム」を一箱買っていた。腕にはパン屋の袋を抱え、パン・ド・カンパーニュがそこから顔を出していた。マリー＝フランソワーズの夫もまたこちらを振り向いた。顔には驚きを装った表情が浮かんでいた。

程なく、もう一杯のビールを前に、ぼくはここには偶然立ち寄ったのだと言い、ペッシュ＝モンタのサービスエリアで見たことを語っていた。彼は注意深くぼくの話に耳を傾けていたが、特に意外だとは感じていないようだった。

「そうではないかと思っていました……」と、ぼくが話を終えると言った。「投票所襲撃の他にも、メディアが語らない抗争があったのではないかと思っていましたよ。そしてフランス全土で他にも多くの抗争があっただろうということも……」

彼がマルテルにいたのは偶然ではなかった。家族の別荘があって、彼はこの地方出身であり、間近に迫っている引退の後はマルテルで過ごそうかと思っているとのことだった。イスラーム教の党派が当選すれば、マリー＝フランソワーズが教授職を得られないのは確実だった。イスラームの大学では女性には教職のポストはひとつもない、完全に不可能なのだった。それに、彼自身のDGSIの職はどうなるのだろうか。「馘《くび》になりましてね」と彼は怒りを隠して言った。

「わたしは自分のスタッフごと金曜日の朝に馘になったんです」と彼は続けた。「あっという間でした。オフィスを片付けるのに二時間しか残してくれなかったんです」

「それで、どうしてそうなったのか、ご存じですか」

「もちろん、どうしてか分かっています……木曜日の日中、わたしはレポートを上司に送りました。国内の様々な場所で事件が起こるだろうと知らせるために。選挙が通常通りに行われるのを妨げるための事件です。彼らはただ単に、それに対して何の措置も取らず、そしてわたしは次の日にお払い箱になったんです」

彼は、ぼくに理解するだけの時間を与えてから、最後にこう言った。

「それで……。あなたなら、ここからどんな結論を引き出しますか」

「選挙のプロセスが中断されることを政府が望んでいたと言いたいのですか？」

彼はゆっくりと頷いた。

「調査委員会の前で証明することはできませんが……。というのもわたしのレポートは事件の細部まで具体的に予測してはいなかったからです。たとえば、わたしは、情報提供者たちがよこす断片を総合し、ミュルーズかその近辺で何かが起こるだろうと確信していました。しかし、それが、ミュルーズの第二投票所か、第五投票所か、第八投票所かを確実に言うことはできませんでした。それらの投票所をすべて保護するとしたら、深刻な出費を伴う措置を展開することが必要になったでしょう。そして、他のリスクのある場所でも同様です。わたしの上司は、ＤＧＳＩが必要以上に警戒的な様子を見せるのは初めてではなく、本来なら無視してもいいような程度のリスクを過大視したと主張することが完璧にできたでしょう。しかし、わたしは、何度も言いますが、かなり異なった確信を抱いています……」

「それらの行動はどこから来ていると思いますか」

「今あなたがご想像の通りです」

「アイデンティティー運動だと？」

「一方では、アイデンティティー運動があります。それから、イスラームのジハード（聖戦）主義運動に走っている若者がいます。どちらも同じくらいの数存在します」

「それで、それらの者たちはイスラーム同胞党と関係があるとお思いですか」

「いいえ」

彼は断乎として頭を振った。

「わたしはこうした動きを調査するのに十五年間を費やしてきましたが、一度として、彼らの間にどんな関連も、どんな接触も確認することができませんでした。ジハード主義運動家たちは道を誤ったサラフィー主義者で、宣教に信頼を置くよりは暴力に走る者たちですが、それでも彼らはサラフィー主義者であり続けています。彼らにとってはフランスは冒瀆《ぼうとく》的な地、『異教徒の家』なのです。しかしイスラーム同胞党にとっては、反対に、フランスは潜在的な『イスラームの家』の一部を構成しています。そしてとりわけ、サラフィー主義者にとってはあらゆる権威が神に由来する故に、主権が民衆にあるという原則自体が冒瀆的なのです。彼らは党を作ったり、ある政党を支援したりすることは考えもしないでしょう。とはいえ、若いイスラーム教徒の過激派たちは、自分たち自身はグローバル・ジハードに深く魅せられているにしても、心の底ではベン・アッベスの勝利を願っています。彼らはベン・アッベスに信を置いているわけではなく、ジハードだけが本当に進むべき道だと思っていますが、彼の台頭を妨げることはしないでしょう。それは、国民戦線とアイデンティティー運動家についても当てはまります。アイデンティティー運動家にとって唯一の真の道は、内戦です。しかし彼らの中には過激化する前に国民戦線と近いところにいた者もおり、国民戦線に害を及ぼすようなことは何もしないでしょう。国民戦線は、イスラーム同胞党同様に、投票という道を選んできました。彼らは、民主的なルールに則りつつ権力を獲得するという賭《か》けに出たのです。ひとつ奇妙で、面白い、と言ってもよい点は、何日か前、ヨーロッパのアイデンティティー運動家とイスラームのジハード主義者は、お互い、自分たちの敵が勝利するかもしれないと確信した、ということです。そして、今行われている選挙のプロセスを中断するより他に道はない、と」

「それで、あなたによれば、誰が正しいのですか」

「それは、わたしにはまったく分かりません」

そこでようやく、彼は気が楽になったようで、はっきりとした微笑みを浮かべた。

「かつての情報機関時代から流布している一種の伝説に、我々は決して公開されない秘密の調査結果にアクセスできる、というのがあります。どうも児戯に類する話ですが……。ただこの伝説の一部は事実で、実際に代々伝えられています。それで、本件についてですが、極秘の世論調査結果は公開された世論調査とまったく同じだったのです。完全に五分五分、小数点以下しか変わらなかった……」

ぼくはビールをもう二杯注文した。

タヌールは言った。「是非わたしの家においでください。マリー＝フランソワーズもあなたにお会いできれば嬉しいでしょう。大学の職を離れるのが彼女にとって容易でないのは知っていますから……。わたしは、どちらにしても後二年で定年でしたから、特に変わりはないのですが。もちろん、気持ちのよくない終わり方であることには違いありません。でも、わたしは、確実に年金を百パーセント受け取るでしょうし、特別一時支給もあるかもしれません。わたしが面倒を起こさないためにできるだけのことを彼らはするでしょう」

ウェイターがオリーブの実の小皿とビールを運んできた。カフェには人が増えていて、大声で話している人たちは明らかに全員知り合いで、ぼくたちのテーブルの傍を通るときにタヌールに挨拶する者もいた。ぼくは、オリーブを二つつまみ、そして困惑していた。これらの事件の展開には何かぼくの考えの及ばないものがあった。どちらにしても、分からない点について彼に訊くことはできるし、もしかしたらそれに対してコメントしてくれるかもしれない。彼は多くのことについて独自の見識を持っているようだった。ぼくは、今まで政治の世界に対して、些末で表面的な関心しか抱いてこなかったことを悔いた。

ぼくは、ビールを一口飲んでからこう言った。

「ぼくが分からないのは、投票所を襲った者たちが何を期待していたのかです。どちらにしても、投票は一週間後に軍の保護の下で行われ、力関係は変わらないはずですし、結果は相変わらず不安定なのですから。もしもこれらの事件の犯人がアイデンティティ運動家であるとはっきりしたら、イスラーム同胞党はその恩恵を受けるでしょうが、反対にイスラーム教徒であれば、国民戦線にメリットがあるでしょう」

「はっきり言って、それは違います。どちらの方向であれ、この事件について何かを証明するのは不可能ですし、誰もそれを試みはしないでしょう。反対に、政治的には様々なことが起こりますよ、おそらくすぐに、明日にでも。最初の仮説は、UMPが国民戦線と選挙連合を組むことです。UMPは、こう言って良ければ、大した重要性を持ちません、その得票は減少するばかりです。でも、全体のバランスを狂わせ、結果に影響する力は持ち続けています」

「どうでしょう、それはあまり信じられないのですが。もしそんなことが可能なら、何年も前にとっくに起こっているでしょう」

「まさにその通りです！」と彼は笑顔を作って声を大きくした。

「国民戦線は当初UMPと連合して、議会で圧倒的多数を占めようとしていました。その後、国民戦線は少しずつ力を増し、支持率も上がって行きました。その段階で、UMPは恐れをなしたのです。国民戦線のポピュリズムや、彼らがそう呼ばれているファシズムに対してではありません。UMPの指導層は、治安維持法の制定や外国人排斥を一定の範囲で実行することにはまったく不都合を感じないでしょうし、それは、この党にまだ残っている支持者たちが希望するところでもあります。問題は、UMPは連合の相手として弱小に過ぎるということです。そして、万が一、どこかの党と連合したら、自らの存在を否定され、相手の党に吸収されてしまうことを怖れているのです。それに加えて、欧州全体の問題があり、それが本質的な点なのです。UMPの長期における真の活動目標は、社会党同様、フランスの消滅、つまりフランスが欧州連合に統合されることです。彼らを支持し、投票する連中はもちろんその目標には賛成しないでしょう。しかし、党の指導者たちは何年も前からこの目標を上手い具合に取り入れています。もしもUMPが欧州連合と明確に敵対する党と連合を結べば、党の幹部たちはその目標を達成できなくなりますから、そんな連合は、たとえ可能であったとしても、すぐに解体するでしょう。だからこそわたしはもう一つの仮説をより信じているのです。それは、共和党戦線の創設で、UMPはそこで、社会党同様、候補者ベン・アッベスに賛同する立場を取ります。無論、閣僚として内閣入りすることが決まっていて、そして国民議会選挙の実施についての合意があるという条件の下にですが」

「それもまた難しそうですね。少なくとも、にわかには信じがたい」

「あなたは今回もまた正しい」彼はまた微笑み、手をこすり合わせていた。彼は見るからにこういったことすべてをとても楽しんでいるように見えた。

「それは他の理由により困難です。つまり、『信じがたい』という理由故に困難に直面するのです。というのも、そうした状況を、人々はヒトラーからのパリ解放以来経験していないからです。この国の政治的駆け引きは、あまりにも長い間、右と左の対立のみを軸にしていました。その図式から抜け出るのは不可能ではないでしょうか。現実には、UMPをイスラーム同胞党と分けるものは、社会党との差異よりももっと小さいでしょうから、難しくも何ともないのですが。最初にお会いしたときにお話ししましたね。社会党が国民教育省の点で譲歩し、イスラーム同胞党との合意に至り、そして社会党内部で反人種主義重視派が政教分離を重視する派より優位に立ったのは、社会党が追い詰められ、どん底に陥っていたからです。UMPにとって、同胞党との同意はそこまで難しくはありません。UMPは党解体の危機にあり、また、教育を重視するなど思いもよりません。『教育』や『教育の制度』という概念さえもほとんど彼らにとっては奇異なものでしょう。実際問題として、UMPと社会党は、お互いが一緒に政府を動かすという発想そのものにまず慣れる必要があります。それは彼らにとってはまったく新しいことで、連中が政治活動を始めて以来、自分たちの立ち位置を構築してきた要素と正反対なのですから。第三の可能性もあって、それは、何も起こらないということです。各勢力間の合意は一切ないまま、決選投票がまったく同じ状況でもう一度行われ、その不確定さも同じ。これは、ある意味では一番可能な展開なのですが、しかしそれもまた極度に安心できない状況ではあります。今回の最終結果は、第五共和政の歴史にあってももっとも不確実なものになっています。さらに、何よりも問題なのは、決選投票に残っている二つの党は両方とも政権を担った経験がないということです。それは全国区だけでなく地方選においても同様です。彼らは、行政の担当者として、まったくアマチュアなのです」

タヌールはビールを飲み終え、輝く知性に満ちた視線をぼくに向けた。グレンチェックのジャケットの下に彼はポロシャツを着ていた。彼は好意に満ち、幻想を持たず、聡明だった。おそらく『イストリア』誌（一般向けの歴史雑誌）などの定期購読者であるに違いない。ぼくは、暖炉の傍の本棚に並べられた、愛読者ファイルにまとめられた『イストリア』全号のコレクションをありありと目に浮かべることができた。その本棚には、もっと専門的な、旧植民地のアフリカ諸国とフランスの密約とか、第二次世界大戦以降の秘密条約の歴史などの書物が並んでいるに違いない。彼は、それらの本の著者にインタビューされたこともあっただろうし、クエシー地方に引退した後でインタビューを受けるのかもしれない。彼はいくつかの主題については沈黙を保ち、他のテーマについては意見を表明してもいいと感じているのだろう。

「それでは、明日の夕食などいかがでしょう」と彼はウェイターに勘定をするよう合図をした後に言った。

「ホテルにお迎えに上がりますよ。マリー゠フランソワーズも本当に喜ぶでしょう」

コンシュル広場には夜のとばりが下り始めていた。そして沈みかけの夕日は黄色の石を褐色に染めていた。ぼくたちはレイモンディーホテルの正面にいた。

「ここは古い村なんでしょうねえ」とぼくは彼に聞いた。

「ええ、とても。そしてマルテルという名前は偶然に与えられた訳ではありません……。

シャルル・マルテルがアラブ人たちをポワティエで七三二年に打ち負かし、イスラーム教徒のそれ以上の北上を防いだことを誰もが知っています。この事件は、決定的な戦いであって、キリスト教中世の真の始まりを告げる事件でした。事態は単純ではなく、アラブ人の侵略者たちはすぐに撤退したわけではありませんでした。そしてシャルル・マルテルはアキテーヌ地方で何年かの間戦いを続けました。七四三年、彼はこの近くで新たな勝利を獲得し、その御礼として教会を建てることを決めました。教会には、彼の家紋である、交差した三本のハンマーの紋章があります。村はその教会の周りに作られ、教会はその後破壊され、十四世紀に再び建築されました。キリスト教徒とイスラーム教徒の間に多くの戦いがあり、こうした争乱は大昔から人類の活動の主要な部分を占めていたのでしょう。戦争は、ナポレオンが言うように『自然の状態』でありますが、今や我々は、イスラームとは和解し、同盟を結ぶ時期に来ているのではないでしょうか」

ぼくは彼と握手をして別れた。彼は、ベテランの秘密情報精通者であると同時に隠居した賢人という役をちょっと過剰なまでに演じていたけれど、彼はついこの間解雇されたばかりなのだから、自分の新しいキャラクターに慣れるには時間がかかることは理解できた。ぼくは次の日彼らの別荘に呼ばれて嬉しかった。上質のポルトがあることは確かだったし、食事についても、彼は美食を安易に考えるようなタイプではないだろう。

「明日のテレビを見て、政治の時事ニュースを追ってみて下さい……」と彼は別れる前に言った。

「何かが必ず起こると賭けても良いですよ」

五月三十一日　火曜日

彼の言った通り、何かが起こり、そのニュースは午後二時ちょっと過ぎに報道された。UMPと民主独立連合、＊そして社会党が野合して、「拡大共和戦線」を立ち上げ、イスラーム同胞党の候補者を支持するという内容だった。各テレビ局のキャスターは興奮しきって午後の間ずっと中継を続け、合意の内容と閣僚の配分を少しでも知ろうとしたが、政治家からは、政治の分野で予測をすることの無意味さや、フランスが一致団結し、分断された国の傷を塞《ふさ》ぐことの緊急の必要性など、毎度同じ答えしか引き出せずにいた。それらすべては完璧に予想可能な、ありうる話だった。予想可能でなかったのは、フランソワ・バイルー＊＊が政治シーンの前景に出てきたことだった。彼は確かに、モアメド・ベン・アッベスとの選挙協力を受け入れた。そしてベン・アッベスは、大統領選に勝っ

＊二〇一二年に結成された中道右派。
＊＊一九五一－。フランス民主連合議長、国民教育相、民主運動党首などを歴任。

た暁には、バイルーを首相に指名することを約束したのだった。

　ベアルン地方出身の年老いたこの政治家は、三十年前から、立候補した選挙にことごとく負け続けていたが、様々な雑誌の支援を得て、「卓越した政治家」というイメージを作り上げることにある程度成功していた。つまり彼は、羊飼いの杖に寄りかかり、ジュスタン・ブリドゥー*のような巡礼者の恰好をし、大方の場合、ラブール地方の草原と耕された畑が交わる風景を背に写真を撮らせるのだ。彼が色々なインタビューの中で作り上げようとしているイメージはド・ゴール風の「ノーと言える男」だった。

「素晴らしいアイディアだ、バイルーとはな、まったく冴えてる！」とアラン・タヌールは、ぼくを見るとすぐに、文字通り熱狂に震えながら言った。「白状しますが、一度も考えてもみませんでした。ベン・アッベスという男はまったく優秀ですよ」

　マリー＝フランソワーズは大きな微笑みでぼくを迎えた。ぼくに会えて嬉しく思っているように見えたし、全身から活力が溢れていた。彼女がオープンキッチンであれこれと準備をし、「女料理人を叱らないで、それは旦那さまの仕事ですから」とプリントされた面白いデザインのエプロンをしているのを見ると、数日前まで博士課程のゼミを受け持ち、バルザックが『ベアトリックス』のゲラに手を入れていたときの特殊な状況について講義していたとはなかなか想像ができなかった。彼女は鴨の首とエシャロットのミニタルトを出してくれて、それは非常に美味だった。旦那の方は浮き浮きとしてカオールとソーテルヌのボトルを次々に開け、そうそう、それから絶対にポルトも試していただかなければ、と言った。ぼくは、フランソワ・バイルーが政治の舞台に再び上がってくることが、どういう意味で「冴えてるアイディア」なのかこの時点ではまったく分からなかったが、タヌールは自分の考えを間もなく開陳してくれるはずだった。マリー＝フランソワーズは好意に満ちた目で彼を眺めていた。見たところ、夫が解雇されたことを悪くは考えず、彼が易々《やすやす》と「机上の戦略家」という新しい役割に滑り込んだのにほっとしていた。ここのような地方の小都市ではいまだ存在感のある、市長や医者、公証人などの地元の名士たちにも引けを取らず、秘密情報機関で働いていたという栄光に包まれ続けるだろう。彼ら夫婦の退職は、どう考えても、幸先《さいさき》がいいようだった。

タヌールは熱中して話を続けた。

「バイルーの素晴らしいところ、彼でなければならない理由は、彼が掛け値なしに頭が悪く、その政治的計画が、ずっと前から、何としてでも『最高官職』に就きたい、という個人的な欲望に限られていることです。自分自身の考えを持ったことなど微塵もなければ持とうと考えたこともなく、その点でも、やはりかなり稀な人材です。そのおかげで彼は人間中心主義の概念を体現する理想的な政治家になっているのです。それに、自分をアンリ四世と見なしており、宗教間の対話の偉大な仲裁人だとも思っています。加えて、カトリックの選挙民から評価されていますが、それは彼の愚鈍さが人を安心させ

＊ソーセージやサラミ製造のメーカーで、キャラクターはベレー帽を被り髭を生やしている。

るからなのです。それはまさにベン・アッベスが必要としている人物で、彼もまた新しいヒューマニズムを体現し、イスラーム教を、新しい、様々な再統合を可能にする宗教だと思わせたがっています。それが彼の本心であることは、啓典の民に対する敬意を宣言していることからも明らかでしょう」

マリー゠フランソワーズが、食事の用意ができたとぼくたちに告げた。彼女は空豆とタンポポ、削ったパルメザンチーズのサラダを用意していた。それはあまりに美味《おい》しかったので、一瞬、話の流れを逃してしまいそうになった。彼は話を続けた。「カトリックの信者は現実にはフランスにいなくなってしまいましたが、一種の道徳的な権威が今でも彼らを覆っているように思えます。どちらにしても、ベン・アッベスは最初から、キリスト教徒からのそうした恩恵を利用しようとしてきました。去年一年だけでも、少なくとも三回はヴァチカンに赴いています。第三世界出身というイメージにもかかわらず、彼は保守派の選挙民を安心させることができました。かつてのライバルであり、トロツキストたちとつき合いがあることで落選してしまったタリーク・ラマダン*とは違って、ベン・アッベスはいつも、反資本主義的な左翼に巻き込まれるのを避けてきました。リベラル右派は『思想闘争』に勝ちました。若者たちが企業的になったと分かったからですし、市場経済を超えるものは存在しないという認識は、現在では全員に受け入れられているからです。しかし何より、このイスラーム教徒のリーダーの本当に優れている点は、選挙が経済政策に関して闘われるのではなく、社会の中の色々な価値観に関して争われることを理解していたことでしょう。そして、ここでも右派は、闘わずして『思想闘争』に勝とうとしています。タリーク・ラマダンはシャリーア（イスラーム法）を新しい革命的な選択肢として提案しましたが、ベン・アッベスは人々を安心させる、伝統的な価値をシャリーアに取り戻させたのです。そして、そこにはエキゾチスムの香りも漂っていて、さらに好ましいイメージを付け加えています。家庭、伝統的なモラル、そして口には出しませんが父権の回復については、大きな道が彼には開けています。それは、右翼には通れない道であり、またもし国民戦線がその道を進んだりすれば六八年世代の生き残りたち、ミイラ化した進歩主義者たちから、保守反動の権化、さらにはファシストと非難されることになるでしょう。かつての左翼は社会的には血の気を抜かれ、メディアの城塞に避難しています。そこからなら、時代の不幸について、そして国に拡散している、いわゆる『吐き気を催すような空気』に対する呪詛の言葉を投げかけ続けることが可能だからです。ベン・アッベスだけがあらゆる危険から遠い場所にいます。左翼は最初から、人種差別を強く否定する立場上、第三世界出身のベン・アッベスと闘うことも、彼の名を出すことさえできなくなっています」

マリー＝フランソワーズが羊の膝肉のコンフィにジャガイモのソテーを添えたものをテーブルに置いた。

＊一九六二－。イスラーム教保守派の論客としてヨーロッパで知られる。

「それにしたって、ベン・アッベスはイスラーム教徒ですよ……」ぼくはうろたえ、漠然と反論を試みた。

「そうです！　それで？」

彼は勝ち誇ったようにぼくを見た。

「彼は『穏健』なイスラーム教徒で、それが本質的な点なのです。彼は絶えずそれを強調していますし、それは嘘ではありません。彼をターリバーンとかテロリストとして考えるのは大きな誤りです。ベン・アッベスはそういった連中には軽蔑しか抱いていません。『ル・モンド』紙の『論壇』欄に彼が書いた文章には、そこで明示した彼らに対する道徳的な非難以上に、強い軽蔑が現れています。本当のところ、彼はテロリストたちをアマチュアと見なしているのです。ベン・アッベスは現実には極度に抜け目のない政治家で、おそらくフランソワ・ミッテラン以来、フランスに存在したもっとも巧妙で狡《こう》猾《かつ》な人間でしょう。そして、彼には、ミッテランにはなかった真の歴史的なヴィジョンがあるのです」

「一言で言えば、あなたは、カトリック教徒は彼らを怖れる必要はないと思っていらっしゃるのですね」

彼は申し訳なさそうに微笑んだ。

「怖れる必要がないだけでなく、希望を持ってもいいくらいですよ！　ご存じのように、わたしはこの十年間、所属していた情報機関でベン・アッベスを担当していました。フランスでは彼をもっともよく知る人間の一人だと言っても過言ではないでしょう。わたしは在職中、イスラーム主義運動を監視することにすべてを費やしてきました。自分が調査した最初の事件は――わたしは当時まだ若く、サン＝シール＝オー＝モン＝ドール（国立高等警察学校がある場所）の学生でした――一九八六年に起きたパリのテロ事件でしたが、この事件は最終的に、ヒズボッラー*、さらにその背後にイラン政府が暗躍していたと分かったのです。それから、アルジェリア人、コソボ人、アル・カイダにより深く、直接的に結びついている運動、さらに、ロンリーウルフなどが続きました。様々な形を取り続け、決して終わることはなかったのです。自然な成り行きとして、イスラーム同胞党が創設されたときには、彼らはわたしたちの調査対象に入っていました。ベン・アッベスのプランがどれほど野心的だとしても、イスラーム原理主義とは何も関係がないのだということを自分たちに納得させるには何年もかかりました。極右のサークルの中で広がっていたのは、イスラーム教徒たちが権力の座に就いた暁には、キリスト教徒は必然的に二級市民、『ズィンミー（被保護民）』の地位を受け入れることになるはずだという考えでした。ズィンミーの原理は確かにイスラームの基本的な教義を構成しています。しかし、実践においては、ズィンミーの位置づけは極めて柔軟です。イスラームは地理的に巨大な広がりを持っています。たとえばサウジアラビアでのイスラーム信仰は、インドネシアやモ

＊レバノンのシーア派イスラーム主義の政治武装組織。

ロッコでわたしたちが見かけるイスラームとはまったく違います。フランスについて言えば、賭けても良いですが、キリスト教は何の妨害もされないどころか、カトリックの様々な組織や教会の維持管理に配分される助成金はかえって増加するでしょう。彼らはそうすることができます。どちらにしても、オイルマネーに支えられた湾岸諸王国がモスクに支給している助成金はそれ以上の金額であり続けるでしょうから。それに、イスラーム教徒の真の敵、彼らが何より怖れ憎んでいるのはカトリックではなく、世俗主義、政教分離、無神論者たちの物質主義です。彼らにとっては、カトリック教徒は信者であり、カトリックは啓典の宗教の一つです。そこから一歩進ませればイスラーム改宗も可能でしょう。これが、イスラーム教がキリスト教に対して抱いている真のヴィジョン、起源となるヴィジョンです」

「それで、ユダヤ人たちは？」

特にするはずのなかったこの質問がつい口をついて出た。ぼくのベッドにTシャツ姿でいた、最後の朝のミリアムのイメージ、彼女の小さな丸い尻が閃くように頭に浮かんだ。ぼくはカオールワインをなみなみと自分のグラスに注いだ。

彼は再び微笑んだ。

「ああ……。ユダヤ人については、もう少し複雑です。原理的には理論は同じで、ユダヤ教は啓典の宗教の一つですから、アブラハムとモーセはイスラーム教においても預言者と認識されています。イスラーム教諸国においては、ユダヤ教徒との関係が、キリスト教徒との関係よりも困難であるという問題があり、それに、パレスチナ問題はすべてを悪化させてしまいました。イスラーム同胞党の内部にもいくつかのマイナーな動きがあり、それはユダヤ人に報復しようとするものです。しかしわたしは、それらの運動が実際的な力を得るチャンスはまったくないと思っています。ベン・アッベスは常に、フランスのユダヤ教の大長老と良い関係を保とうと努めてきました。もしかしたら、時折、それらの過激派の手綱を緩めることはあるかもしれません。というのも、彼が、キリスト教徒たちの大量の改宗を考えているとしても――そしてそれは決して不可能ではない――ユダヤ教徒についてはそういった幻想をほとんど抱いていないはずだからです。わたしの考えるところ、彼が実際に期待しているのは、ユダヤ人たちが自分たちの意思でフランスを離れ、イスラエルに移住する決断をすることです。どちらにしても、彼には、パレスチナ人を喜ばせるためだけに個人的な野望を危うくする意思はまったくないと確約できます。不思議なことに、ベン・アッベスの初期の著作を読んだ人はほとんどいません。たしかに、掲載されたのはほぼ無名の地政学雑誌だったのですが。しかし、彼の著作からすぐ見てとれるのは、彼が大前提にしているのがローマ帝国であり、ヨーロッパ帝国を再建することは、彼にとって、古代からの壮大な野心を実現する手段に他ならないのです。彼の外交政策の主軸はヨーロッパの重心を南に移すことです。西欧には様々な国際組織が以前からあって、それぞれ目的の実現に努め続けています。たとえば、『地中海連合』*などがそうです。欧州連合などの組織に加入する可能性のある最初の国は、おそらくトルコとモロッコでしょう。その次に来るのがチュニジアとアルジェリア、長期的にはエジプトがあります。エジプトはもっとも大きな課題ですが、実現すれば決定的な結果をもたらすでしょう。同時に、現在の西欧の国際組織は、民主的とは言いがたいものですが、次第に民衆の意見を取り入れることになるでしょう。その論理的な帰結として、ヨーロッパ全体の大統領の普通選挙を行うことが考えられます。この文脈において、トルコやエジプトのように、人口が多く、さらに今後も増加する見込みのある国が、決定的な役割を果たすのです。ベン・アッベスの真の最終的な野心は、初めてのヨーロッパ大統領になることだとわたしは確信しています。それは、拡大されたヨーロッパ、地中海周辺諸国を含めたヨーロッパを意味します。彼はまだ四十三歳だということを思い出して下さい。選挙民を安心させるために、ふくよかな体型を保ち、髪の毛を染めずにいますが。ある意味では、あの老婆バト・イェオール*の陰謀史観『ユーラビア』**は間違っていなかったのです。しかし、彼女は、地中海諸国を含めたヨーロッパが、湾岸の君主制諸国に対して劣った立場になるだろうと想像するときに、完璧に誤っているのです。新しいヨーロッパは世界でも経済的にもっとも強い地域となり、湾岸諸国はヨーロッパを同等に扱うでしょう。現在サウジアラビアと他の石油産出国との間で行われている政治の駆け引きは大変興味深く、ベン・アッベスにしても、彼らのオイルマネーを際限なく利用する気でいます。しかし、その統治権を少しでも放棄するつもりはないのです。彼はある意味では、ド・ゴールの野心を引き継いでいるに過ぎないのです。

それはつまり、フランスが行った大アラブ政治で、それが実現すれば、湾岸の君主国も含め、同盟国には事欠かないでしょう。湾岸諸国は、アメリカの立場に同調すればかなりの侮辱を堪え忍ぶことになりますし、常に、アラブ人一般の世論とは合わない立ち位置に置かれるので、イスラエルとそれほど組織的に結びついていないヨーロッパを同盟国とすることは悪くない政治的選択だと考え始めるでしょう……」

そして彼は沈黙した。彼は半時間以上も途切れることなく話していた。ぼくは、彼が、引退した今、自分の意見を紙の上で開陳する、つまり著書を書くつもりではないかと思った。彼の意見の展開は興味深かった。歴史に興味を持つ人にとってではあるけれど。マリー＝フランソワーズがデザートを運んできた。林檎と胡桃《くるみ》のランド風クルスタード（ランド地方名物の一種のパイ）だった。このデザートで、何年ぶりかの最高の食事は完結した。夕食の後ですべきことは広間に移ってバ＝アルマニャックを賞味することで、ぼくたちはまさにそうした。アルコールの香気に身体はゆるみ、かつてのスパイのつるつる頭とスコッチタータンの部屋着を眺めながら、ぼくは、彼自身が個人的には何を思っているのだろう

＊（165ページ）欧州連合の加盟国と地中海の沿岸諸国よりなる共同体。
＊エジプト出身の英国人女性作家。
＊＊イスラームがヨーロッパを侵略する野望を抱いているという考えで、同名の著書は二〇〇五年に出版されベストセラーになった。

と考えていた。「賭け事の裏*」で起こっていることを調査するのに一生を費やした人が考えることとは何だろう、とぼくは想像した。おそらく、何も考えてはおらず、彼は誰かに投票することもないのだろう。この男は何もかも知りすぎているからだ。

彼はそれまでより落ち着いた声で話をまた始めた。

「わたしがフランスの諜報機関に入ったのは、もちろん、子どもの頃にスパイ小説に夢中になっていたからでもありますが、同時に、父の愛国主義を受け継いだからでもあります。彼の愛国主義はわたしに強い印象を与えました。父は一九二二年生まれで、お分かりですか！　ちょうど百年前です！　一九四〇年六月末、つまりレジスタンス運動に当初から参加していました。すでに彼の時代には、フランスの愛国運動への評価はやや低下していました。愛国主義は一七九二年ヴァルミーで誕生し、一九一六年のヴェルダンの塹壕で衰亡に向かい始めたと言っていいでしょう。一世紀あまり、思想としては極めて短い生涯です。現在では、誰が愛国主義を信じているでしょうか。確かに、国民戦線は信じているふりをしていますが、彼らの愛国主義はあまりにも不確実で絶望的です。他の党はと言うと、フランスをヨーロッパの内部に吸収し、そこで解体させるという方向をはっきりと選びました。ベン・アッペスもまたヨーロッパを信じています。他の人たちよりもさらに深く信じているでしょうが、彼の場合はまた別の理由、つまり、ヨーロッパについての確かな理念を持っているからなのです。それは文明についての真のプロジェクトです。彼の最終的な理想はアウグストゥス皇帝です。凡庸な理想ではありません。元老院でのアウグストゥスの演説が残っていますが、ベン・アッベスはそれを注意深く研究したと思いますよ」

　彼は一瞬黙ると、さらに考え深い様子になって続けた。

「偉大な文明なのかもしれません、わたしには分かりませんが……。ロカマドゥールをご存じですか」と彼は話の途中で唐突に聞いた。ぼくはちょっと眠りかけていて、慌てて答えた。いえ、行ったことはないと思います、ああ、多分テレビで見たことはありますが。

「是非いらっしゃるべきです。ここからたったの二十キロほどですから。絶対にいらっしゃるべきですよ。あなたもご存じのように、ロカマドゥール巡礼はキリスト教国でももっとも有名でした。アンリ・プランタジュネ、** 聖ドミニコ、*** クレルヴォーのベルナルドゥス****、聖王ルイ*****、端麗王フィリップ四世******……。彼らは皆、黒マリアの足下に跪くために来て、聖域に繋がる階段を膝で上ったのです。自らの罪の許しを得るために敬虔に祈りながら。ロカマドゥールでは、中世のキリスト教国がどれほど大きな文明だったか、

* 慣用句であるとともに、テレビの政治番組のタイトル。
** 一一三三－八九。ヘンリー二世。プランタジネット朝初代のイングランド王国の国王。
*** 一一七〇－一二二一。ドミニコ会の創設者。
**** 一〇九〇－一一五三。フランス出身の神学者。
***** 一二一四－七〇。フランス王国カペー朝第九代国王。
****** 一二六八－一三一四。フランス国王及びナバラ王（フェリペ一世）。

その偉大さを理解することができますよ」
ユイスマンスの中世についての文章が漠然と記憶に戻ってきた。このアルマニャックはすこぶる美味で、ぼくは彼に何か答えようと思ったが、明快な思考を口にすることはもはや不可能になっていると気が付いた。驚いたことに、はっきりと切れの良い声で、彼はペギー*を朗唱し始めた。

この地のために死んだ者は幸いなり
それが正しい戦であるならば
ささやかな土地のために死んだ者は幸いなり
荘厳な死を死んだ者は幸いなり

他者を理解することはかなり難しく、彼らの心の底に隠れているものを知ることも同様で、アルコールの助けがなければたどり着けないだろう。この、小綺麗で身なりがよく、教養があり皮肉屋の老人が詩を朗唱し始めるとは、驚きでもあり心打たれる光景でもあった。

激しい戦で死んだ者は幸いなり

顔を神に向け、土の上に横たわり
高みにある最後の地で死んだ者は幸いなり
壮大なる無数の葬儀と共に

彼は諦めたように頭を振って、ほとんど悲しそうな面持ちをした。
「お分かりでしょう、第二詩節からすでに、詩に十分な広がりを与えるために彼は神を持ち出す必要がありました。故国という思考はそれだけでは十分ではなく、何かもっと強い存在、さらに高位の神秘に結びつけられる必要があったのです。そしてその結びつきを彼は次の詩句から大変はっきりと示しています」

この世のために死んだ者は幸いなり
神の都市の身体であるのだから
暖炉とその焰のために死んだ者は幸いなり
父の家の貧しい栄誉のために死んだ者は
父の家は神の家のイメージと始まり

＊シャルル・ペギー。一八七三－一九一四。フランスの詩人、思想家。

その身体であり　試練であるのだから
その抱擁のうちに死んだ者は幸いなり
栄誉の絆と地上の約束のうちに

「フランス革命、共和国、故国……。そう、そういったものは何かを生み出すことができました。一世紀と少しの間続いた何かです。しかし中世のキリスト教国は千年以上続いたのです。あなたがユイスマンスの専門家だとわたしは知っています。マリー＝フランソワーズが話してくれましたから。しかし、わたしの考えでは、ペギーほど中世キリスト教の魂を強く感じ取っていた者はいません。彼がどれほど共和主義者で世俗主義者、ドレフュス派であったとしてもです。そして彼は中世の真の神性について感じ取っていて、彼が生きた心を捧げた対象は、神でもなければイエスでさえもなく、聖母マリアだったのです。そのこともまた、ロカマドゥールでお感じになるでしょう……」

ぼくは、明日か明後日に彼らがパリに戻って引っ越しの準備をするのを知っていた。拡大共和戦線の政府合意がなされたからには、決選投票の結果にはもはや何の疑いもなく、彼らが退職することも確実になったのだ。マリー＝フランソワーズの料理の才能を心から褒め称えた後、ぼくは玄関口で彼女の夫に挨拶をした。彼はぼくと同じくらい飲んでいたにもかかわらず、ペギーの詩句を丸ごと暗唱することができた。ぼくは彼に少しばかり圧倒されていた。共和政と愛国主義が、馬鹿げた戦争の絶えざる連続の他に何かを「生み出す」ことができたとは思えなかったが、タヌールはどちらにしても惚けている状態とはほど遠く、ぼくは彼の年齢で同じ状態でいられたらいいと思っていた。通りに向かう階段を何歩か下りると、彼の方に向かって言った。

「ロカマドゥールに行ってみます」

観光シーズンはまだピークではなく、「ボー・シット」ホテルにたやすく部屋を見つけることができた。中世都市の中に設えられた快適なホテルで、パノラマビューのレストランからはアルズー谷を一望できた。この景色は確かに素晴らしく、多くの人々を惹きつけていた。世界各国からの観光客は、毎日、入れ替わり立ち替わりやって来て、それぞれが少しずつ異なりながら少しずつ似通っていて、ビデオを手に持ち、呆然としながらいくつもの塔の連なり、崖にへばりついている城壁の上の巡回路、礼拝堂や祈禱室を一通り回ろうとしていた。何日か経つにつれ、その光景はぼくに歴史の時間への入り口という印象を与え、二回目の決選投票日、日曜日の夜に、モアメド・ベン・アッベスが大勝利を収めたのにもほとんど気が付かずにいたほどだ。ぼくは夢見るような無気力が次第に自分を覆うままに任せていたから、ホテルのインターネット接続が今度は完璧に機能していたにもかかわらず、ミリアムから連絡が来ないのをさほど気にかけずにいた。ホテルでは、ぼくという人物についてのイメージは今や固まっていた。独身で、少し教養があり、少し孤独で、あまり気晴らしの手段がない。そしてそれは正しかった。

とにかく、彼らにとってぼくという人間は問題のない客であり、そこさえクリアしていればいいのだ。

ぼくがミリアムのメールを受け取ったのは、ロカマドゥールに滞在して一週間か二週間後のことだった。彼女はぼくに、イスラエルは、とても特殊な雰囲気に支配されていると話した。非常にダイナミックで陽気だが、そこにはいつも表面に出ない悲劇性がある。危険の可能性を怖れてフランスという国を離れ、危険が仮定でも何でもなく現実である国に移住するのは奇妙に感じる、と彼女は書いていた。ハマスの異分子の一派が新しい一連の行動を仕掛けると決定したばかりで、ほとんど毎日、爆発物で飾り立てたカミカゼがレストランやバスなどで自爆テロを行っていた。おかしいけど、いったん現地に来ると理解できるようになるの。イスラエルは建国時から戦争状態にあるから、テロも闘争もそこでは一種の逃れられない自然な要素になるし、それが人生を楽しむのを妨げるわけではない。彼女はメールに自分の写真を二枚添付していた。それは、ビキニ姿で、テルアヴィヴの海岸で撮られたものだった。写真の一枚は、海に向かって走る彼女を斜め後ろから撮ったもので、彼女の尻をとてもよく想像することができ、ぼくは勃起し始めた。ぼくは彼女の尻を撫でたいという抗しがたい欲望に駆られた。辛いむずむずした感覚がぼくの手に走った。彼女の尻をこれほど覚えているなんて信じられないことだった。

コンピューターを閉じてから、彼女が一度も、フランスに帰る可能性について書いていなかったことに気が付いた。

　ぼくはこの街に着いてから、毎日ノートル＝ダム礼拝堂に行き、黒マリアの前でしばらく腰掛けていることにしていた。このマリア像こそが、千年以上の間、巡礼者に霊感を与え、多くの聖人や王を跪かせたのだ。これは奇妙な像で、今では消え去ってしまった世界を体現していた。聖母は背筋を正して座っている。閉ざされた目で、世界の奥深くを見つめているようで、まるで地球外から来たようにさえ見える。額を飾るティアラ。子どものイエスは――といってもまったく子どもらしい顔つきではなく、大人、または老人のようでさえあるのだが――ぴんと背筋を伸ばして母親の膝に腰をかけている。彼の目も閉じていて、顔つきは険しく、賢そうで、力強い。頭に載せられた王冠。彼ら母子の態度には優しさや、母性の表れはまったく見られない。子どもの姿で表されているのはイエスではない。それはすでに、世界の王なのだ。その荘厳さ、強靭な精神の影、彼が醸し出している、不可触の力はほとんど恐ろしいくらいだった。

　この手の超人間的な表象は、マティアス・グリューネヴァルト*が描き出し、ユイスマンスに感銘を与えた苦しみもだえるキリスト像の対極にある。ユイスマンスにとっての中世はゴシック時代、さらに言うならばゴシック後期を意味していた。それはパトスに満ち、リアルで道徳的で、すでにロマネスク時代よりもルネサンス時代に近づいていた。ぼくは、何年か前に、ソルボンヌの歴史の教師と交わした議論を思い出した。彼が説明するところでは、中世初頭には、個々の人間に対する審判はほとんど問題にされることがなかった。もっと後になって、たとえばヒエロニムス・ボッシュなどの場合には、キリストが、選ばれし者の集団と地獄に堕ちた魂の集団とをはっきりと区別する、恐ろしい表象が現れる。そこでは、悪魔たちが、改悛しなかった罪人たちを地獄の刑罰へと無理矢理引きずり込んでいた。ロマネスク時代のヴィジョンはそれとは異なり、「一体主義」**により近い。信者は死ぬと深い眠りに入り、土地と一体化する。キリストが再び現れ、預言がことごとく実現した暁には、キリスト教徒たちはすべて墓から起き上がり、一人残らず一つの全体となって、栄光に満ちた身体で甦りを獲得し、楽園へと歩いていく。道徳的、個人的審判、そして個人という概念そのものがロマネスク時代の人間にははっきりと理解されてはいなかったのだ。そして、ぼくもまた、ロカマドゥールの聖母の前で夢想することが長くなるにつれ、自分の個人性が溶け出して行くのを感じていた。

しかしながらパリに帰らなければならなかった。すでに七月中旬だったし、ある朝、自分が一か月以上もここにいることに気づいて、ぼくは心の底から驚いた。実際問題としては、急ぐことは何もなかった。他の同僚とコンタクトを取っていたマリー＝フランソワーズが送ってきたメールによると、大学当局からは誰も何のメッセージも受け取っ

＊　十六世紀ドイツの画家。『イーゼンハイム祭壇画』で有名。
＊＊　文学は個人ではなくある集団の一体的思想・感情を描くべきだとする理念。

ていないままで、はっきりしたことは何もなかった。この国では、国民議会選挙が実施され、予想された通りの結果が出て、閣僚が任命され、政府が再び機能し始めていた。村では観光イベントが始まっていた。地方特産物を取り上げた催しが多かったが、中には文化的なものもあって、ぼくが出発する前の日に、いつもの通りノートル＝ダム礼拝堂に行くと、偶然、ペギーの詩の朗読会が開かれていた。ぼくは後ろから二列目の席に座った。聴衆はまばらで、ジーンズとポロシャツの若者が多く、それらの若いカトリック教徒たちは、ぼくにはどうやっても真似のできない、明るい親愛の情に満ちた顔を並べていた。

母よ　ここに激しく闘ってきたあなたの息子たちがいます
魂の重さを量るように量られることのないように
むしろ　忘れられた道を通って隠れて戻って来る
追放者を裁くごとく裁かれるように

アレクサンドラン*は静かな空気の中で一定のリズムを響かせ、ぼくは、聴き手の博愛的な若いカトリック教徒たちが、ペギーについて、その愛国主義的で激しい魂について何を理解することができるのだろうかと考えていた。だとしても、朗読そのものは非常に上手で、読んでいるのは有名な劇場の役者ではないかと思われた。彼はおそらく、コメディー・フランセーズに所属していて、同時に、映画に出演したりもしているに違いない。この男の写真を、ぼくはどこかで目にしたことがあった。

母よ ここにあなたの息子たちと強力な武器があります
彼らの不幸からだけで裁かれることのないように
神が 彼らと共にこの土を少しかけるように
彼らを裏切り、しかし彼らがあんなにも愛したこの土地を

それはポーランド人の俳優だった。そこまでは確実に思い出したものの、彼の名前を思い出すことは相変わらずできなかった。ひょっとすると彼もまたカトリック教徒なのかもしれない。俳優の中には信者もいる。俳優とは非常に奇妙な職業で、そこでは神による「僥倖《ぎょうこう》」の働きが、他の仕事よりもずっと広く受け入れられているのだ。一方で、この若いカトリックの聴衆たちは、自分の土地を愛しているのだろうか。彼らは祖国のために自らの生を犠牲にする覚悟があるのだろうか。ぼくは自分が消えてもいいと思っているが、それは特に祖国のためではなく、人生のあらゆる面で破滅してもいいと思っているだけなのだ。こんなことを考えるのも、奇妙な精神状態に陥っていたからだ。聖

＊ 一行が十二音綴からなる、近現代のフランス詩の詩形。

母マリアは、その土台から浮き上がり、空に昇って空間の中で際限なく拡大しているように思われた。幼子イエスは彼女から離れて浮かんでおり、その右腕をあげさえすれば、異教徒と偶像崇拝者は破壊され、世界の鍵は再び「主として、保有者として、君主として」の彼、イエス・キリストのもとに返されるように見えた。

母よ ここに多くの命を失ったあなたの息子たちがいます
彼らが下劣な陰謀によって裁かれないように
放蕩息子として再び家庭に戻り
伸ばした二本の腕の中に崩れ落ちることができるように

もしかしたらぼくは単に空腹だったのだろう。昨晩は食事を摂るのを忘れてしまっていたし、多分ホテルに戻り、鴨のもも肉なんかを前にテーブルに着いた方が、神秘的な貧血状態に陥ってベンチの間に崩れ落ちるよりましなのかもしれない。ぼくは再びユイスマンスのことを考えた。彼の苦悩と改宗に対する懐疑、宗教に身を委ねようという絶望的な欲求を。

ぼくは朗読の最後まで残っていたが、朗読が終わりに近づく頃には、そのテキストの素晴らしい美しさにもかかわらず、この空間への最後の訪問を、他人に邪魔されたくなかったのにという気持ちが湧いていた。この荘厳な黒マリアの像には、故国の、故郷の土地への愛着、そして兵士の男性的な勇気を讃えるという動きの他に別の要素が見えていたのだ。それは、母を慕う子どもの欲望というものでもなくて、なにか神秘的な、祭祀的な王の権威にふさわしいものだった。ペギーはそれを理解できず、ユイスマンスはなおのこと理解できなかったのだ。次の日の朝、車に荷物を積み、ホテルの支払いを済ませてから、ぼくはもう一度ノートル＝ダム礼拝堂に戻った。人はほとんどいなかった。黒マリアは、薄闇の中で、静かに、色褪せることなく佇んでいた。この像は絶対者のエネルギー、強さを備えていたのだが、ぼくはと言えば、その存在と触れあえなくなっていて、彼女は空間の向こう、歴史の彼方に遠ざかっていき、ぼくは教会のベンチに小さくかがみ込み、しなびて、縮んでいった。小半時ほどしてぼくは立ち上がった。聖霊の恩寵から棄てられ、傷つき朽ちかかっている自分の身体の中に再び閉じ込められ、そうしてぼくは悲しく階段を下りて駐車場に向かったのだった。

4

パリに向かって車を走らせ、サン＝タルヌーの料金所を通過し、サヴィニー＝シュル＝オルジュ、アントニー、そしてモンルージュも過ぎて、ポルト・ディタリーの出口の方に進みながら、ぼくは、自分の前に、空虚ではないが喜びのない、何かと小さな面倒に満ちた生活が待っていることを感じていた。そして思っていた通り、ぼくがいない間に、建物の住民専用だったぼくの駐車スペースは誰かに占領されていた。冷蔵庫から小さな水漏れがあったが、室内は何事もなかった。郵便受けは事務的な手紙で一杯になっており、そのうち何通かは即座に返答しなければならないものだった。書類をしっかり管理する生活を送るにはいつも家に居なければならず、不在期間が延びれば、あちこちの組織との関係が不安定になってしまう。再びそれを安定させるためには何日間か、真剣に取り組む必要があるのだ。ぼくは、書類の束を大まかに仕分けてみた。まず必要のないチラシを捨て、いくらかでも興味を引く広告は残す（「オフィス・デポ」で三日間のセールとか、「コブラゾン」のプライヴェートセールとか）、そこまで済ませると、窓から一面灰色の空を見上げた。そうして何時間も、一定の間合いでグラスにラム酒を注ぎ続けてからやっと、手紙の山に手を付ける気になったのだった。最初の二通は、共済組合からで、何件かの払い戻しができないことを告げており、適切な書類のコピーを同封して再び送り返すようにと指示していた。これはお馴染みの通知で、いつも返事をせずにやり過ごすパターンに属していた。しかし三通目の手紙には、驚かずにはいられなかった。ヌヴェールの市役所からの通知は、ぼくの母の死亡に対して追悼の言葉を述べ、遺骸は同市の法医学研究所に移送されたこと、そして、これに関して必要な処置を執るのがぼくのなすべき義務であると告げていた。その手紙は五月三十一日付で、ぼくは急いで残りの手紙の山をざっと調べた。六月十四日付の再通知書、そしてもう一通、二十八日付の三度目の通知があった。さらに、四度目、七月十一日付の通知書によれば、ヌヴェール市は、地方自治体法条例L２２２３−２７に基づいて、ぼくの母の遺体を市の共同墓地に埋葬したとのことだった。その通知によれば、ぼくには、母の遺体を掘り出して、個人所有の墓地に埋葬し直す権利が、五年間の猶予付きで与えられていた。その期限が過ぎれば遺体は火葬され、灰は共同墓地に撒かれるのだ。遺体の発掘を市当局に依頼する場合には、その費用を市に支払う義務がある——霊柩車、四人の運び人、そして個人墓地の購入費。

ぼくはもちろん、自分の母親が、プレコロンビア文明の講演会を聴きに行くとか、同年代の女性たちと一緒に、ニヴェルネのロマネスク教会の数々を見学しに走り回るなどの、社会的に充実した生活を送っているとは想像していなかったが、これほどまで徹底的に孤独だとは思っていなかった。父親にもおそらく連絡がなされていた。そして、父もその手紙に返事をせずに過ごしたに違いないのだ。しかし、「現地人墓地」（ネットで検索したときに、これが共同墓地地区にかつて用いられていた名称だということを知った）に母親が埋葬されていると考えるのは気詰まりなことでもあった。そして、彼女が飼っていたブルドッグはどうなっただろうとも考えた（動物愛護協会行き、それとも直ちに安楽死？）。

ぼくはそれから請求書や自動支払いの通知書類に取りかかった。どれも簡単な書類で、適当に分類して、一人の人間の人生を構成している二つの関係先からの分を別にすれば良いだけだった。社会保険と税金関係だ。ぼくはその作業をすぐに始める勇気はなかったので、まずパリをぶらりと散歩することにした。パリというのはおそらく言い過ぎで、今日のところはまずこの近所を散歩してみようと思ったのだ。

エレベーターのボタンを押したとき、大学関係からは一通も手紙が来ていないことに気が付いた。ぼくは家に戻って銀行の口座明細書を確かめた。給料はいつもと同じように、六月末に入金されていた。ぼくのステイタスは相変わらず不安定なままだった。

政治体制の変化はこの地区には目立った痕跡を残していなかった。中国人たちはいつものようにＰＭＵ（場外馬券売場）の前に群がり、それぞれが馬券を手にしていた。他の者たちはすごい勢いでカートを押し、餅《もち》や醬油《しょうゆ》、マンゴーなどを運んでいた。イスラーム政権でさえも彼らの絶え間ない活動にブレーキをかけることはできないようだった。イスラーム教の布教は、イスラームの前のキリスト教徒の福音がそうであったように、この巨大な文明の大海原の中に跡形もなく溶け込んでしまうだろう。

ぼくは一時間ちょっと中華街をあちこち歩いた。サン＝イポリット教会ではいつものように北京語初級と中華料理の教室を開催していた。メゾン＝アルフォールの「アジア・フィーヴァー」パーティーのフライヤーは相変わらずそこにあった。ハイパーマーケット「カジノ」のカシェール（ユダヤ教の戒律に従って処理された食品）コーナーの消滅くらいが目に見える変化で、他には何の兆候も発見できなかった。スーパーは相変わらずその楽観主義を堅持していた。

ショッピングモール「イタリー２《ドウー》」では状況は少し異なった。ぼくが前回感じていた通り、ブティック「ジェニファー」はなくなっており、その代わりにエッセンシャルオイルやオリーブオイルのシャンプー、プロヴァンスの原野の蜂蜜などを売る、プロヴァンス地方のナチュラルショップが入っていた。二階の、あまり目立たない場所にある「ロム・モデルヌ」（男性服専門店）の支店もまた閉店し、代わりのテナントはまだ入っていなかった。理由はなかなか説明しにくく、単純に採算上の理由だったということもありうる。しかし多分、もっとも鋭敏に変わったのは客自体だった。あらゆるショッピングモールと同じように——とはいってもデファンス（パリ西郊のオフィス街）やレアル（パリの中心にある、多くのメトロや郊外線の乗り入れる駅）のショッピングモールほど華々しくはないのだが——この「イタリー２《ドウー》」はいつでも不良たちの巨大なたまり場になっていた。そういう連中がまとめて消え去ったのだ。そして、女性の服装までもが変わったことを、ぼくはその変化を分析できないますぐに感じた。イスラーム式のヴェールの数は少し増えただけで、問題はそれではなかった。一時間ほどぶらぶらして、突然、変化を遂げた要素に気が付いた。女性たちは全員パンタロンを身につけていた。女性の太ももを感知すること、その交わるところにある性器を頭の中で再構成すること、興奮の程度が直接持ち主の生足の長さに比例するこのプロセスは、ぼくの中では意識されることなく、あまりにも機械的に行われ、ある意味でＤＮＡにすり込まれていたので、すぐには意識できなかったのだが、問題は確かにそこで、ワンピースやスカートは街から消えていた。新しいタイプの服が同じように流行っていた。それはコットン製の丈の長いスモックのようなもので、太ももの真ん中ほどまで裾が降りているせいで、女性がぴったりしたパンタロンを穿いたとしても、客観的な関心を惹くことはまったくなかった。ショートパンツについては言うまでもなく存在しなかった。女性の尻を眺めるという、最低限の夢見る癒しもまた不可能になってしまったのだ。変化は確実に進んでいた。客観的な変動が起こり始めていた。ＴＮＴ（地上波デジタルテレビ放送）の各局を何時間かザッピングしただけでは、補足的な変化に気づくことはできなかったが、どちらにしても、エロティックな番組はずっと前から、テレビの流行ではなくなっていたのだ。

ぼくは、パリに戻った二週間後にパリ第三大学からの通知を受け取った。パリ＝ソルボンヌ・イスラーム大学という新しい行政上の立場のせいで、ぼくは教職を続けることを禁じられていた。新学長のロベール・ルディジェが手紙に署名をしていた。彼は、大変残念であり、ぼくの研究者としての能力が問題になったわけでは決してないと説明していた。もちろん、ぼくは私立大学で仕事を続けることもできた。しかし、もし仕事を辞める方を選べば、パリ＝ソルボンヌ・イスラーム大学は即座にぼくに年金の支払いを始め、その額はインフレ指数に沿うもので、月額三千四百七十二ユーロ（現在の日本円で約五十万円）になる、そして、必要な手続きを完了するために事務局と連絡を取るように、と書かれていた。

ぼくは信じられず、手紙を続けて三回読んだ。それは、六十五歳まで勤め上げて定年退職したときにもらえる額とぴったり同じだった。彼らは、問題が起きるのを避けるために、金額的に大きな負担に耐える用意があったのだ。おそらく、大学教員が騒動を起こす力、対抗キャンペーンを張る能力をかなり買いかぶっているのだろう。しかしもう長いこと、大学の教員であるだけでは主要メディアの「論壇」や「視点」などの紙面にアクセスするには十分でなくなっていたし、その手の紙面は、極度に閉鎖的な、身内だけが記事を書く場所に成り果てていた。大学教員が全員一致で抵抗したところで、ほとんど注目されずに終わっただろう。しかしそれは、サウジアラビアでは、見たところまだ理解できていないに違いない。彼らは心の底ではまだ知識エリートの力を信じていて、それは感動的でさえあった。

外見からは大学に何も新しいことはなかった。ただ、正門の「ソルボンヌ・ヌーヴェル＝パリ第三大学」という大きな看板の横に、金色のメタルで星と三日月が付け加えられているだけだった。しかし、事務棟の中では、変容はもっと目に見えるものになっていた。控え室には、カアバの周りを回るメッカ巡礼者たちの写真が飾られていたし、オフィスにはコーランの章句がカリグラフィーで書かれたポスターが貼られていた。秘書たちは入れ替わっていて、誰一人として知っている女性はいなかったし、全員がヴェールを被っていた。彼女たちの一人がわたしに年金手続きのフォーマットを渡したが、それはこちらをうろたえさせるくらい簡単なものだった。ぼくはデスクの端でそれをすぐに書き終えると、サインをして彼女に戻した。中庭に出たとき、たった数分でぼくの大学生活は終わりを告げたのだと悟った。メトロのサンシエ駅に着くと、ぼくはためらいを感じて階段で立ち止まった。何もなかったかのように家にまっすぐ帰る決心が付かなかった。ムフタール市場では、棚に商品が並び始めたところだった。オーヴェルニュの食肉加工品の傍をうろつき、味付きソーセージ（ブルーチーズ、ピスタチオ、胡桃入りなど）をぼんやり眺めていたとき、スティーヴが通りを上ってくるのを見た。彼もこちらに気が付いて、ぼくと鉢合わせするのを避けるために道を引き返そうとしているような印象を持ったが、時すでに遅しで、ぼくは彼の方に向かっていた。

予想していたように、彼は新しい大学での教職を受け入れていた。彼はランボーについてのゼミを担当していた。ぼくにそれを話すのを明らかにかなり躊躇していて、ぼくが聴く前に、新しい大学当局は、教える内容にはまったく口を挟まないのだと付け加えた。とはいえ、もちろん、ランボーが最後にイスラームに改宗したことは確実であるかのように説明はするのだが、それについては少なくとも異論があるのだ。しかし本質の部分、詩の分析については、何の介入もなかった、本当に。ぼくが憤慨せず彼の話を聴いていたので、彼は少しずつリラックスして、お茶でも一緒にどうかと提案すらした。

彼はミュスカデを注文してから、こう言った。

「ぼくだって、長いこと迷ったんだけど……」

ぼくは分かるよと言うように温厚にうなずいた。ぼくは、彼はせいぜい十分間迷った程度だろうと判断した。

「でも給料があまりにも良かったから……」

「年金だって悪くはない」

「でも給料はさらに高いんだよ」

「どのくらいだい」

「その三倍」

出版するにふさわしい論文さえ書けず、有名でもない愚鈍な教員に一月《ひとつき》一万ユーロを出すなんて、彼らは本当に金があり余っているのだろう。オックスフォード大学は彼らの鼻先から逃げた。カタール人が最後に金をつり上げたのでサウジアラビアはオックスフォード大学を買えず、それで最後に賭け金全部をソルボンヌ大学につぎ込むことにしたんだとスティーヴは言った。彼らは五区と六区のアパルトマンを買い取って、大学教員用の宿舎にすることさえしたんだ。彼もまた、ドラゴン通りに三部屋の大変美しいアパートを廉価な家賃で提供されていた。

彼はこう付け加えた。

「彼らはきみに大学に残って欲しいと考えたようなんだけど、きみの連絡先を知らなかったんだ。本当のところ、ぼくは彼らに、きみと連絡を取りたいから助けて欲しいと頼まれたんだが、大学以外ではきみと会わないから、と言わざるを得なかったんだ」

その後で、彼はサンシエ駅までぼくを送って来た。

「それで、学生は？」とぼくは駅の入り口で聞いた。彼は余裕ある笑みを浮かべた。

「その点ではもちろん、物事は大きく変わったよ。というか、異なる形態を取ったというか。ぼくは結婚したんだ」そして、唐突にこう付け加えた。「女子学生と」

「彼らはそんな面倒も見るのかい」

「そういうわけではないけど、接触が禁じられることはまったくないし。来月には二番目の妻をめとることになってる」と言って彼は話を終え、仰天したぼくを階段の入り口に残し、ミルベル通りの方に消えていった。

ぼくは何分か身動きできずにいたが、ついに家に戻ることにした。メトロのホームで、ぼくは「メリー・ディヴリー」駅行きの次の列車は後七分で来るのを見た。電車が入ってきたがそれは「ヴィルジュイフ」*行きだった。

＊パリ南東郊外。ガロ・ロマン時代のヴィラの持ち主ユウィウスまたは聖ジュリエットに由来するとされているが、現在の表記を直訳すると「ユダヤ人の町」になる。

ぼくは人生の「脂ののった年代」で、致命的な病気にはおびやかされていなかったし、定期的にぼくを襲う健康問題は身体的に辛くはあったが大して深刻ではなかった。あと三十年、または四十年もしたら、病気が多かれ少なかれ死に至るようになる暗黒期に達し、いわゆる「予後の判定」が常に語られることになるだろう。ぼくには今、友人はいなかった。それは確かだったが、しかしかつて友人がいたことなんてあっただろうか。そして、考えてみるなら、友人を持って何になるというのだ。健康状態がある程度悪化してからは――それはとても早く進むだろう、この先十数年、もしかしたらもっと早く、老化が進み、人がぼくに「まだお若いですね」と言うようになる――結婚というタイプの関係しか、直接に、そして現実的にも意味を持つものはないのだ（二人の身体が重なり、混ざり合う。ある程度まで、新しい身体が造り上げられる。もちろん、プラトンの言うところを信ずるならばだけれど）。そして、結婚生活という点では、ぼくは幸先の良くないスタートを切っていた。ミリアムからのメールは、何週間か経つにつれて次第に稀になり、メッセージは短くなっていった。彼女は最近「ダーリン」と書かなくなり、よりニュートラルな「フランソワ」という言い方を使っていた。さらに何週間もすれば、彼女に先立つ何人もの女の子と同様に、彼女も「誰かに出会う」だろう。その出会いがすでにあったことは確かで、何故確信できるのかは分からないが、彼女が選択する単語の端々から、また、絵文字が少なくなり、メールのあちこちに記されていたハートマークもまた稀になることで、ぼくは確信を得るに至った。ただ、彼女はぼくにそれを言う勇気がないだけなのだ。彼女はぼくから離れた、そういうことだ。そしてイスラエルで新しい生活を送ろうとしている。ぼくは他に何を期待できるというのか。彼女は知的で感じのいい女の子で、すごくセクシーだった。そうとも、他に何を期待することができるだろう。イスラエルに対してはどちらにしても、彼女はずっと同じように熱中していた。「生活は辛いけど、どうしてここにいるのか、わたしたちは知ってるの」と彼女は書いてきた。ぼくは同じことを自分とフランスについては言えなかった。

ぼくの大学の職業人生は終わりを告げ——それを本当に実感するには何週間かが必要だった——女子学生たちとの接触は一切なくなった。それで、どうしたらいいのか。ぼく以前にすでに他の男たちがして来たように、出会い系サイトに登録すればいいのか。ぼくは、教養のある、レベルの高い男性だった。先にも言ったように「脂ののった年代」なのだ。でも、出会い系サイトで、手間ひまのかかる会話を何週間か続け、たとえば、ベートーヴェンの晩年の弦楽四重奏などについて話が盛り上がるときもあったとしよう。それは至るところに広がる退屈を仮にではあっても覆い隠し、魔法のような時を過ごせるのではないだろうか、素晴らしく、笑いに満ちた、気持ちが一致する感覚を持てるのではなかろうかなどと考え、何週間か後に出会い系の多くの女性たちの一人と出会うことにしたとして、それに続く展開は何も期待できやしない。一方では勃起困難、もう一方では乾いたヴァギナがあるだけだ。そんなことは避けた方がいいはずだ。

　エスコートガールのサイトは本当に時々しか使ったことがなかった。大体は夏の間、一人の女子学生が消えて次の女子学生と出会うまでの繋ぎを確保するためだった。そういった利用法として大方満足いくものだった。インターネットをちょっと検索するだけで、新しいイスラーム政権はそれらのサイトの機能をまったく制限していないことが確認できた。ぼくは何週間かぐずぐずと新しいプロフィールを吟味し、そのうち幾つかは読み直すためにプリントアウトしてみた（エスコートガールサイトはグルメガイドのようなもので、そこでの描写は特筆すべき叙情をたたえ、メニューに載った料理の味が、最終的に経験するよりもっと素晴らしい美食であるかのように思わせてくれるのだ）。そうして、ぼくは「ナディア・ブーレット*」を選ぶことにした。この政治状況の中で、イスラーム教徒の女性を選ぶというアイディアにぼくは興奮した。

ナディアは、チュニジア出身だったが、彼女の世代の若者に強力な影響を与えた再イスラーム化運動を完全に免れていた。放射線科の医師の娘で子どものときから高級住宅地に住み、ヴェールを付けようと思ったことは一度もなかった。近代文学の修士二年で、ぼくのかつての学生でもあり得たぐらいだった。しかし実際はそうではなく、学士のときからずっとパリ＝ディドロ大学にいた。彼女は自分の性的役割を職業的にこなしていて、かなり機械的に幾つもの体位を展開してみせ、彼女自身は心ここにあらずで、お尻に挿入したときに何となく反応しただけだった。彼女の尻は小さく締まっていて、でもぼくはなぜだか分からないが快楽をまったく得ることができず、疲れもせず、果てることもなく何時間でも彼女のケツを掘ることができるように思われた。彼女が小さい呻き声を上げ始めたとき、ぼくは、彼女が快楽を怖れ始めていることを感じた。そしてそれに続いて、恋愛感情を持つことも。彼女は素早くこちらを向いて彼女の口の中でぼくをいかせた。

彼女の家を出る前、ぼくたちは何分間か「ラ・メゾン・デュ・コンヴェルティーブル」（ソファーや折りたたみベッドなどの専門会社）のソファーで話をした。料金支払い済みの一時間に達するまでの間だ。彼女は頭はよい方だったが、あらゆる主題についてかなり保守的で、モアメド・ベン・アッベスから第三世界の借金に至るまで同じで、彼女はぴったり、そう考えた方がいいと思われる考えを持っていた。彼女のワンルームは趣味が良く、完璧に片付いていた。彼女は理性を持って行動し、稼ぎを贅沢な服に使ってしまうことなく几帳面にその多くを貯金しているのだろうと確信した。実際に、彼女は、四年間この仕事をした後で——彼女は十八歳でエスコートガールを始めていた——このアパートを買うのに十分な

＊ブーレットはマグレブ諸国出身の女性を指す俗語。

お金を稼いだと認めた。彼女は学業を終えるまでこの仕事を続け、その後テレビやラジオの分野で働きたいと思っていると言った。

何日か後ぼくは「バベット・ラ・サロップ」(サロップはあばずれ女の意味)に出会った。サイトでは、絶賛のコメントがなされていて、自分自身も「ホットでタブーなし」と明言していた。そして実際、彼女は、少し古びているが素敵な二部屋のアパルトマンで、オープンブラジャーとGストリングショーツでぼくを迎え入れた。彼女はブロンドの長い髪であどけない、ほとんど天使のような顔をしていた。彼女もまたケツに入れるのを好み、しかもそのことを隠そうとはしなかった。一時間経ってもぼくは相変わらず到達せず、彼女は、ぼくには本当に持続力があると指摘した。実際、今回もまた、勃起能力が衰えたわけではないにもかかわらず、ぼくはどんな快楽も得ることができなかった。彼女は、胸の谷間でいくことができるかと聞き、ぼくはその通りにした。精液を胸の上に塗り、自分は精液で覆われるのが好きなのだと話した。彼女は定期的に乱交パーティーを企画しており、そのほとんどはスワッピングクラブで、時にはパーキングなどの公的な場所ですることもあった。そういうパーティーの参加費は一人五十ユーロで、彼女はほとんど金銭的な見返りを求めない、それはパーティーが彼女にとっては楽しみそのものであったからで、そこで四十人や五十人の男性を呼び、彼らは順番に彼女の三つの穴を塞いでそれから射精するのだった。彼女は、次にパーティーをするときには連絡すると言い、ぼくはありがとうと答えた。その種のことに特に関心があるわけではなかったが、彼女は感じがいいとぼくは思った。

最終的に、この二人の子はよいエスコートガールだった。ただ、また会いたい気にはなりはしなかったし、彼女たちと持続的な関係を結ぶ気にも、一緒に暮らす気にもならなかった。ぼくは死んだ方がいいのか。それは早まった考えのように思えた。

何週間か後、今度はぼくの父が死んだ。ぼくは彼のパートナーのシルヴィアの電話でそれを知った。彼女は電話で、ぼくと「あまり話す機会がなかった」のを残念がった。実際のところ、それは遠回しの表現だった。実際には彼女と話したことは「一度も」なく、二年前に、最後に話したときに父親がそのことをほのめかすまでは、彼女という人がいたことさえ知らなかったのだ。

彼女はぼくをブリアンソン駅まで迎えに来た。そこまでの移動はとても不快なものだった。グルノーブルまでのＴＧＶはまだ大丈夫だった。ＳＮＣＦ（フランス国有鉄道）は、ＴＧＶではまだ最低限のサービスを保証しているからだ。ただしＴＥＲはまったくメンテナンスもされず、ブリアンソン行きの列車は何度も故障し、一時間四十分遅れてやっと駅に到着したのだった。トイレは詰まっていて、糞の混ざった水が廊下を覆い、コンパートメントまで流れこもうとしていた。

シルヴィアは三菱パジェロ・インスタイルを運転していて、驚いたことに前の席はヒョウ柄のカヴァーで覆われていた。その後帰りに『オート＝ジュルナル』別冊を買って分かったことだが、三菱パジェロは「過酷な土地でもっとも効率的なオフロード車」ということだった。インスタイル型の仕上げでは、内装は革張り、ルーフは電気仕掛けで開くようになっていて、駐車ガイド機能と、十二のスピーカーの付いたロックフォード・アコースティック八六〇Wが装着されていた。そういったものすべてがぼくには心からの驚きだった。一生涯——というか、ぼくが知っている父の生涯の一部において——父はほとんどこれ見よがしに、完璧に規範的なブルジョワの良い趣味を限界まで貫いていたからだ。グレーかインディゴの細縞スリーピースに、イギリスのブランドネクタイ、彼の服装の趣味は実際のところまったく彼の職業にふさわしいものだった。つまり、大企業の金融部門のチーフ。ブロンドの髪は軽くカールし、目はコバルトブルーで、整った顔立ちだった。彼は、サブプライムとかウォール・ストリートのような、金融界を巡る晦渋《かいじゅう》だが恐ろしく重要に思われるテーマについてハリウッドが時々制作する映画に出演できたのではないか、と思える外見の男だった。ぼくはもう十年も会っておらず、どのような変化を遂げたかは知らなかったが、このような、一種のアーバンアドベンチャーのような変容を遂げたとは考えもしていなかった。

シルヴィアは五十代で、父よりも二十五歳くらい若かった。ぼくがいなかったら、彼女は遺産を全部相続しただろう。ぼくがいることで、それを配分せねばならず、ぼくは一人息子だから、五〇パーセントだった。そのような条件では、彼女がぼくに対して温かい気持ちを抱いていることを期待するのは難しかった。しかし彼女は分別ある振る舞いをし、ぼくに、過剰に気を遣うことなく話しかけた。ぼくは、列車が遅れていることを伝えるために何度も電話し、公証人はアポイントメントを午後六時に延ばしてくれていた。

　父の遺言の開封は何も驚きをもたらさなかった。遺産は二人で均等に分けること。他に追加の遺産はなかったが、公証人はきちんと働き、すでに見積もりを始めていた。

　彼はユニリーバの高額の退職金を受け取っていたが、現金はわずかしか残していなかった。普通預金の口座に二千ユーロ、それから株の定期口座、ずっと昔に開いたのだろうが、おそらく父も忘れていた口座に一万ユーロあまり、それきりだった。一番大きな資産は、シルヴィアと住んでいた家だった。依頼に応じて訪問したブリアンソンの不動産屋は、その価値を四十一万ユーロと見積もっていた。父所有の三菱の四駆は新車同然で、中古車販売会社の「ラルギュス」によれば四千五百ユーロだった。もっとも驚いたのは、値打ちもののライフルのコレクションがあったことで、公証人は市場価格の順に並べていた。もっとも高かったのはヴェルネー＝カロンの「プラティーヌ」と、シャピュイの「ウラル・エリート」だった。コレクション全体では八万七千ユーロになった。四駆よりもずっと高価だ。

「父は銃コレクターだったんですか」とぼくはシルヴィアに聞いた。

「コレクション用の銃ではなくて、始終ハンティングに行っていたんです。ハンティングにはずいぶん夢中になっていました」

ユニリーバの金融部門の元責任者が荒野を走るための四輪駆動車を買い、狩猟と庭いじりの本能を露わにしたのは、ぼくを驚かせたが、ありえないことではなかった。公証人はもう仕事を終えていた。この相続は絶望的なほど問題なく終了するだろう。段取りは速やかに進んだが、ぼくの到着が遅れたので、結局、最終列車に乗り損なってしまった。そのことで、シルヴィアはデリケートな立場に置かれることになった。ぼくたちはそれを、車に乗りこんだとき、ほぼ同時に意識した。ぼくはすぐに、駅の近くに宿を取ることを主張してこの問題を解決した。パリ行きの列車はとても早い時間に出るので、何としてもそれを逃すわけにはいかなかった、パリでとても大事なアポがあるから、とぼくははっきりと言った。つまり、ぼくは二重に嘘をついていた。まず次の日に約束などなかったし、他の日にも何もなかった。さらに、パリ行きの最初の列車は正午少し前に出て、パリに到着するのは早くても午後六時になるはずだったのだ。ぼくが彼女の人生からすぐに消えることに安心し、彼女はほとんど勢い込んで、「彼らの家」で一杯飲まないかとぼくを誘った。先程からシルヴィアは「彼らの家」と繰り返し言っていたのだが、父が亡くなったからにはもう「彼らの家」ではなかったし、そのうち「彼女の家」でもなくなるだろう。ぼくに示された数字から考えると、ぼくの取り分を払うためには、彼女は家を売るしかなかったのだ。

フレシニエール山麓に位置する彼らの山小屋は異常に大きかった。地下の駐車場は十数台の車を入れられそうだった。居間に繋がる廊下を進みながら、ぼくは、シャモワ、ムフロン（野生のヒツジの一種）とか、父の狩猟の成果を示すその手の剥製の前で立ち止まった。他にもイノシシが一頭あったが、こちらは立ち止まるまでもなく、すぐにそれと分かった。

「もしよかったらコートを脱いで下さって」とシルヴィアが言った。

「ご存じですか。狩猟ってとても素敵なんです。わたしも以前は知りませんでした。夫は友人たちと日曜日は一日狩りに出かけていて、夜にはその友人や彼らの奥さんと夕食をしました。十数組のカップルが集まったんです。大体アペリティフをここで飲んでから、隣の村にある小さいレストランを借り切って、そこで食事をしました」

そういうわけで、父の晩年は「いい感じだった」のだ。これもまた驚きだった。ぼくの若い頃には、父の会社の同僚には誰一人として一度も会ったことがなかったし、彼自身も仕事以外に友人と会ったりしなかっただろう。ぼくの両親に友人はいたのだろうか。いたのかもしれないが、ぼくは思い出すことができなかった。ぼくたちはメゾン＝ラフィットの邸宅に住んでいて、この山小屋ほどではないが、それでも大きいと言えた。ぼくたちの家に夕食を食べに来るとか、週末訪ねてくるとか、「友人」であれば通常するであろうことをしていた人物を、ぼくは誰も思い出せなかった。そして、これはもっとぼくを動揺させたのだが、「愛人」と呼べる誰かが父にいたとも思えなかった。もちろんこれについても、確実なことは言えないし、証拠は何もない。しかし、ぼくが持っている父の記憶と、愛人というイメージを結びつけることはまるでできなかった。結局のところ、父は、二つの人生、まったくかけ離れ、何も接点のない別々の人生を生きた男なのだ。

リヴィングルームはだだっ広くて、そのフロアの全部を占めているようだった。入り口の近くに設えられたアメリカ式キッチンの脇には、農家風の大きなテーブルがあった。その他には、ローテーブルと白い革張りの深いソファーが置かれていた。壁にはハンティングの成果が剝製になって飾られており、銃架には父のライフルコレクションが飾られていた。それは美しいオブジェで、繊細な象嵌細工が施された金属が優しく輝いていた。床は様々な動物の毛皮で覆われていて、その多くがムートンだろうと思われた。まるで一九七〇年代のドイツのポルノ映画みたいだった。チロル地方の狩猟の山小屋で撮影される類のやつだ。ぼくは部屋の奥の全面を占めていた大きなガラス窓の方に向かった。

「正面にはメイジュの山頂が見えます。そして、北の方には、エクラン山地があるでしょう。何かお飲みになります?」とシルヴィアがぼくに言葉を投げかけた。

ぼくはこんなに充実したホームバーを見たことがなかった。果物のリキュールと、その存在さえ知らなかったお酒の瓶の数々が見えたが、ぼくはマティーニに留めておくことにした。シルヴィアはコーナーランプを付けた。陽が落ちてきて、エクラン山地を覆う雪に青い薄明かりを投げかけ、部屋はどことなく寂しい雰囲気を帯びた。遺産問題を抜きにしても、彼女がこの家に住み続けることを願うとは考えられなかった。彼女はまだ仕事をしていて、先程公証人のオフィスに行くまでの道のりで、なんだか分からないがブリアンソンに職があると話してくれたけれど忘れてしまった。ブリアンソンの中心街に住んだとしても、彼女の人生は間違いなくつまらないものになるだろう。ぼくは長居をしたくなかったがやむを得ずソファーに座り、二杯目のマティーニを受け取ったが、そのときにはすでに、これを飲んだらホテルまで運転してくれるよう彼女に頼もうと決めていた。自分が女性という存在を理解したことが一度もないという事実が、ますます明確にぼくの眼の前に現れてきた。ぼくは至ってノーマルな女性と向かい合っていて、実際彼女は徹底的なまでに普通の女性だった。しかし、彼女はぼくの父親から何か素敵なものを感じ取ることに成功した。母もぼくも父に見つけることができなかった何かだ。それは、お金の問題だけだったとは思えないし、それが中心であったとさえ思わない。彼女自身、稼ぎは良かったわけで、それは彼女の身なりや髪型、話し方から見て取れた。ごく平凡な高齢の男性に、彼女は、初めて愛することのできる何かを見つけたのだ。

パリに戻ってから、ぼくは何週間か前から怖れていたメールを受け取った。いや、それは正確ではない。ぼくはすでに諦めていたのだ。ぼくが考えていたのは、ミリアムもまた「誰かに会った」と書いてくるだろうか、彼女もまたこの表現を使うだろうか、ということだった。

彼女はまさにこの表現を使っていた。それに続くくだりでは、本当に申し訳ない、そして、あなたを思い出すときにはいつもちょっと悲しくなるだろうと書いていた。ぼくはそれは本当のことだろうと思った。もちろん、実際には、ぼくのことをそんなに考えたりしないと分かっていたけれど。それから、彼女は話題を変えて、フランスの政治状況をとても心配している素振りを見せた。ぼくたちの愛情が歴史の激動の巻き添えを食って砕けたかのように振る舞ってくれるとは、どうもご親切なことだ、とぼくは思った。言うまでもなく、それはまったく正直な態度ではなかったが、親切ではあった。

ぼくはコンピューターの画面から目をそらし、窓の方へ何歩か歩いた。レンズ状の雲が一つだけ、沈みつつある太陽の光で端をオレンジ色に彩られて、シャルレティスタジアムの上空に浮かんでいた。それは銀河系の間を移動する宇宙船と同じくらい揺るぎなく見えた。ぼくは、鈍い、弱まった痛みを感じるだけだったが、はっきりと物事を考えないようにするには十分だった。ぼくに見えていたヴィジョンは、またもや自分が一人になり、生きる欲望はやせ細り、これから多くの厄介事が降りかかってくるだろうということだった。大学を辞めること自体は簡単だったが、社会保障関係に大きな書類上の変化とそれに伴うトラブルを作り出し、それに連動して共済組合関係の問題も起こり、それに対応できる力がぼくにあるとは思えなかった。しかし、やらなければならなかった。ぼくの年金は潤沢ではあったが、大病でもすれば一溜まりもないのだから。その代わり、またエスコートガールを呼ぶ金銭的余裕はあった。まったくその気はなかったのだが。ぼくはいつもの出会い系サイトを開いたが、そのときぼくの脳裏には「自己に対する責任」というカント的な曖昧な概念がぼんやりと浮かんでいた。最終的に、二人の女の子からのメッセージを選んだ。二十二歳のモロッコ人ラシダと、二十四歳のスペイン人ルイザで、この二人は、「エッチで激しい二人組にあなたがメロメロになること」をお勧めしていた。代価はなかなかのものだった。しかしこんな状況では、少しくらい例外的な支出をしても正当化されるだろうと思われた。ぼくはその晩のうちにアポを取った。

事の次第は、最初のうちは順調だった。彼女たちはモンジュ広場の近くに可愛いワンルームを借りていて、アロマキャンドルを焚き、鯨の啼き声めいた優しい音楽をかけ、ぼくは二人に交互に挿入しオカマも掘り、疲れもせず、喜びもなかった。三十分くらい経って、ルイザを後背位で攻めたときに、何か新しいことが起きた。ラシダはぼくの尻にチュッとすると、小さく微笑んでからぼくの後ろに滑り込んだ。彼女は最初にぼくの尻に手を当て、顔を近づけるとぼくの睾丸を嘗め始めたのだ。少しずつぼくは、自分の内に感嘆が広がると同時に、快楽の忘我の震えが走り始めるのを感じた。もしかしたらミリアムのメール、そして彼女とはっきり別れたことがぼくの中で何かを解放したのかもしれない、よくは分からないが。感謝の気持ちに我を忘れ、ぼくは振り返り、コンドームを剝がすとラシダの口に突っ込んだ。二分後、ぼくは彼女の唇の間で果てていた。彼女は、ぼくが彼女の髪を撫でている間、最後の何滴かを丁寧にぬぐい取っていた。

外に出るとき、ぼくは彼女たち一人一人にそれぞれ百ユーロずつのチップを無理矢理押し付けた。ネガティヴな結論を出すのはまだ早く、父親の人生に遅くなってから思いも寄らぬ変化が起こったのに加え、この二人の子たちが喜ばしい証言をもたらしてくれたのだ。そして、ラシダに定期的に会えれば、もしかしたらぼくたちの間には最終的に恋愛感情がわき上がるのかもしれない、それを排除する理由は何もなかった。

この短い希望の躍動は、より一般的には、フランスが半世紀前の「栄光の三十年」以来経験していなかった楽観的観測を再び見いだした時期にやって来た。モアメド・ベン・アッベスが準備した国民連合政府は、当初政治的な成功として国民から広く好意的に迎えられた。新しく選ばれた共和国の大統領がこれほどの「恩寵」を蒙ったのはかつてないことだと、どの解説者も口を揃えた。ぼくはしばしば、タヌールが言ったこと、新大統領の国際的な野心について考え、関心を持って、ほとんど注目を浴びなかった情報をメモしていた。それは、欧州連合加盟を目指すモロッコとの交渉の再開だった。トルコに関しては、交渉の日程はすでに決まっていた。ローマ帝国の再建はすでに始まっているのだ。そして内政に関してベン・アッベスは間違いのない手を打っていた。彼が選ばれてすぐに現れた効果は、軽犯罪が減ったことで、しかもその減少率は目覚ましかった。もっとも治安の悪かった地区では、犯罪の発生率は十分の一にまでなっていた。もう一つすぐに現れた効果は失業率で、そのカーブは急速な右肩下がりになっていた。それは間違いなく、女性が労働市場から大量に脱落したことが原因だった。家族手当が無視できないほど引き上げられたからだ。それは新政府が最初に象徴的に実行した政策だった。手当の支払い条件が職から離れることだとわかって当初左翼は歯ぎしりした。しかし、失業率の確かな低下が現れると、歯ぎしりはすぐに収まった。国庫の赤字が増えることもなかった。家族手当の増加は、国立教育予算――かつては飛び抜けて国の予算を食っていたのだが――が急激に減少したことで完璧に補塡された。新たな教育制度では、義務教育は小学校で終わっていた。つまり、十二歳だ。小学校学業修了証書を、教育の終了を示すものとする二十世紀初頭の制度が復活したのだ。それから、職人の養成コースが奨励された。中等・高等教育の方は、私立学校にゆだねられた。これらの改革はすべて「我々の基本的な単位である家族に、そのあるべき場所と持つべき威厳を再び与える」ことを目的としていた。それはフランスの新大統領と新首相が共同で行った奇妙な演説の中で語ったことで、そこでベン・アッベスは自分の言葉に酔う神秘主義者のように話し、フランソワ・バイルーの方は、至福とも言うべき笑いに飾られた顔で、ドイツの伝統的なピエロ「ハンスヴルスト」さながらの役を演じていた。主人公が言ったばかりのセリフを、さらに誇張して、少しグロテスクな調子で繰り返すのだ。イスラーム教系学校は言うまでもなく安泰だった。その種の教育に関しては、石油王国の寛容さには昔から変わらず際限がなかったからだ。もっと驚くべきことに、カトリックやユダヤ教系の教育機関のいくつかも、様々な企業経営者にスポンサーを求めることで、窮地を巧みにすり抜けたように見えた。彼らは、どちらにしても、株主総会を終え、来学期からは通常に開校することを告げていた。

フランスの政治生活を太古から構成してきた中道左派と中道右派の対立の構図が内部から突然崩壊したことで、メディア全体は失語症すれすれの茫然自失に陥った。哀れなクリストフ・バルビエが、厚手のウールのマフラーを首にまいて、あっちのテレビ局からこっちの番組へうろうろしているのを見ることができた。思ってもいなかった今回の歴史的な変動について、彼はコメントなどできなかったが、本当のことを言うと、他の誰にも予測するなんて不可能だったのだ。それでも、数週間が経過すると、少しずつ、政府に対する反対勢力が形成され始めた。まず、左翼世俗派。ジャン＝リュック・メランション*やミシェル・オンフレ**などのほとんど予想外の著名人の影響のもと、政府に抵抗する会議が行われた。左翼戦線は今も、少なくとも新聞や雑誌の中には存在し、二〇二七年にはモアメド・ベン・アッベスに挑戦する候補者が出てくることをすでに予想させた——当然ながら、国民戦線以外にもということだが。一方で、サラフィー主義学生連合といった組織も声を上げていて、シャリーアの実行を要求し、反道徳的な世相が変わっていないことを糾弾していた。政治的論議の諸要素がこのようにして少しずつ作られていった。これは新しいタイプの論議のあり方で、フランスが過去何十年かの間に経験したのとは大きく異なり、従来アラブ諸国に見られたものとかなり類似していた。し

＊フランスの政治家。二〇〇八年に左翼党を立ち上げた。
＊＊フランスの哲学者。

かしそうは言っても、あくまでもこれは論議の一種ではある。まがい物であっても政治論議が存在することはメディアがきちんとした機能を保持するために必要であり、せめて形の上だけでも、民主主義が存在しているという感覚を人々の間に残しておかなければならなかった。

　こういった表面的な騒動を経て、フランスは急速に変化していった。それはまさに、根底からの変貌だった。モアメド・ベン・アッベスの思考には、イスラーム以外にも多くの要素があることが、すぐに明らかになる。記者会見の際、彼は、自分はディストリビュティヴィズムに影響を受けていると表明して、居並ぶ者たちをみな呆然とさせたのだった。本当のところ彼は、選挙活動の間何度もそのことに触れていた。しかしジャーナリストたちは自分が理解しない情報は無視するという先天的傾向を持っているので、取り上げられもしなかったし、他で語られることもなかった。今回は、現職の共和国大統領としての発言だったので、彼らは自分たちの持っている資料を更新することが必要になっていた。こういう次第で、一般の人々は、その後何週間かで、ディストリビュティヴィズムというのはギルバート・キース・チェスタートンとヒレア・ベロックの二人の思想家の提案により、二十世紀初頭のイギリスで生まれた経済哲学であることを学んだのだ。それは、資本主義とも共産主義（国家資本主義とも結局は変わらない）とも距離を取った「第三の道」を目指していた。基本となる思想は、資本と仕事の分離廃止に求められた。経済の基本的な単位は一般的に家族経営にあるとされた。いくつかの生産活動について、もっと大きな単位で働くことが必要となったときには、労働者が自分たちの働く会社の株主であって、かつ共同の経営責任者であることが求められた。後になって、ベン・アッベスが明らかにしたことだが、ディストリビュティヴィズムはイスラームの教えと完璧に共存可能なのだった。これには大きな意味があった。チェスタートンとベロックは、彼らの存命中は特にカトリックの論客としての過激な活動で知られていたからだ。この教義が明確に示す反資本主義的な主張にもかかわらず、ブリュッセルにいる欧州連合の幹部たちは、この思想を怖れる必要はなかった。新政府が実施した基本的な政策の一つに、国家の大企業への支援を一切停止するというものがあったが、これはブリュッセルが、そもそも自由競争の原理に抵触しているとして以前から反対していたことだった。もう一つの基本政策は、職人と自営業者に有利な税制を採択することだった。これらの措置は非常に広く大衆に受け入れられた。何十年も前から、若者たちが普遍的に表明してきた夢は「自分の会社を立ち上げる」か、そうでなくても、フリーランスとして働くことだった。その上、この措置はフランス経済の発展に完璧に適っていた。フランスの工業地域では、物々しい救済活動が行われたにもかかわらずいくつもの工場が次々と閉鎖されていった。その反対に農業と職人仕事は窮地を巧妙に切り抜けて、市場の一部を占めてさえいたのだ。

これらの変容はフランスを新しい社会へ導いたが、その事実は、若き社会学者、ダニエル・ダ・シルヴァが『息子よ、ある日すべてがおまえのものになる』と皮肉にも名付けたセンセーショナルな本の出版によって初めて白日の下にさらされた。この本の副題はより直截で、「合理的な家庭に向かって」というものだった。著者はこの本の中で、十数年前に出版された、パスカル・ブルックナーの著作を賞賛していた。ブルックナーは、恋愛結婚の失敗を当然とし、分別ある結婚に回帰すべきだと主張していた。ブルックナーと同様に、ダ・シルヴァによれば、家族の繋がり、特に父と息子の絆は、いかなる場合にも愛に基づくのではなく、知性や技術、経営術などの様々な能力の継承、そして財産の相続に基づかねばならないのだった。彼の主張では、社会での労働が賃金労働に移行したことが家族の崩壊と社会での個人の孤立を招き、その再構築には、生産が職人や個人事業に回帰することが不可欠になる。反ロマン主義的なそういった論理はしばしばスキャンダルを招いたが、ダ・シルヴァの著作以前には、そうしたロジックは、ジャーナリズムによって否定され忘却されていた。主要メディアに共通して残るコンセンサスは、個人の自由、愛の神秘の周りを常に回っていたからだ。ダ・シルヴァは溌剌《はつらつ》とした知性の持ち主で、鋭い論客でもあり、政治的、または宗教的なイデオロギーにはかなり無関心で、いつの場合も、自分が優れている分野、つまり、家族構成の発展の分析とそれが西欧社会の人口予測にもたらす結果にだけ、自分の主張を厳格に限定していた。それが幸いして、彼の理論は、彼の周りに作られようとしていた右翼化のサークルから逃れ、モアメド・ベン・アッベスが立ち上げようとしていた社会計画についての論議に参加を許される主張として、地位を確立することができたのだった（この論議は大変にゆっくりと生まれ、穏やかに行われた。政府に対する、無気力で全体的な暗黙の了承がすでに世論にあったからだ。しかしそういった論議が生まれたことには違いないのだ）。

ぼくの家族歴はダ・シルヴァの説をそのままなぞったものだった。恋愛からは、ぼくは今までになく遠ざかっていた。ラシダとルイザを最初に訪ねたときの奇跡は再び訪れず、ぼくのペニスは再び、効率的だがそれ自身は快楽を感じることのない器官に成り果てた。ぼくは彼女たちのアパルトマンをほとんど絶望的な気分で離れた。彼女たちに再び会うことはないだろうし、鮮明に残されていた可能性もぼくの手からみるみるうちにこぼれ落ちていったのだった。ユイスマンスだったら、「心動かされることなく、乾燥した」という表現を使ったことだろう。

その後程なくして、突然の寒気団が広範囲に西ヨーロッパを襲った。寒気はイギリス諸島とドイツ北部に何日か停滞した後、一夜のうちにフランスに南下し、この季節にしては例外的に低い気温をもたらした。

ぼくの身体はもう快楽の源泉ではあり得ず、苦悩が湧き出る泉となり、数日後には、この三年間で十度目の発汗障害に見舞われた。それは水泡状の湿疹《しっしん》となって出現した。小さい膿疱《のうほう》が足の裏や足指の間に住み着き、化膿したむき出しの表面を形成するために一体化しつつあった。皮膚科で診察してもらうと、医者の言うことには、ぼくの皮膚疾患は、当該箇所に住み着いた日和見性の真菌のせいで悪化したのだ。治療法はあるにはあるが、時間がかかり、始めの何週間かはこれといった効果を期待してはいけないとのことだった。ぼくは、それに続く何日もの夜、痒《かゆ》さで眠れなかった。何時間も、血が出るまで患部を掻いては、ほんの一瞬でも痒みを忘れようとしなければならなかった。足の指という、この、まん丸とした馬鹿馬鹿しい肉のちっぽけな塊が、これほどの疼きと責め苦をもたらしうるとは驚きだった。

そんな風にして、患部を引っ掻いていたある晩、ぼくは、足を血だらけにして起きあがり、ガラス窓に歩み寄った。朝三時だったが、パリではいつものように、まったくの暗闇はほとんどなかった。窓からは十数棟の高層建築が見え、それより低層の建物も無数に見受けられた。全部で、何千ものアパルトマンと、同じだけの「世帯」があることになる。世帯とは言っても、一般的にパリでは一人か二人の人数に限られ、独居も増えるばかりだった。今、それらの住居のほとんどの明かりは消えていた。ぼくには、多くの人間と同様、自殺する具体的な理由はなかった。よく考えれば、他の人よりも自殺する理由は少なかったかもしれない。ぼくの人生は現実的に幾つもの知性的な達成を成し、ごく小さい業界ではあったが、その業界では知られており尊重されてもいた。物質的な面でも不満を言うべき事由はまったくなかった。ぼくは死ぬまで、高額の年金を保証されており、それは国の平均年金支給額の二倍で、そのために特別な仕事をする必要はまったくなかった。しかしながら、ぼくは、自分が自死に近づいているという気がしているような、絶望や、特別な悲しみを抱えているわけでもなかったが、単に、ビシャ*が語っていた「死に抵抗する機能の総体」がゆっくり崩壊していると感じられたのだ。生きたいという欲求だけでは、平凡な西欧人の人生に次々と現れる苦悩と厄介事のすべてに対抗するには、明らかに十分でなかった。ぼくは、自分のために生きることができなかったが、では、他の誰のために生きてきたというのだろう。ぼくは人間に興味を持っておらず、むしろそれを嫌っていて、人間に兄弟愛を抱いたことはなく、人類をさらに小さい枠に区切って、たとえばフランス人とか、かつての同僚などに限定したとしても、厭な気分になるだけだった。しかしながら、不愉快ではあったが、ぼくは、その人類なるものがぼくに似通っていて、まさにそれが故にぼくは逃げ出したい気持ちになることを認めざるを得なかった。古典的で効果が実証されてもいる解決策としては、女性に頼るということがある。女性は人類ではあるが少々異なるタイプの人間性を象徴するが故に、人生にある種のエキゾチスムの香りを与える。ユイスマンスもほとんど同じ図式でこの問題について問うことがあったかもしれない。状況はそれからほとんど変わっていないのだから。ゆっくりとした風化により、そして男女の差異が平板化されることにより、これは公の問題ではなくなり、女性はかつてほどエキゾチスムをもたらさなくなった。しかし実際には男女の差異の平板化は喧伝されすぎているのだ。ユイスマンスは最終的には他の道を辿り、「神性」のもっとラディカルなエキゾチスムを選んだ。しかし彼のその選択はぼくをいつでも戸惑わせるのだった。

何か月かがまた過ぎた。ぼくの発汗障害に治療が効果をもたらし始めたが、ほぼ同時に、それに代わるべく、猛烈な痔の症状がぼくを襲った。気候は次第に寒さを増し、ぼくは必要最小限の移動しかしなくなった。一週間に一度ハイパーマーケット「カジノ」まで行って食品と日用品のストックを補充する以外、アマゾンで注文した本を受け取るために郵便受けまで降りて行くだけだった。

それでもぼくは、年末のパーティーの時期をそれほど激しい絶望を感じずに乗り越えた。その前年、ぼくはまだ新年を祝うメールを何通か受け取っていた。アリスと、学部の何人かの同僚からのものだった。今年は初めて、新年の挨拶のメールを一通も受け取らなかった。

一月十九日の夜、思いも寄らないときに突然涙が出て止まらなかった。朝になって、太陽がクレムラン゠ビセットル病院の方から昇っていたとき、ぼくは、ユイスマンスが修道院入りしたリギュジェ大修道院に戻ることに決めた。

＊マリー・フランソワ・グザヴィエ・ビシャ。一七七一－一八〇二。フランスの解剖学者、生理学者。

ポワティエまでのTGVは、回復の見込みのない遅延が告知されていて、SNCFの警備員たちは、乗客が煙草を吸わないようにプラットホームを監視して回っていた。つまりぼくの旅はどちらかと言えば出だしが悪く、車両内でも別のトラブルが待ち受けていた。荷物を置くためのスペースは前に乗車したときよりも小さくなり、ほとんどあるかなきかの状態で、そのため他の乗客の雑多な荷物が廊下に積み重なり、荷物に潰されずに車両の間を移動するのは、困難どころか不可能な状況になっていた。食堂車を目指して移動して行く楽しみは、かつては列車の旅の大きな部分を占めていたのだけれど。そうやってバー・セルヴェールにたどり着くまでに二十五分かかり、そこにはまた新たな失望が待ち受けていた。メニューに書かれた料理のほとんどが売り切れていたのだ。SNCFとセルヴェール社はこの事態を詫《わ》びていた。ぼくはバジリコソースのキヌア*のサラダとイタリアの炭酸水で我慢しなければならなかった。ぼくは駅の「ルレー」(国鉄の駅に入っているチェーン店)で、好きでもない『リベラシオン』紙をあえて買っていたが、サン゠ピエール゠デ゠コール駅にさしかかった辺りで、ひとつの記事が目にとまった。新大統領が掲げているディストリビュティヴィズムは、最終的には、当初考えられていたほど無害な訳ではないということだった。チェスタートンとベロックが導入していた政治哲学の根本的な要素のひとつは「補完性原理」**だった。その原理によれば、どんな実体（社会的、経済的、政治的）も、それより小さい単位の機関に任せうる機能を担ってはならない。教皇ピウス十一世は、回勅「クアドラゲシモ・アンノ」にて、この原理に次のような定義を与えている。「個人企業や工場が達成しうることを個人から取り上げて共同体に与えるのが良くないことであるように、より上位で大きな組織が、より下位の小さい単位によって効率よく実現されうる機能を剝奪することは、不公平で、真剣な悪であり、あるべき秩序を妨げる」ベン・アッベスが思いついた新しい機能とは、この場合「あるべき秩序を妨げる」のは、国という大きすぎる単位による割り当て、つまり社会保障そのものであるという内容だった。彼は最近の演説で感情を込めてこう言っていた。連帯は、それが家族という温かな単位の枠内で行われるとき、もっとも美しい、と。「家族という温かな単位の枠」とは、この段階ではまだ大部分が「カリキュラム」***だったが、より具体的に、政府予算の新しいプロジェクトは三年にわたって国の社会的支出を八五パー

＊　南米原産の雑穀で、ヨーロッパでは近年健康食品として消費される。
＊＊　欧州連合による活動は、加盟各国の政府の主権的議決が及ばない補足活動に限定するという原理。
＊＊＊　ここでは一九八一年、当時の大統領フランソワ・ミッテランによる歴史的で大規模な政治カリキュラムが喚起されている。

セント減らすことを予定していた。

もっとも驚くべきは、最初から広がっていた催眠的な魔法が効果を発揮し続け、このプロジェクトが真剣な反対意見に出会わなかったことだった。左翼はいつでも、右翼からの提案であれば激しく拒絶されただろう反社会的な改革を、世論にすんなり受け入れさせるという能力を持っていた。イスラーム党の場合はさらにその効果を発揮する。新聞の国際面によれば、フランスと交渉中のアルジェリアとチュニジアが欧州連合へ加盟する動きが急速に進んでおり、彼らは、来年の終わりまでには、モロッコ同様、欧州連合に加盟するだろうとのことだった。さらに、レバノンとエジプトとも最初のコンタクトが取られていた。

ぼくの旅行は、ポワティエの駅を降りてやや好転した。十分な数のタクシーが停まっていて、運転手は、ぼくがリギュジェ大修道院と行き先を告げたときにも特に驚いていないようだった。彼は五十代で、体格が良く、考え深く優しい目つきをしていた。彼はトヨタ・モノスペースを慎重に運転した。世界中から毎週のように、この、西洋でももっとも古いキリスト教修道院に滞在するために人々が集まっているのだと彼は説明した。先週も、有名なアメリカ人俳優を車に乗せた。名前はもう覚えていなかったが、確かに映画で見たと言った。少しばかり質問してみて、確かではないがおそらくそれはブラッド・ピットだろうということになった。ぼくの滞在は快適なものになるでしょうと彼は言った。ここは静かで、食べ物は美味しい。ぼくは、彼がそう言った時点で、彼がそう思っているだけではなくそれを願っていることが分かった。つまり、彼は、他の人たちの幸福を原則的に喜ぶというそれほど多くはないタイプの人間に属しているわけで、人が呼ぶところの「善良な男」なのだった。

修道院の入り口ホールに入ると、左側には、修道院で作られている手工芸品を売る店があったが、今は閉まっていた。そして右側にある受付には誰もいなかった。カウンターの上の表示板には、誰もいない場合にはベルを鳴らしてください、ただし、聖務の間は、急用でない限りご遠慮願いますとあった。聖務の始まる時刻は書かれていたが、どのくらいの間続くのか分からなかった。食事の時間も想定して長いこと計算してから、ぼくは、全部の聖務日課が一日で終わるためには、一回が三十分を超えることはないだろうとふんだ。ざっと考えてみると、今は、六時課と九時課の間に当たっていた。それならばベルを鳴らしても良いだろう。

何分かして、黒い修道服を身にまとった、背の高い修道士が現れた。彼はぼくを見てにこやかな笑顔になった。額の広いその顔は、ほとんど白髪のない栗色の小さな巻き毛に縁取られており、同じように栗色の髭がペンダントのように垂れ下がっていた。彼はどう見ても五十以上ではないだろうとぼくは推測した。

「わたしはジョエルといいます。あなたのメールにお答えしたのはわたしです」と、彼は言うと、有無を言わさずぼくの旅行カバンを持った。

「部屋までご案内します」彼は背筋をしっかり伸ばし、ぼくのカバンは重いのに軽々と持ち、健康そのもののようだった。

「またあなたにお会いできてうれしく思います。もう二十年になりますか」ぼくは、何も分からないという表情で彼を見つめなければならなかった。彼はぼくにこう言った。

「二十年前にわたしたちのところにいらっしゃいましたね。その頃、ユイスマンスについてお書きになっていたでしょう」それは本当のことだったが、ぼくは、彼が自分のことを覚えているのに驚愕していた。ぼくの方は、彼の顔にはまったく見覚えがなかった。

「あなたは、いわゆる接待係の修道士なのですか」

「いえ、まったくそうではありません。当時はそうでしたが。それは若い修道士の役目なのです。つまり、修道院に入ってからの年月が浅い、ということですが。接待係は、わたしたちの客人と話すことを求められます。まだ、俗世と接触を保つ状態にあるのです。接待係というのは、一種のエアロック、沈黙の業に集中する前に修道士に認められた中間にある踊り場のようなものです。わたしは、一年とちょっと接待係を務めていました」

ぼくたちは、庭に囲まれたルネサンス時代の美しい建物に沿って歩いていた。冬の、目を眩ませる太陽が、枯れ葉の散りつもった道で光っていた。やや遠くには、修道院と大体同じ高さの、後期ゴシック様式の教会が広がっていた。

「あれは修道院付きのかつての教会なのです。ユイスマンスが知っていた教会です」とジョエル修道士は言った。

「しかし、コンブ法により修道共同体が解体してしまったことから、わたしたちが修道院を創設し直そうとしたときには、かつての修道院の建物は取り戻せたものの、教会をわたしたちの手に戻すことはできませんでした。それで、修道院内部に新しい教会を改めて建てる必要があったのです」

ぼくたちは同じようなルネサンス様式の小さな平屋の建物の前で立ち止まった。

「ここが宿泊棟です。こちらにお泊まりいただくことになります」と彼は続けた。ちょうどそのとき、やはり黒い修道服をまとった四十代のずんぐりした修道士が道の反対側から走って現れた。生き生きとして、禿頭には日光が反射し、快活で優秀な人間であるという印象を与えた。財務大臣とか、またはもっと重要な予算大臣とか。つまり、誰もが彼にになら信頼して重責を任せるタイプの人物に見えた。

「こちらがピエール修道士、我々の新しい接待係ですので、ご滞在中の細かなことは、彼にお申し付け下さい。わたしはただご挨拶に参っただけです」ジョエル修道士はそう言うと、ぼくの前で頭を深く下げてお辞儀をし、ぼくと握手し、修道院の方に去っていった。

「TGVでいらしたのですか」と接待係は聞き、ぼくは頷いた。

「そう、TGVなら本当に早いですね」と彼は続けた。見るからに、月並みな話題でもいいから会話をしたくてたまらないようだった。それから、ぼくの旅行カバンを持つと、彼は部屋までぼくを案内した。四方がそれぞれ約三メートルの正方形の部屋には、ライトグレーで網目模様のエンボス加工をされた壁紙が貼られていた。床もやはりグレーで、毛の抜けた安物のカーペットが敷かれていた。この部屋のただひとつの装飾は素朴な木製の大きな十字架で、小さなシングルベッドの枕元の壁に架けられていた。ぼくはすぐに、水道の蛇口がワンタッチ式混合栓ではないことに気が付いた。また、天井には火災報知機があることにも。ぼくはピエール修道士に、大変結構ですと答えたが、すでに自分でそれが嘘であると分かっていた。ユイスマンスは『出発』の中で、修道院生活に耐えられるだろうかと絶えず自問自答したが、上手く行かないと思ってしまう理由の一つには、建物の中では喫煙を禁じられるということが含まれていた。そういった文章が、昔から、ぼくがユイスマンスを好きな理由だった。また、この世に存在する人生の純粋な喜びのひとつは、一人でベッドに入り、手が届くところに本を積み上げ、煙草の箱をひとつ置くことだとも彼は言っていて、おそらく、それは正しい。しかし彼は火災報知機は知らなかったのだ。

ありふれた木の机の上には、聖書と、ジャン゠ピエール・ロンジャ師が書いた、修道院の隠遁生活の意味についての薄い冊子（「持ち出し禁止」と書かれていた）、それから、聖務と食事の時間が記された用紙があった。ちらりと眺めて、ぼくは、そろそろ九時課の時間だと気が付いたが、初日は参加しないことに決めた。九時課は象徴的意味をもつ聖課ではなく、三時課、六時課とともに「一日にわたって神の存在を回復させる」ことを目的としていた。一日に聖務は七回で、それに加えて毎日のミサがあった。ユイスマンスの時代と比べて、この点は何も変わっておらず、ひとつだけ緩くなったのは深更のお勤めで、以前は朝二時に行われていたが、前日の二十二時にまで繰り上げられていた。最初に滞在したとき、ぼくは、瞑想的な長い詩篇で構成されたこの夜の聖務が、真夜中に、終課（過ぎた一日に別れを告げる）とも、新たな夜明けに挨拶をする朝課ともまったく別のレベルで行われることが気に入っていた。この聖務は純粋な待機であり、望む理由を持たない最後の望みなのだった。もちろん、教会に暖房がなかった時代、真冬に、この務めを行うのは容易ではなかったに違いない。

ぼくにとってもっとも印象深かったのは、ジョエル修道士が、二十年もの歳月を経ているのにぼくに気づいたことだった。接待係を離れてから、それほど多くの出来事があったわけではないのだろう。彼は修道士の作業所で働き、日課にいそしんで来た。彼の人生は平和に満ち、おそらく幸福なのだろう。それはぼくの人生とは対照的に思えた。

ぼくはそれから散歩に出て、何本もの煙草を吸い、食事の直前にある晩課を待って、公園を長い間歩いた。太陽はますますきらめきを増し、霜を輝かせ、建物の石を金色の光で照らし、落ち葉の絨毯の上に深紅の光をもたらしていた。ぼくがここにいる理由は、明確ではなくなっていた。その根拠は、時折、弱々しく現れたかと思うと、ほとんど同時に消えた。しかし、はっきりしているのは、もはやそれがユイスマンスとはほとんど何の関係も持たないということだった。

続く二日間で、ぼくは切れ目なく続くお勤めに慣れたが、本当に好きになるには至らなかった。ミサだけがはっきりと認識できるただひとつの要素で、それは、外界で考えているような信仰との唯一の接点だった。その他には、その時々にかなった詩篇の朗読と歌が延々と続き、時には聖なるテキストの短い朗読がそれを中断することもある。修道士によって行われるそうした朗読は、沈黙のうちに摂られる食事の間にも同様に行われていた。修道院の敷地の内部に建てられた、近代建築の教会は素っ気なく醜かった。この教会は、その建築様式から、アノンシアシオン通りのショッピングセンター「シュペル・パッシー」*を思わせた。そして、ステンドグラスは色の付いた単純な抽象模様で、特に注意を払うには値しなかった。しかしそれらすべては、ぼくにとって重要ではなかった。ぼくは美学者ではなく、ユイスマンスから比べればはるかに美に疎《うと》く、現代宗教芸術がおしなべて醜いことは、ぼくにはそもそもどうでもよかった。修道士たちの純粋

＊パリの高級住宅地区にあるショッピングセンター。

で、控え目かつ穏やかな声はきんと冷えた大気の中に昇っていった。その声は優しさと希望と待機の感覚に満ちていた。主イエスは戻って来るだろう、もうすぐ戻って来るに違いない、そしてすでにその存在の温かみは喜びで彼らの魂を満たしていた。それが、根本的なところそれらの歌の唯一のテーマなのだ。有機的で優しい歌。ニーチェはその海千山千の娼婦のような嗅覚で真実を突いていた。キリスト教は最終的に女性的な宗教なのだ。

こういった事象はぼくを改宗に導けたかもしれない。しかし個室に戻るとぼくにとって事態は悪化するのだった。火災報知機は赤く憎しみの籠もった目でぼくを見つめていた。時折窓から顔を出して煙草を吸おうとしたが、そこでも、物事はユイスマンスの時代から悪化するばかりだと気づかざるをえなかった。TGVの線路が公園の端を走っており、目測二百メートルのところを列車はまだ全速力で走り、線路の上のモーターの騒音は一時間に何度も、この場所の瞑想的な沈黙をぶち壊した。しかも、寒さは次第に厳しくなっていて、窓際でそうやって煙草を吸うたびに、その後、長い間部屋の暖房機にくっついて身を縮こまらせる必要があった。ぼくは神経過敏になり、おそらく素晴らしい修道士であるのだろう、ジャン゠ピエール・ロンジャ師の、善意と愛に溢れた言葉が、かえってぼくを苛々させた。「人生は絶えざる愛の交換であるべきで、それは苦悩においても喜びにおいても同様である」とこの修道士は書いている。「そうであるからにはこの数日間を、愛する能力を磨くために使い、言葉と行動において愛するに任せる時間とせよ」って、見当違いだよ、あほんだら、今は独房入りじゃないか、とぼくは激しい怒りに満ちて師を罵った。「ここでは荷物を置き、自らの内部に旅行をするためにいる。この場所は欲望の力が発揮される根源となる場所なのだ」とも彼は述べていた。ぼくの欲望はこれ以上ないほど具体的、それはただ煙草を一本吸うことで、今その時点にいるんだよ、阿呆め、それが根源となる場所なんだから。ぼくは、ユイスマンスのように、心が「世俗の宴によってかたくなになり、煙に燻されてしまった」とは感じないだろう。しかし、煙草によって肺が硬くなり煙に燻されているとは疑いもなく言えるだろう。

「愛の声を聞き、味わい、飲み干し、愛に泣き、愛を歌い、愛の扉を叩け！」とロンジャは法悦状態で記していた。三日目の朝、ぼくは、ここを離れなければならない、この滞在は失敗でしかなかったと理解した。ぼくは、ピエール修道士に、まったく予定しなかった仕事上の義務が生じ、それは文字通り信じがたいレベルの重要性で、滞在を短くしなければならないと告白した。ピエール・モスコヴィシ*に似たこの修道士がぼくの話を信じることをぼくは疑わなかった。そして、もしかしたら彼自身がこの修道院に入る前、俗世においては一種のピエール・モスコヴィシだったのかもしれないのだ。つまりぼくたちはピエール・モスコヴィシ同士だから、話が通じるはずだと期待したのだった。彼はそれでも、修道院の受付ホールを離れるときに、ぼくの修道院滞在が光に照らされ

＊フランスの社会党の政治家。財務相、欧州議会副議長、欧州委員などを歴任。

った道であったのならいいのですがと祈った。ぼくはもちろん、ノープロブレムです、滞在はすごく快適でした、と答えたが、そのとき、彼の期待にその答えは見合っていなかったと感じた。

大西洋から来た低気圧がフランス南西部に達し、気温は一晩で十度上昇した。厚い霧がポワティエ一帯の田舎を覆った。とても早い時間に修道院を出たので、タクシーが来るまでほぼ一時間待つことになった。ぼくは修道院入り口のすぐ傍にある「バー・ド・ラミチエ」で時間を潰し、機械的にレフとヒューガルデンを飲み干した。ウェイトレスは痩せぎすで厚化粧、客は大声で話していた。話題は主に不動産とヴァカンスのようだ。ぼくは、同胞の間に身を置いて、何も満足を得ることがなかった。

5

「もしもイスラームが政治的でないのであれば、イスラームの意味はない」

（アヤトッラー・ホメイニー）

ポワティエの駅で、ぼくは電車の切符を変更しなければならなかった。次のパリ行きTGVは二等席は一杯だったので、一等席「TGVプロ」スペースに乗車するために追加料金を払った。SNCFによればそれは特別なスペースで、快適なWiFi環境、仕事の資料が置ける広めの折りたたみテーブル、パソコンがバッテリー切れになるという馬鹿げた事態を避けるためのコンセントが設置されていた。それ以外は、普通の一等席と何の変わりもなかった。

ぼくは一人掛けの、向かいの座席がなくて、進行方向に向いている席を見つけた。通路の反対側には、おそらくボルドーから来たに違いない白く長いジェラバ*と、やはり白いカフィエ**姿の、五十代のアラブ人のビジネスマンが、座席のテーブルに置いたパソコンの脇にいくつもの書類を広げていた。彼の前には、思春期を過ぎたばかりという若い

*帽子が付いた丈の長い服で、マグレブ（北アフリカ諸国）地方の伝統的衣装。
** アラブ人の伝統的な装身具。頭に巻く正方形の布。

女性が二人——おそらく彼の妻たちなのだろう——「ルレー」で買い集めたお菓子と雑誌を並べていた。彼女たちは元気でよく笑い、丈の長い服を着て、マルチカラーのスカーフを被っていた。今のところ一人は熱心に『ピクスー・マガジン』（十代向けの漫画雑誌）を眺め、もう一人は『ウープス』（セレブのゴシップ雑誌）を読みふけっていた。

ビジネスマンの方は、重大な心配事に直面しているという印象を与えた。メールボックスを開き、エクセルのデータが幾つも含まれている添付ファイルをダウンロードした。それらの書類を検討した結果、彼の不安はいや増したようだった。携帯電話を取りだして低い声で長い間会話していたが、何が問題なのかは分からなかった。そして、ぼくは、さしてやる気もなく、『フィガロ』紙を読みかけた。新聞は、不動産と贅沢品に対してフランスで制定された新しい税制について触れていた。その点では、状況は極めて有望であるようだった。湾岸諸国は、フランスが自分たちの友好国になったことを理解し、パリやコートダジュールに投資用不動産を購入する気になっており、中国人やロシア人と競り合って、フランスの不動産市場に好景気をもたらしていた。

二人のアラブ人の女性は、けらけらと笑い転げると、『ピクスー・マガジン』の間違い探しに取りかかっていた。ビジネスマンはエクセルのグラフから顔を上げ、申し訳ないけど少し静かにしてくれないか、と言いたげな笑みを浮かべた。彼女たちも笑い返し、興奮しながら何事か囁き合っていた。彼は再び携帯を手に取ると、一回目と同じように長く内密の会話を続けていた。イスラームの制度においては、女性たちは——つまり、金持ちの夫の欲望を目覚めさせるくらいきれいな女性たち、ということだが――一生子どもで居続けられる可能性があった。子ども時代から抜け出すとほとんど同時に彼女たちは自らが母親になり、再び子どもとの世界に入り込む。子どもたちが大きくなり、彼女たちはおばあさんになり、そのように人生は過ぎていくのだ。セクシーな下着を買い、子どもの遊びを性的な遊戯と入れ替える何年間かがあるが、それもまた最終的には同じことになる。もちろん彼女たちは自立性を失っているのだが、自立性などくそくらえだ。ぼくだって、職業上または知的な責任をやすやすとすべて放棄し、そのことによってほっとしているのだ。また、「TGVプロ」の一等席のコンパートメントの通路の反対側に座り、電話での会話が進むにつれほとんど不安で顔が灰色になっているこのビジネスマンを羨みもしていなかった。彼は明らかに自分の資産を失おうとしているのだ――列車は今サン＝ピエール＝デ＝コールを過ぎたところだった。それでも彼は優美でチャーミングな二人の妻に癒してもらえるだろう、疲労と不安を取り除くために。もしかしたらパリにはさらに一人や二人別の妻がいるのかもしれない。シャリーア法によれば四人までは妻を持つことができるのだから。ぼくの父は……神経質な、どうしようもない女、ぼくの母親を妻にしただけだった。ぼくはそう考えて身震いした。と言っても母親はもう死んでいて、父親も死んでいるのだ。ぼくだけが残っている、少しばかりくたびれてはいるが、彼らの愛情の、ただ一人の生き証人として。

パリでも寒さは和《やわ》らぎつつあり、とはいえポワティエほどではなく、冷たい霧雨が街に襲いかかっていた。トルビアック通りはひどく渋滞していて、しかもいつもより遠く長く続いているようだった。かつてこれほど憂鬱で終わりのない通りを通ったことはないと、ぼくは感じた。パリでは何か素敵なことが待っているわけではなく、待っているものといえば様々な厄介事ばかりだった。しかしながら驚いたことに、郵便受けには手紙が一通入っていた。手紙、というのは広告チラシでも請求書でも事務的連絡の書類でもないもののことだ。ぼくは自分の家のリヴィングルームに嫌悪に満ちた一瞥をくれた。この家に帰ることにまったく喜びを感じないという明白な事実から逃げられなかった。この家では誰も愛し合っていないし、誰も誰かを愛していない。ぼくはカルヴァドスをグラスになみなみと注いでから手紙を開いた。

手紙の送り主はバスティアン・ラクーとサインされていて、彼は確か何年か前に——その頃その情報はぼくの耳には入っていなかったが——ユーグ・プラディエ*に次いでプレイヤード叢書の編集主幹になったはずだった。彼はまず、ユイスマンスが、フランス文学の古典大系の一部をなしているにもかかわらず、説明できない手落ちによりまだプレイヤードのカタログに入っていないことを指摘した。ここでは、ぼくはまったく彼と同意見だった。それから、プレイヤードでユイスマンスの作品の編集を誰かに任せるとしたら、誰もが知っている卓越した能力により、ぼくしかありえない、と断言していた。こういった提案は断るべきではない。もちろん断ることはできるが、そうなれば知的・社会的野心をなにもかも放棄することになる。もっと言えば、野心と名の付くすべての放棄を意味する。ぼくにその覚悟はあるのか。その問題について考えるためには二杯目のカルヴァドスが必要だった。よく考えてから、もう一本アルコールを買いに降りた方が賢明のように思った。

ぼくはそのすぐ二日後にバスティアン・ラクーとのアポイントメントを取り付けた。彼のオフィスはまったく想像した通りで、急な木の階段を三階まで上ったところにあり、そこからは手入れの悪い中庭が見えた。彼自身はよくあるタイプのインテリで、縁なしの楕円形の小さな眼鏡をかけ、どちらかと言うと陽気で、自分自身と世界、そして自分のいる地位に満足しているように見えた。

ぼくはこの会合のために、少しばかり時間をかけて準備していた。ユイスマンスの作

＊中世専門の歴史家で一九九七年からガリマール社プレイヤード叢書の編集主幹。

品を複数巻に分け、一つは『薬味箱』から『ブーグラン氏の隠遁』まで（この作品については、ぼくはもっともあり得る創作年を一八八八年と考えていた）、そして第二巻はデュルタルが出て来る作品群で、『さかしま』から『修錬者』まで、そしてもちろん『ルルドの群衆』を加えたものにする。この、単純かつ論理的で、明白でもある分け方は問題を起こすはずもなかった。注の問題はいつでもよりデリケートだった。学問的に見せかけている版のいくつかは、ユイスマンスが引用する数限りない作家、音楽家、画家についての情報を加えた注を付けるのが正しいと信じていたが、ぼくにはそれはまったく不要に思えた。注をまとめて巻末に入れたとしてもだ。本を重苦しいものにしてしまうリスクがあるし、注を付ける基準を決めるのも困難だろう。たとえば、ラクタンティウス（初期キリスト教の著述家）、アンジェラ・ダ・フォリーニョ（十三世紀イタリアの女性神秘家）、またはグリューネヴァルトについてはどうだろう。彼らについてもっと知りたい人たちは自分で調べればいいのだ。それに、ゾラやモーパッサン、バルベー・ドールヴィイ、グールモンやブロワなど、ユイスマンスと同時代の作家については、序文で触れるべきだとぼくは考えていた。これに関して、ラクーはすぐに、ぼくに賛成すると言った。

　難解な言葉や、ユイスマンスが使っていた新語については、反対に、注という機能に大いに頼ることが正当化された。そして、それは巻末ではなく同ページ内に注を付ける形がふさわしいと考えていた。彼は情熱的に同意した。

「あなたはその点では、著作『新語の眩暈』ですでにめざましいお仕事を残していらっしゃる！」と彼は快活に言った。ぼくは、それほどではありませんよと言うように右手を挙げ、親切にも書名を挙げてくれたその著作では、その問題にはちらりと触れるだけだったと表明した。ユイスマンスの言語学的体系の、せいぜい四分の一しかそこでは取り上げられていないのだ。彼の方では左腕をひらひらと振り、いやいやご謙遜をと言わんばかりだった。当然のことながら、彼にはぼくがこの出版の編集について達成すべき困難な仕事を、低く見積もるつもりはまったくなかった。大体、現時点では、締切も設けられていなかったので、その点については気楽に構えられた。

「そう、あなたは永遠に残る著作のためのお仕事をなさるのですから。こんなふうに表明することはいつでもいささかもったいぶっているように聞こえますが、どちらにしても、それが我々の野心であることは間違いありません」

物柔らかくなされたその表明に続いて短い沈黙があった。ぼくは、このミーティングは上手くいったと思った、ぼくたちはほぼ同じ価値観を持っているようだ。プレイヤード叢書はぼくの手の中にあるも同然だった。

「ロベール・ルディジェはあなたが……何といいますか……政権が変わった後、ソルボンヌを離れたのを大変残念に思っていたようでしたよ」と彼はもう少し苦渋をこめた声で言い、少し挑発する調子で付け加えた。

「こんなことを知っているのも彼が友人だからです。個人的な友人です。何人かの、極めて優秀な教員は残りました。でも、同様に優秀な教員の中にも職を離れた人がいます。あなたもそのケースですが、それらの辞任一つ一つが彼にとっては個人的な傷になっていました」そう彼は少々ぶっきらぼうに結論づけた。まるで、丁寧であろうという義務と友情のそれが、彼の中で面倒な争いを起こしているようだった。

ぼくはそれに答える言葉を何も持たず、彼は一分ほどの沈黙の後、ぼくが答える気がないことに最終的に気が付いた。

「とにかく、あなたがわたしのささやかなプロジェクトを受け入れてくださって大変うれしく思っていますよ！」と彼は手をこすって大声を出した。まるでぼくたちが、知識人の世界で愛らしい小芝居を打っていたかのようだった。

「本当に、あなたのような方……あなたのようなレベルの人が、突然、講義の場所も、出版の機会も、何もかも失ってしまうのはまったくもって普通ではないことで、どうにも残念に思われていたのです！」

そう言ってから、自分の口調があまりにもドラマチックに過ぎることを意識して、彼は静かに席から立ち上がった。ぼくの方は、もう少し快活に立ち上がった。

おそらく、自分たちが成した契約にさらに磨きをかけるために、ラクーはぼくをオフィスの入り口まで送るだけではなく、ぼくと一緒に三階から降りたのだった（「お気を付けて、階段が急ですから」）。そして、長い廊下を抜けて（「まるで迷路でしょう！」

と彼はユーモアを込めて言ったが、実際はそれほどでもなく、十字に交差している二本の廊下があり、その先はすぐに着いた）、ガストン＝ガリマール通りにあるガリマール社の入り口までぼくを見送った。大気は再び冷え込んで乾燥し、ぼくはそのとき、ぼくたちは一度も謝礼について触れなかったことに気が付いた。まるでぼくの考えを読み取ったかのように、彼はぼくの肩に手を近づけ、しかしぼくに触れることはなく、こう言った。

「近々契約書のご提案をさせて頂きます」そして、ほとんどすぐにこう続けた。「それから、来週の土曜日、ソルボンヌ＝パリ大学が再び開校されることを記念してささやかなパーティーが行われます。あなたにも招待状を送らせます。もしご都合を付けてくださるようなら、ロベールは大変喜ぶと思いますよ」

今度は、彼はぼくの肩を本当に叩き、それから握手をした。まるでたった今、偶然に思い出したとでもいうようにこの話をしたのだが、しかしぼくがそのときに得た感触というのは、その最後の話こそが、実際には、他のすべてを説明し正当化している、というものだった。

パーティーは十八時に、アラブ世界研究所の最上階を借り切って行われた。ぼくは、招待状を入り口で差し出しながら少しばかり不安だった。誰に会うことになるのだろう。間違いなくサウジアラビア人だ、招待状にはサウジの王子の一人が出席すると書いてあって、その名前はよく覚えていた。彼が新たなソルボンヌ＝パリ大学の中心的な出資者だったからだ。おそらくかつての同僚にも会うだろう。この新しい大学で働くのを受け入れた連中だ。でもぼくは、スティーヴを除けば誰も知らなかったし、スティーヴは今一番会いたくない人間だった。

シャンデリアに照らされた大きな会場に足を踏み入れると間もなく、ぼくは一人、かつての同僚を眼にした。とはいってもほとんど知らない人間で、おそらく一回か二回話しただけだ。しかしながらベルトラン・ド・ジニャックは文学分野では世界的な名声を保っていた。彼は定期的にコロンビア大学やイェール大学で講演を行い、「ロランの歌」について、この分野での権威とされる著書を発表していた。新しい大学学長が、人材獲得の点で後れを取らなかった唯一の成功例だった。しかしそれ以外に彼に話すことはほくにはなく、中世文学は自分にとってほとんど未知の分野だったので、ぼくは賢明にメッゼ*を食べる方を選んだ。温かいのも冷製のも素晴らしく美味で、一緒に供されたレバノンの赤ワインも悪くはなかった。

しかしながら、ぼくには、このパーティーが大成功だという印象はなかった。三人から六人ほどの、アラブ人とフランス人の混ざった小グループが、壮麗な装飾のホールをうろついてぼそぼそと話をしていた。スピーカーから流れていたアラブ＝アンダルシア音楽は、繰り返しが多く鬱陶しく、この場の雰囲気を盛り上げるのには貢献していなかった。しかし、問題はそこではなく、四十五分ほど会場をうろついて、メッゼを十種類つまみ、赤ワインを四杯飲んでから、何が間違っているのか、確信できた。会場には男性しかいなかったのだ。女性は一人たりとも招待されておらず、女性が不在なまま、何とか社会生活をまわして維持することは——サッカーという支えでもなければということだが、それはこの、あくまでも大学の文脈では適切ではない——勝つのが難しい賭けだった。

その後すぐに、ぼくはラクーに気が付いた。部屋の端の方に固まっていたもっとも大人数のグループで、彼以外にはアラブ人が十数人とフランス人が二人いた。誰もが活発に話していた。ただ一人、脂ぎって深刻な顔つきをした、立派なわし鼻の五十代の男は

＊レバノン料理、シリア料理などに特徴的な小皿料理。

別だった。彼は、シンプルに白く丈の長いジェラバを身にまとっているが、ぼくはすぐに、彼はグループの中でもっとも重要な男性で、王子その人かもしれないと気が付いた。彼らは順繰りに熱を込めて、なにやら言い訳めいた話をしていたが、彼だけが沈黙を保ち、時折頷いてはいたが顔つきは硬いままで、何か問題があることがはっきりと見て取れた。しかしぼくには関係がなかったので、ぼくはそこから離れて、チーズのサンブセック（風春巻き《レバノン》）をもらい、五杯目のワインに手を付けた。

年を取った、背の高い痩せた男、薄くて長い髭の男が王子に近づき、王子は彼と二人きりで話をするためにそのグループを離れた。中心人物がいなくなったので、グループはすぐに解体した。そこにいたフランス人の一人とあてもなく会場をうろうろしていたラクーは、ぼくを見かけると、曖昧な仕草をぼくに示してからやって来た。彼はいつもの調子ではないようで、ほとんど聞こえない声で連れを紹介するので、その男の名前さえ聞き取れなかった。彼は髪の毛にグリースを付けて頭部の後ろに丁寧になでつけ、極細の白い縦縞の入ったナイトブルーの見事なスリーピースを着ていた。微かに輝く布は素晴らしく柔らかそうに見え、おそらくシルクだろうとぼくは思い、触れてみたかったがやっとのことで思いとどまった。

問題は、教育省大臣が当初の予定とは異なり、パーティー会場に来ていなかったことで、それで王子は憤慨しているのだった。「大臣が来ていなかっただけではなく、教育省の代表者も誰一人来ていなくて、大学庁長官さえも……」とラクーはうろたえて結論づけた。

「前回の改変から、もう大学庁長官はいないんだってお話ししたじゃないですか！」と同伴の男が苛々して話を打ち切った。この連れの男にとっては、状況はラクーが思っているよりさらに深刻だった。大臣にはもちろん来るつもりはあり、前日にも確認したのだが、ベン・アッベス大統領自らがその意思を変えさせるために介入したのだ。サウジアラビア人をはっきりと侮辱するのが目的だったが、それは最近の他の措置についても同様で、たとえば原子力発電所や電気自動車の開発援助など、より根本的な分野にわたっていた。政府としては短期間でサウジアラビアの石油への全面的な依存状態を離れることが目標となっていて、ソルボンヌ・イスラーム大学にとっては都合が悪かったが、それは何よりも学長が心配しなければならないことだろうとぼくには思えた。ちょうどその時ラクーは、会場に入って来て、ぼくたちの方に足早に近づいてくる五十代の男の方に向き直った。「ほら、ロベールですよ！」彼は、まるで救世主を迎えたかのような、安堵の口調でそう言った。

彼は今度は、ぼくにも聞こえる声で彼を紹介し、続けて彼に状況を説明した。ルディジェは、ぼくの手を握りつぶすのではないかと思われるほど力強く握手すると、ぼくに会えて本当に光栄です、このときを長い間待っていましたと嬉しげに言った。肉体的には彼はなかなか見事だった。背が高く、おそらく一メートル九十センチはあるだろう、がっしりして胸は厚く、筋肉が発達し、本当のところ、大学教員よりもラグビーのプロップといった方が良いくらいだった。日焼けした顔には深い皺が入り、その上に乗っかった角刈りの髪は完全に白髪だったがヴォリュームはあった。彼は、こういった場所としてはかなり珍しく、ジーンズと黒い革のパイロットジャンパーを着ていた。

ラクーは手短に問題を説明した。ルディジェは頷き、その手のごたごたを嗅ぎつけていたと小声で言い、それから少しだけ考えた後で、こう結論づけた。「デロメを呼ぼう。彼ならこの状況を何とかするだろう」

それから彼はジャンパーから、女性もののような、折りたたみ式の小さい携帯電話を取り出し、それは彼の手の中ではさらに小さく見えた。それから電話をするために何メートルかぼくたちから離れた。ラクーとその連れは近づくことができないまま彼を見つめ、身体を硬くして、不安げに事態の推移を見守っていた。彼らは自分たちの問題でぼくを苛々させ始めていたし、ぼくは彼らを本当に馬鹿だと思っていた。オイルマネーには素直に従っておくのが当然で、どうでもいい下っ端を連れて来て紹介すれば良かったのだ。大臣はテレビで見ているかもしれないが、副大臣と紹介すればいいことだ、難しく考えずにスリーピースの正装した操り人形を差し出しておけば完璧に本物と思い込ませることができたはずだ。サウジアラビア人は何にも気が付かなかったに違いない。本当に何でちっぽけなことで大騒ぎを起こすのか、もちろんそれはぼくの問題ではなく、ぼくは最後のワインを手にしてテラスに出た。ライトアップされたノートル゠ダム礼拝堂の眺めは本当に素晴らしく、気温はさらに和らぎ雨は止んで、月光がセーヌ川の流れの上で戯れていた。

ぼくは長い間そうして佇んでいたに違いない。会場に戻ったときには人は少なくなっていて、もちろん男性しかいなかった。ラクーの姿も、スリーピースの男の姿も見えなかった。どちらにしても、ここに来たのはまったく無駄という訳ではなかった、と考えながらレバノン料理のケータリングのチラシを一部手に取った。メッゼは本当に美味しかったし、自宅に配達してくれるのなら、インド料理とは目先が変わっていいかもしれない。クロークに行ったとき、ルディジェがぼくに近づいた。

「お帰りですか」と彼は腕を軽く広げて悲しそうな仕草をした。ぼくは、彼らが儀礼上の問題を解決できたのかどうかと訊ねた。

「ええ、最終的に事は収まりました。大臣は今晩は来ませんが、個人的に王子に電話をして、明日の朝のビジネスブレックファーストに招きました。とはいうものの、シュラメック*の言うことはもっともで、わたしは怖れています。これはベン・アッベスが意図的に起こした侮辱行為で、彼は自分の若い頃の友情をカタール人たちとまた温め始めています。つまり、トラブルは完璧に終わったわけではないのです……」

彼はこの煩わしい話題を追い払おうとするかのように右手を振り、それからその手を

＊オリヴィエ・シュラメック。国務院評定官、在スペイン・フランス大使等を歴任し、現在は視聴覚最高評議会長。

ぼくの肩に置いた。

「こんな厄介事のせいで、二人っきりで話すことができなくて本当に申し訳なく思っています。是非近いうちにわたしの家にお茶を飲みにいらしてください。もう少し時間があるようにします……」

そう言って彼は突然ぼくに笑いかけた。彼の微笑みは魅力的で開けっぴろげ、ほとんど子どものようで、これほど男性的な外見にしては大変驚くべきものだった。ぼくは、彼はそれを意識していて、利用もしているだろうと思った。彼はぼくに名刺を差し出した。

「たとえば来週水曜日、十七時はいかがですか。ご都合つきますか」

ぼくは大丈夫だと応えた。

メトロに乗ってから、ぼくはこの新しいネットワークの成果である名刺を眺めた。名刺については詳しくないが、ぼくが見る限り、この名刺はエレガントで趣味の良い造りのように思えた。ルディジェは個人的な電話番号を一つ、仕事用の電話番号を二つ持っていて、ファクス番号が二つ（一つはプライヴェートで一つはオフィシャル）、個人のものとは分からないようになっているメールアドレスが三つ、携帯電話の番号が二本（一本はフランスの携帯でもう一本はイギリスの携帯）、それからスカイプのＩＤが書かれていた。あらゆるコンタクトの方法を与えている男というわけだ。確かに、ラクーに続いて、ぼくはエリートの仲間入りをしようとしていることになり、それはほとんどぼくを不安にさせた。

そこにはまた住所も書かれていた。アレーヌ通り五番地。今のところぼくに必要な情報はこれに尽きた。アレーヌ通りはパリの中でももっとも魅力的な地区にあるリュテス闘技場の公園に面した、短くチャーミングな通りであったと思う。そこには、プティルノーとピュドロウスキー*が推薦している肉屋とチーズ屋があって、イタリア食材については言うまでもない。完璧な通りだ。

プラス・モンジュ駅で、ぼくは「リュテス闘技場」出口から出るという間違った選択をした。確かに、地図上はその選択が正しく、ぼくは直接アレーヌ通りに出た。しかし、この出口にはエレベーターがなく、プラス・モンジュ駅は通りの地下五十メートルにあるということを忘れていて、庭園を囲む壁の内側を掘って作られたこの奇妙な出口に出たときには、すっかり疲れ切り、息も絶え絶えだった。この出口は、太い列柱で飾られ、キュビスムにインスピレーションを受けたロゴが目立ち、全体の外観はネオバビロン様式で、パリにはまったくふさわしくなく、さらに言えば、ヨーロッパのどこにもこの様式が似合う場所はないだろう。

アレーヌ通り五番地に着いたとき、ルディジェは単にパリ五区のチャーミングな通りに住んでいるばかりでなく、そこの「個人邸宅」に住んでいるのであり、さらにつけ加えると「歴史的な」個人邸宅に住んでいることをぼくは知った。五番地は、角に要塞を思わせる小塔が付属したネオゴシック様式の信じがたい程の建築物で、ここには、ジャン・ポーラン*が一九四〇年から、亡くなる一九六八年まで住んでいた。個人的にはぼくはずっとジャン・ポーランを鼻持ちならない人物だと考えていて、この人物及びその作品に表れる黒幕的なところが気に入らなかったが、戦後フランス出版界の中でももっとも強力な人物の一人であったことは認めなければならない。そして、彼はこの美しい家で人生を送ったのだ。サウジアラビアが新しい大学の自由裁量に任せた、大規模な経済的支援に対するぼくの称賛の念は大きくなるばかりだった。

ぼくはチャイムを鳴らし、かつての独裁者カダフィを思い出させる白いマオカラースーツ姿の執事に迎えられた。ぼくが名乗ると、彼は軽くお辞儀をした、ぼくは「お待ち申されて」いたのだ。彼は、ルディジェ教授をお呼びしてきますと言い、その間ぼくはステンドグラスから光の入る小さいホールで待っていた。
二、三分ほどそうしていると、左側のドアが開いて、ローウエストのジーンズにハローキティのTシャツをまとった十五、六の少女が部屋に入ってきた。黒い髪は肩の上で揺れていた。ぼくを見ると彼女は叫び声を上げ、不器用にその顔を手で隠そうとし、走って出てきた場所に戻っていった。すぐにルディジェは上階から階段を下りてきてぼくに挨拶した。彼はこのシーンに居合わせており、ぼくに握手を求めると、仕方がない、という仕草をした。
「今のはアイシャ、わたしの新しい妻です。ヴェールなしであなたにお目見えするべきではなかったので、とても気まずい思いをしているでしょうね」

「ああ、すみません」

＊（251ページ）ジル・ピュドロウスキー。グルメ評論家でレストランガイドシリーズ『ピュドロ』の著者。
＊作家、批評家。二十世紀フランスの代表的な文芸雑誌であるNRF（『新フランス評論』）の編集者。

「いいえ、謝らないで下さい、彼女のせいなのですから。入り口ホールを通る前に、客人があるかどうか聞くべきだったのです。まだこの家に慣れていないのです、そのうち学ぶでしょう」

「そうですね、まだとても若そうですから」

「十五歳になったばかりです」


ぼくはルディジェの後に付いて二階に上がり、大きな書斎兼広間に入った。天井はとても高く、おそらく五メートル近くはあるだろう。壁の一面が膨大な蔵書に埋めつくされていて、中でも十九世紀の古書が揃っていることが一見してわかった。頑丈な金属製のはしごが、水平な金具にかけられており、棚の高い部分に手を伸ばせるようになっていた。正面には、天井まで届く暗い色の木の格子組みの壁面に、植木鉢がいくつも引っかけられていた。キヅタ、シダ、アマズラなどが、葉や茎を天井から床まで這わせ、掛けられた額の周囲を這っていたが、額の一つにはコーランの章句をカリグラフィーで書いたものの複製が飾られていた。他の額はマット紙に現像された大きなサイズの写真で、銀河星団や超新星、渦巻星雲などが映っていた。部屋の角には学長の巨大なデスクが斜めに置かれ、部屋を正面から見据えていた。ルディジェはその反対側にぼくを案内したが、そこには、赤と緑の縞模様のくたびれた布張りの肘掛け椅子が長いローテーブルの周りを囲んでいた。

「お茶がお好きでしたらもちろんありますが、アルコールもあります。ウイスキー、ポルト、他、何でもお好きなものを。それからとても良いムルソー（ブルゴーニュの評価の高い白ワイン）もあります」と彼はぼくに座るように勧めながら言った。

「それならムルソーをお願いします」とぼくは答えたが、少しばかり好奇心をそそられていた。イスラームはアルコールの消費を非難しているのではなかったか。もちろん、ぼくが知っている限り、ということだが。イスラームはぼくがよく知らない宗教なのだ。

彼は部屋を離れた。おそらく、飲み物を持って来るように言いつけるためだろう。ぼくの肘掛け椅子の正面には丈の高い昔風の窓があった。鉛の格子にガラスがはめ込まれていて、そこからは闘技場が見えた。それは素晴らしい眺めで、闘技場の階段状座席の全体をこれだけ完全な形で見たのは初めてだった。それから、何分か後に、ぼくは書斎の方に向かった。これもまた圧巻だった。

書棚の下の二段はＡ４サイズのコピー書類で埋まっていた。それは、ヨーロッパの様々な大学で書かれた博士論文だった。ぼくはそのうちの幾つかのタイトルを眺めたが、そうするうち、ルーヴァン゠ラ゠ヌーヴ（ベルギーのブラバン・ワロン州にある街）のカトリック大学で口頭試問を受けた哲学の博士論文に目が留まった。それはロベール・ルディジェが書いたもので、『ニーチェの読み手としてのゲノン』*という題が付いていた。ぼくが論文を棚から出す

＊ルネ・ゲノン。一八八六－一九五一。フランスの思想家で、秘教について多くの著作がある。「伝統主義学派」の代表者として他の知識人に影響を与えた。

のと、ルディジェが部屋に入ってくるのは同時だった。悪戯を見つかった子どものようにぼくは飛び上がり、論文を置こうとした。彼は微笑みながらぼくに近づいた。

「ご心配なく。秘密は何もないのです。それに、あなたのような方にとって、書棚の中身に興味を持つのは、ほとんど職業上の義務のようなものですから」

彼はさらに近づいて、コピーのタイトルを見た。

「ああ、わたしの博士論文をご覧になったのですか……」

彼は頭を振った。

「わたしは博士号を取りましたが、博士論文の出来はよくありませんでした。どちらにしても、あなたのよりずっと劣ります。言ってみれば、いくつかのテキストを少し呼び出してみただけのことです。ゲノンは、考えてみると、ニーチェからそれほど影響を受けたわけではありませんでした。彼の近代世界への拒否はニーチェと同じくらい強いものでしたが、そのよって来《きた》るところはラディカルに異なっていたのです。どちらにしても、今だったら同じように書くことはまったくないでしょう。あなたの博士論文もありますよ……」

彼はそう続けながらもう一つのコピー書類を棚から取り出した。

「ご存じのように、大学のアーカイヴでは五部を保存しています。それらの論文を毎年閲覧しに来る研究者はほとんどいないのですから、わたしが一部保存しても良いだろうと考えたのです」

ぼくは彼の言うことをほとんど聞いていなかった。虚脱状態に陥ってしまったからだ。この二十年ほど、ぼくは自分の論文、『ジョリス＝カルル・ユイスマンス、または長いトンネルの出口』にお目にかかっていなかったのだった。論文の厚さは信じがたいほどで、気分が悪くなりそうだった。ぼくは突然思い出したのだが、それは七百八十八ページあったはずだ。なんといっても自分の人生の七年間を費やしたのだ。

ぼくの論文を手にしながら、彼は肘掛け椅子の方に戻った。

「本当にめざましいお仕事です。この論文は、若き日のニーチェが書いた『悲劇の誕生』を思わせます」と彼は主張した。

「ご冗談を……」

「いや、本気です。『悲劇の誕生』は、結局のところ、一種の博士論文でした。これら二つのどちらの場合にも、信じがたい程過剰なまでの思考が、いかなる準備もなく波のようにページに流れ込んでテキストをほとんど読解不可能にしてしまうのです。とは言っても、驚くべきなのは、あなたがそのリズムをほぼ八百ページにわたって持続していることです。『反時代的考察』においてニーチェはもう少し冷静で、読者を過剰な思考で苦しめることは不可能だと理解し、テキストに構造を与え、読者にも息をつかせなければならないと理解していました。あなたも、『新語の眩暈』においては同じような発展を辿っていて、その結果、より読みやすい本になっています。違いは、その後もニーチェは書き続けたということです」

「わたしはニーチェではありませんから……」

「もちろん、あなたはニーチェではありません。しかしあなたは、大変興味深い何ものかなのです。そして、こういう直截な言い方を許していただけるなら、あなたはわたしが必要としている存在なのです。手持ちの札をお見せした方が良いでしょう、もうお察しでしょうから。わたしは自分が学長をしているソルボンヌ＝パリ大学で、あなたに再び教職についていただきたいと思っているのです」

このときドアが再び開いたので、ぼくはすぐに返事をしないで済んだ。そして、四十代の、肥《ふと》り肉《じし》で人の良さそうな女性が、先程話していたムルソーの瓶が入ったワインクーラー、それにミニパイが載ったお盆を持って入ってきた。

「マリカ、わたしの一番目の妻です」と、彼女が部屋を出るとルディジェは言った。

「今日あなたはわたしの妻たちに出会う運命になっているようですね。わたしは、まだベルギーにいるとき彼女と結婚しました。わたしはベルギー出身なのです。今でもベルギー国籍で、もう二十年フランスにいますが、フランスの国籍を取得しようと思ったことはありません」

ミニパイは美味しかった。スパイスがきいているが、きき過ぎではなく、コリアンダーの香りもあった。そしてワインは素晴らしかった。

「ムルソーについては十分に語られていないと思うのです！」と彼は話題を振った。

「ムルソーはある種の総合で、これ一つがいくつものワインの集約なのです。そう思いませんか？」

自分の大学での将来以外についてであれば、何を話しても良かったのだが、ぼくは幻想を抱いてはいなかった、彼はその話題に戻ってくるだろう。

そして彼は、程良い沈黙の後、その話題に戻ってきた。

「プレイヤード叢書の監修をお引き受けになったのは良いことです。というより、それは明白で、当然のことで、そうあるべきなのです。ラクーがわたしにそのことを話したとき、わたしがどう答えたと思いますか？　それはあるべき正当な選択だと言ったのです。それから同様に、最良の選択だとも。率直にお話ししましょう。ジニャックを除けば、わたしはこれまでのところ、国際的な地位を享受している、本当の意味で尊敬されている研究者を大学教員として留めておくことができなかったのです。もちろん、事態は悲劇的ではありません、大学は開校したばかりです。とはいえ、この件において、お願いしているのはわたしの方で、しかも、あなたにご提供できるものはほとんどないのです。いや、もちろん、金銭的な面では好条件をご用意できますし、ご存じのように、そうした要素もまた馬鹿にはなりません。しかし、知性的な面では、このソルボンヌの地位は、プレイヤード叢書の監修に比較すると権威に乏しい。それはよく分かっていま す。とは言っても、少なくともわたしは、個人的に、あなたの本来の仕事が邪魔されないようにお約束することができます。簡単な講義、一年生と二年生を対象にした大講堂での講義だけをして下さればいい。博士課程の指導は、消耗するものだと、自分自身の経験からも分かっていますので、なさらなくても良いようにしましょう。そういう待遇の面ではいくらでも融通を利かせることができます」

彼はそう言うと黙った。ぼくは、彼が第一段階の論議のストックを費やしてしまったのだという印象を抱いた。彼はムルソーの最初の一口を飲み、ぼくは二杯目を注いだ。自分がこれほど人に望まれていると感じたことは、これまでになかったと思う。栄光のメカニズムは息が短く、ぼくの博士論文は彼が言うように素晴らしかったのかもしれないが、本当のことを言えば、その内容をほとんど覚えていなかった。若い頃にぼくが成功させた知的曲芸は今となっては遥か彼方に思われ、とにかく自分が一種の「アウラ」を享受しているには違いなかったが、自分が今求めているのは、午後四時に、煙草を一箱とアルコールの瓶を手に、寝ころがって少しばかり本を読んだりすることだけだったのだ。しかしこの生活を続ければ自分が死ぬのは分かっていて、それもすぐに、不幸と孤独の内に死ぬのだろう。では、ぼくは、すぐに不幸でひとりぼっちで死にたいと思っているのか? よく考えれば、そうでもなかった。

ぼくはグラスを空けると、三杯目を注いだ。ガラス窓から、闘技場に落ちかかる陽が見えた。沈黙はいささか気まずいものになっていた。彼は手持ちの札をテーブルに出して賭けに入りたいと思っているのだろうし、ぼくもまた同様だった。

ぼくは慎重に言った。

「それでも、一つ条件があるでしょう。簡単ではない条件が……」

彼はゆっくりと頷いた。

「あなたは……あなたはわたしがイスラームに改宗できる人間だと思っていらっしゃるのですか」

彼は頭を下の方に向け、まるで、個人的な深い考察にふけっているようだった。それからぼくに視線を向け、こう答えた。「ええ」

それからすぐにきらきらとした無邪気な笑みをぼくに向けた。この微笑みに対峙するのは二回目だったので、ショックはそれほど大きくはなかった。しかしそれでも、その微笑みには大きな効果があった。どちらにしても、今度は彼が話す番だ。ぼくは立て続けに、冷めてしまったミニパイを二つ食べた。太陽は闘技場の観客席の後ろに消え、夜が闘技場を覆っていた。闘士と獣の戦いが本当にここで、二千年前に起こっていたと考えるのは驚きだった。

「あなたはカトリック教徒ではないでしょう。そうであったら障害になるでしょうが……」と彼はゆっくりと言った。

確かに。それに関しては正しかった。

「それから、わたしは、あなたがまったくの無神論者だとも思いません。実際、真の無神論者は稀ですから」

「そうでしょうか。ぼくは反対に、無神論は西欧には至るところに広まっていると思いますが」

「わたしに言わせれば、それはうわべだけのことです。わたしが出会った真の無神論者たちは、反逆の徒です。彼らは冷酷に神の不在を確認するには飽きたらず、その存在をバクーニン*流に拒否しているのです。『もし神が存在しているのだとすれば、追い払わなければならない』というように。もちろんそれはキリーロフ**流の無神論で、彼らが神を拒否したのは、人間をその代わりに据えようとしたからであり、彼らは人間中心主義、人間の自由や尊厳に高邁な思想を抱いていたのです。わたしが思うに、あなたはそのケースに含まれることはありませんね」

それはその通りだった。人間中心主義という言葉を聞いただけで微かに吐き気を覚えるし、でも、それはミニパイのせいだったのかもしれない、食べ過ぎたのだ。ぼくはミニパイを消化するためにムルソーをもう一杯飲んだ。

彼は続けた。

「考慮すべき点は、多くの人たちが、そのような問題には関わることなく生きているということで、実際、人々は、そのような問題はあまりにも哲学的だと考えています。彼らは、自分が深刻な出来事、重い病気や家族の死などに直面したときにしかそれについて考えません。もちろん西欧では、ということですが。というのも、世界の他のあらゆる場所では、こうした問題のために人が死に、人が人を殺し、血で血を洗う争いをしているのですし、人類の歴史の最初からそうなのです。形而上学的な問題のために人間は闘っているのです。成長率のためでも狩猟のテリトリーを取り合うためでもありません。

西欧においても、現実には無神論はしっかりしたベースがあるわけではありません。わたしが神の話を人にするときには、天文学の本を貸すことから通常は始めます……」

「確かにこれらの写真は大変に美しい」

「ええ、宇宙の美は驚くべきものです。それから、その巨大さも人を呆然とさせます。何千億の星からなる何千億もの星雲が存在し、その幾つかは何十億光年も離れていますが、それはキロメートル単位では何千億に何十億をかけた膨大な距離なのです。そして、十億光年のレベルで、ある秩序が構成されるのです。星団が分かれ、複雑なグラフを作り上げます。これらの科学的な事実を、通りを歩く百人の人に無差別に聞いてみて下さい。どれだけの人が、それらは『偶然に』創られたのだと正面切って主張するでしょうか。それに、宇宙は比較的若いのです。せいぜい、百五十億年に過ぎません。有名な、タイプを打つ猿の論議がありますね。チンパンジーがタイプライターのキイを偶然に叩いて、シェークスピアの作品を再び書くにはどれだけかかるのか？　まったくの偶然が再び宇宙を構築するにはどのくらいの時間がかかるのか？　確実に、百五十億年以上でしょう！　そして、それは単に一般人の物の見方ではなく、偉大な科学者たちの意見でもあるのです。人類の歴史の中で、アイザック・ニュートンより明晰な精神はおそらくなかったでしょうね。例外的に突出した知性の努力を考えてみて下さい、地上の物体の

＊ミハイル・バクーニン。一八一四－七六。ロシアの思想家、無政府主義者、革命家、無神論者。
＊＊ドストエフスキーの小説『悪霊』の登場人物で無神論者。

落下と惑星の動きを同じ法則に統合させるなんて！　そして、ニュートンは神を信じていて、それも固く信じていました。晩年を聖書解読に捧げた程です。聖書は彼にとって真にアクセス可能な唯一の聖なるテキストだったのです。アインシュタインもまた無神論者ではありませんでした。もちろん、彼がどのような信仰を持っていたかを定義するのはより難しいですが。しかしボーア*に反論して『神は骰子《さいころ》遊びはしない』と言ったとき、彼は冗談を言っていたわけではなく、宇宙の法則が偶然に司られているとは彼には考えがたかったのです。ヴォルテールが、反論の余地がないと判断した『時計職人としての神』の論議は、十八世紀と同じくらい強く残っていました。この考えは、科学が天体物理学と粒子のメカニズムの間にますます緊密な関係を織りなすようになってからはさらに正当性を増したのです。大体、どこにでもある星雲の広げた腕の先にある、無名の惑星の上に住むこの虚弱な生きものが、小さな手を挙げて『神は存在しない』などと主張するなど、少しばかり馬鹿げているところがあるのではないでしょうか。いや、すみません、つい長くなりました……」

「いえとんでもない、本当に興味深いです」とぼくは真剣に言ったが、そろそろ酔い始めていたのは否定できなかった。ムルソーの瓶にちらりと眼をやると、瓶は空だった。

「確かに、ぼくの無神論は確乎とした土台の上にあるわけではありません。ぼくが無神論を標榜するのは思い上がりというものでしょう」

「思い上がり、というのは正しい言葉ですね。無神論の人間中心主義の根本には傲慢、途方もない慢心があります。それに、キリスト教でいう受肉の概念なんかもそうでしょう。神の子がイエスという人間の姿で現れるなんて。それならばシリウス星人やアンドロメダ星雲の住人に姿を変えても良いのではないでしょうか」

ぼくは驚いて話を遮った。

「あなたは宇宙に生命があると信じるのですか」

「わかりません。それほどしばしば考えるわけではないのですが、単に計算上の問題です。宇宙に存在する無数の星とその星の周りを回る数々の惑星を考慮に入れると、地球だけに生命があると考える方がおかしいですから。しかし、そんなことは重要ではありません。わたしが言いたかったのは、宇宙は確実に、インテリジェンス・デザインの徴《しるし》を帯びているということで、それは巨大な知性によって考えられたプロジェクトの実現なのです。そして、このシンプルな考えは、遅かれ早かれ人々の間に戻ってくるでしょう。わたしは若いときからそれを理解していました。二十世紀の知的な議論は、突き詰めれば、コミュニズム――つまり、人間中心主義の『ハード』なヴァージョンです――と自由民主主義――人間中心主義のソフトタイプ――の対立から成り立っていました。それはあまりにも単純に過ぎる議論ではないでしょうか。現在話題になり始めた宗教への回帰が、避けられない現象だとわたしは、十五歳の頃から知っていたと思います。わ

＊ニールス・ボーア。一八八五－一九六二。デンマークの理論物理学者。

たしの家族はどちらかというとカトリックで――もっと遡るでしょうか、祖父母がカトリック教徒でした――ごく自然にわたしは最初はカトリックに戻りました。それから、大学の一年目からアイデンティティー運動に近づいたのです」

ぼくは明らかに驚いた顔をしていたに違いない。彼は話を止め、半ば笑みを浮かべてぼくをじっと見ていたからだ。同時に、誰かがドアを叩いた。彼がアラビア語で応えると、マリカが再び現れ、コーヒーポットとカップを二つ、それからピスタチオのバクラヴァとブリワット*の皿が載ったお盆を運んできた。それからブハ**の瓶と二つの小さいグラスも載っていた。

ルディジェは話を続ける前にぼくたちにコーヒーを注いだ。コーヒーはとても苦く、ぼくにはてきめんの効果をもたらし、ぼくはすぐに明瞭さを取り戻した。

「わたしは自分の若い頃の運動を隠したことは決してありません。そして、わたしの新たにできたイスラーム教徒の友人も、それを批判しようとしたことはまったくありません。彼らにとっては、わたしが無神論的人間中心主義から離れようとする試みの中で、最初に自分の伝統に戻るのは当然なのです。それに、わたしたちは、人種差別主義者でもファシストでもありません。いや、正直なところを言うと、それらの運動家の中にはそういった思想と近い者もいます。しかしわたしに関して言えば、決してそのようなことはありませんでした。ファシズムはわたしの目には、死んだ国家に再び生命を与えようとする、幽霊または悪夢のような偽りの試みと映っていました。キリスト教がなければ、ヨーロッパの諸国家は魂のない抜け殻に過ぎないでしょう。ゾンビです。しかし、問題は、キリスト教は生き返ることができるのか、ということです。わたしはそれを信じました。何年かの間は。それから、疑いが強くなり、次第にトインビーの思想に影響されるようになっていきました。つまり、文明は暗殺されるのではなく、自殺するのだ、という思想です。それから、ある日すべてがひっくり返りました。正確に言うと、二〇一三年三月三十日です。イースターの週末でした。わたしはその時期ブリュッセルに住んでいて、時折メトロポールのバーに一杯飲みに行っていました。アール・ヌーヴォー様式を常に好んでいましたから。プラハやウィーンにも素晴らしい作品があり、パリやロンドンにも興味深い建築物があります。しかし、間違っているかもしれませんが、わたしにとって、アール・ヌーヴォーの究極はブリュッセルのメトロポールホテルと、特にそのバーにあったのです。三月三十日の朝、わたしは偶然その前を通り、その晩をもってバーが完全に閉店するという報せを読みました。わたしは呆然としてウェイターに聞くと、彼らはその通りだと答えました。彼らは閉店の正確な理由は知りませんでしたが。それまで、装飾芸術の傑作の中でサンドイッチやビール、ウィンナーショコラや生クリームのかかったケーキを注文できていたのに、日常生活の中で美に囲まれて暮らす

＊ バクラヴァ、ブリワットはどちらもパイ生地、蜂蜜と木の実から作られた典型的なアラビア菓子。
＊＊ チュニジアで作られているイチジクの蒸留酒。

ことができていたのに、突然、それが、ヨーロッパの首都の中心で消え去るなんて！　そして、そのとき、わたしは理解したのです。ヨーロッパはすでにその自殺を達成したのだと。ユイスマンスの読者として、あなたは確実に、わたし同様、彼の凝り固まったペシミズム、同時代の茫洋とした気分に対する彼の呪詛に苛つかされたはずです。しかし彼は、ヨーロッパ諸国がその栄光の頂点に達し、植民地を伴った偉大な帝国を持ち、世界を支配していた時代に生きていたのです！　鉄道や電気、電話、蓄音機、エッフェル塔のような金属建築といった技術的にも輝かしい特権的な時代、そして芸術の点からも――この点については、膨大な数の名前を挙げなければなりません、文学においても、絵画でも音楽でも……」

彼は確実に正しかった。そして、「生活の美」という限られた見地からしても、状況の悪化は甚だしかった。ルディジェが勧めるバクラヴァを手に取りながら、ぼくは、何年か前に読んだ本のことを思い出した。それは、売春宿の歴史についての本で、その図版にベル・エポックのパリの売春宿のチラシがあった。それを見たとき、ぼくは、たとえば「マドモワゼル・オータンス」が提供していた性的な特殊技能のいくつかが、自分にはまったく分からなかったことが本当にショックだった。ぼくには「黄色い土地の旅」や「ロシア帝国の石鹼」が何を意味するのかまったく見当が付かなかった。性的な実践の幾つかの記憶は、たったの一世紀で、こんな具合に人の記憶から消え去ったのだ。それは、木靴製造工や鐘つき係のような職人的な技術が消え去ってしまったのにも似ていた。確かに、ヨーロッパの凋落という考えに同意しないわけにはいかなかった。

「人類の文明の頂点にあったこのヨーロッパは、この何十年かで完全に自殺してしまったのです」とルディジェは悲しげに言った。彼は照明を点けなかったので、部屋は彼の机に置かれたランプで照らされているだけだった。

「ヨーロッパ全土にアナーキズムとニヒリズムが起こり、それは暴力を喚起しあらゆる道徳的な法を否定しました。それから、何年か後、第一次大戦という正当化できない狂気によって何もかもが終わりました。フロイトは間違えていなかった、トーマス・マンもまた。ヨーロッパの中でももっとも進歩し、世界でももっとも文明化を遂げていたフランスとドイツがこの信じがたい殺戮に自らを投じたのだから、ヨーロッパはもうお終いなのです。というわけで、わたしはメトロポール最後の夜を、閉店時間まで過ごしました。それから、ブリュッセル市街の半分を歩いて家に戻りました。ヨーロッパの数々の国際機関が立ち並ぶ地区、モグラの穴に囲まれた憂鬱な要塞を通りながら。次の日、わたしはザヴェンテムのイマームに会いに行きました。そしてその翌日、つまりイースターの月曜日、十数人の証人に囲まれて、イスラーム改宗のオフィシャルな儀式を行ったのです」

ぼくは、第一次大戦の決定的な役割については意見を同じくしていなかった。確かに、それは弁解の余地のない殺戮だったが、一八七〇年の戦争もかなり馬鹿馬鹿しかったし、少なくともユイスマンスがしている描写によればそうで、あらゆる形式の愛国主義の価値を大幅に下げたのだった。諸国家はそのどれもが人殺しの愚かな行為を行っていたに過ぎず、それは少しばかり意識を持っている者なら一八七一年にはおそらく気が付いていたことだった。そこから、おそらく、ニヒリズム、アナーキズムその他の誤った思想が生まれたのだ。それを遡る文明についてぼくはあまり知識がなかった。リュテス闘技場公園には夜のとばりが下りていて、最後の観光客もその場を離れていた。階段状座席のわずかな灯りが微かな明るみをもたらしていた。古代ローマ人は、自らの帝国が崩壊する直前まで、自分たちが永遠の文明であると感じていただろう。彼らもまた、自殺を遂げたのか？　古代ローマは野蛮で、軍事的な点については極度に能力が高かったが残酷な文明でもあり、民衆に与えられていた気晴らしは男同士が闘い殺し合うか、男と野獣が殺し合う、というものだった。古代ローマ人には、自らを消し去りたいという、秘められた心の深い淵があったのか？　ルディジェはギボン*や他の同分野の著者の作品を読んだに違いない。ぼくが名前だけは知っているような作家だ。ぼくにはこの会話を続ける気力があるとは思えなかった。

「わたしは喋りすぎですね」

　と彼は少し気まずそうに言った。そしてブハをぼくに勧め、さらにアラブ菓子の皿をぼくの方に差し出した。菓子は美味そのもので、それはイチジクの酒の苦みと美味なコントラストを成していた。

「もう遅いですから、そろそろお暇《いとま》しなければ」とぼくは少しためらいながら言った。実際は、それほどここを立ち去りたくはなかったのだけれど。

「ちょっと待って下さい！」

彼はそう言うと、立ち上がり、自分の書斎の方に向かった。デスクのすぐ後ろには辞書と日常使う書籍の棚があった。彼は自分の著書である小型の本を持って戻ってきた。イラスト入りの文庫本で、『イスラームに関する十の問い』というタイトルだった。

「わたしはすでに三時間も宗教勧誘をしてしまっています。習い性になってしまっているのでしょう。わたし自身はすでにその問題に関して一冊本を書いているというのに。もしかしたらお聞きになったことがあるかもしれませんが」

「ええ、確か、とても売れたのではありませんか」

彼はきまり悪げにこう言った。

「三百万部です。考えてもみなかったのですが、どうも、一般書に関しては、自分にはセンスがあるようです。もちろん、限りなく単純化して説明している本ですが……。でも、簡単に読めますから」

本は百二十八ページあって、たくさんの挿絵が付いていた。その多くはイスラーム美術の複製だった。確かに、この本を読むのには大して時間がかからないに違いない。ぼ

＊エドワード・ギボン。一七三七－九四。イギリスの歴史家。『ローマ帝国衰亡史』を著した。

くは本をリュックにしまった。

彼はぼくたちのブハのグラスを満たした。夜空には月が出ていて、闘技場の階段状座席全体を照らしていた。その光は街灯よりもずっと強かった。ぼくは、観葉植物の間に掛けられた、コーランの章句の写真の複製と、星雲の写真が、それぞれに小さいランプで照らされているのに気が付いた。

「素敵なお家にお住まいですね」

「この家を手に入れるのには何年もかかりました、お祭しのように、簡単なことではありませんでした……」

彼は椅子に深く腰掛け、このとき、ここに来てから初めて、ぼくは彼が本当の自分になったと感じた。これから彼が言うことは彼にとって重要なのに違いない。それは疑いがなかった。

「ポーランに興味があるわけではありません。誰がポーランに興味を持つでしょう。わたしにとっては、ドミニク・オーリー*が『O嬢の物語』を書いた家、少なくとも彼女がそのためにこの本を書き、愛を捧げる男が暮らした家に住むことこそが、絶えざる幸せをもたらしているのです。あの本は魅惑的な本だと思いませんか」

ぼくもまったく同じ考えだった。『O嬢の物語』はぼくの気に入らない要素をすべて兼ね備えていた。そこで展開されるファンタズムはぼくをうんざりさせたし、全体的にはこれ見よがしのキッチュに満ちていた。サン＝ルイ島のアパルトマンとか、サン＝ジェルマン大通りの個人邸宅とか、ステファン卿とか、とにかく、うんざりするような本であったのだ。それでも、この本はある情熱、何もかもを奪いさる息吹に満ちていることには間違いなかった。

ルディジェは優しく言った。

「『O嬢の物語』にあるのは、服従です。人間の絶対的な幸福が服従にあるということは、それ以前にこれだけの力をもって表明されたことがなかった。それがすべてを反転させる思想なのです。わたしはこの考えをわたしと同じ宗教を信じる人たちに言ったことはありませんでした。冒瀆的だと捉えられるだろうと思ったからですが、とにかくわたしにとっては、『O嬢の物語』に描かれているように、女性が男性に完全に服従することと、イスラームが目的としているように、人間が神に服従することの間には関係があるのです。お分かりですか。イスラームは世界を受け入れた。そして、世界をその全体において、ニーチェが語るように『あるがままに』受け入れるのです。仏教の見解では、世界は『苦』、すなわち不適当であり苦悩の世界です。キリスト教自身もこの点に関しては慎重です。悪魔は自分自身を『この世界の王子』だと表明しなかったでしょうか。イスラームにとっては、反対に神による創世は完全であり、それは完全な傑作なのか。

＊一九〇七－九八。フランスのジャーナリスト、小説家。ポーリーヌ・レアージュの筆名で『O嬢の物語』を書いた。

です。コーランは、神を称える神秘主義的で偉大な詩そのものなのです。創造主への称賛と、その法への服従です。通常は、イスラームに近づきたいと思っている人にコーランを読むことは勧めません。もちろん、アラビア語を学ぶ努力をし、原語で堪能したいと考えているのならば別ですが。それよりも、コーランの章句の朗読を耳で聴き、それを繰り返し、その息づかいを感じることを勧めます。イスラームは儀式的な目的での翻訳を禁止したただひとつの宗教です。というのも、コーランはそのすべてがリズム、韻、リフレイン、半階音で成り立っているからです。コーランは、詩の基本になる思想、音と意味の統合が世界について語るという思想の上に存在しているのです」

それから彼はまた、申し訳ないという仕草をした。自分の宗教勧誘を気まずく思っている振りをしたいのだろうと思ったが、同時に、自分の議論が効果をもたらすことについては十分意識しているだろう。彼が手元に戻したいと思っている他の多くの研究者にも、とっくにこの手の説得を試みたに違いないのだ。たとえば、コーランの翻訳を否定するのは、ジニャックの琴線に触れただろうと想像できた。彼は中世文学の専門家で、自分が崇拝する対象を現代フランス語に直すことを不快に思っていたからだ。結局のところ、そういう論議は、し慣れているかどうかは別として、かなりの説得力があった。そしてぼくは、彼の暮らしに思いを致さずにはいられなかった。料理には四十代の妻を、他のことのためには十五歳の妻を……。もしかしたら後一人か二人、その中間の年齢の妻を持っているのかもしれないが、その手の質問をするのはためらわれた。ぼくは今度こそ本当にここから帰るために腰を上げ、夜にまで及んだこの素晴らしい午後に感謝した。彼は、自分もまた素晴らしい時間を過ごしたと言い、つまりは礼儀に適った挨拶が玄関で交わされたのだが、ぼくたちが二人とも心からそう思っていたのは間違いなかった。

家に帰って、一時間ほどベッドで寝返りを打ってから、これは眠りにつけそうもないと分かった。飲むものはもうほとんど残っておらず、ラム酒が一瓶あるだけで、ブハと混ぜたら危険なことになるのは確かだったが、でもぼくは飲む必要があった。人生で初めてぼくは神について考え、ぼくの一挙手一投足を見守っているだろう宇宙の創造主について真剣に思い悩み、そして、それについてのぼく自身の反応は明快だった。それは単純に、怖れだった。アルコールの助けもあって、ぼくは少しずつ落ち着いてきた。自分は取るに足りない人間で、創造主にはもっと他にやることがあるはずだ、と自分に言い聞かせた。しかし、神が突然自分の存在を意識するのではないかという恐ろしい考えは残っていて、神はその手を重々しくぼくの肩に乗せ、ぼくはユイスマンスみたいに顎の癌にかかるだろうなどと考えた。喫煙者には珍しくない癌なのだ、フロイトもこの癌にかかっていた。顎の癌という可能性は十分ありうる。顎の切除の後、ぼくはどうしたらいいのだろう。外に出て、スーパーに行って買い物をし、同情と嫌悪の視線に耐えるのか？　夜は今よりさらに長く、ぼくは劇的にひとりぼっちに感じるだろう。ぼくは最低限自殺する勇気を持てるだろうか。それさえも確かではなかった。

ぼくは朝六時頃、ひどい頭痛と共に目を覚ました。コーヒーができるまでの間、『イスラームに関する十の問い』を十五分ほど探したが、見つからないうちに単純な事実に気が付いた。リュックが家になかったのだ。ルディジェのところに忘れてきたに違いなかった。

アスペジック（解熱や鎮痛に使われる粉薬）を二袋服用すると、一九〇七年発行の演劇俗語辞典を読み出す元気が出てきた。そして、ユイスマンスが使っていた珍しい単語を二つそこに見つけたが、それは、そうでもなければ彼の造語だと思われても仕方がない単語だった。これはぼくの仕事の中でも楽しい部分で、楽しいだけではなく比較的容易だった。もっとも大変な部分は序文で、ぼくが必要とされているのはそこであり、そのことをぼくはしっかりと理解していた。遅かれ早かれ、ぼくは自分の論文をもう一度読み直す必要があるだろう。八百ページ近いその論文はぼくを怖れさせ、ほとんど押し潰さんばかりだった。記憶が確かなら、ぼくは、ユイスマンスの作品全体を、彼がその後実行する改宗という視点から読み直そうとしていたはずだった。著者自身もそういった読みを誘っていて、おそらくぼくは著者にいいように使われているのだろう。初版の二十年後に、ユイスマンス自身が『さかしま』に書いた序文がその好例だった。『さかしま』は彼を否応なしに教会の懐に帰したのだろうか。宗教回帰は結局のところ実現し、ユイスマンスの誠実さは疑いようもなく、彼の最後の著書『ルルドの群衆』は真のキリスト教徒によって書かれた本で、そこではこの人間嫌いで孤独な美学者は、サン＝シュルピスの狂信者たちが彼に引き起こす嫌悪感を乗り越えて、巡礼の群衆の根本的な信仰へと自分を連れて行くことに成功したのだった。もう一方で、実践的な面で言えば、この回帰は彼には大した犠牲を要求しなかった。リギュジェの修道会員という地位は、彼に修道院の外で暮らすことを許していたし、彼には女中がいて、彼にとっては大きな意味を持つブルジョワ風の料理を作っていた。彼は自分の書斎とオランダ煙草の箱を決して手放さなかった。彼は聖務にはすべて参加し、おそらくそれに喜びを感じてもいたのだろう。カトリックの儀式に対する美学的、そしてほとんど身体的な彼の関心は、後期の作品の各ページから伝わってくる。しかし、昨日ルディジェが取り上げた形而上学的な疑問について、彼はまったく触れていなかった。パスカルを怖れさせた無限の空間は、ニュートンやカントに至るまで驚嘆と敬意と共に存在し続けていたが、彼はそれにはまったく気が付いていなかった。ユイスマンスは確かに改宗者だが、ペギーやクローデルとは異なる。そのときに気が付いたのだが、ぼくの論文は自分にとって大した役には立たないだろう。そしてユイスマンス自身の表明もまた、それ以上に役立つとは思えなかった。

午前十時頃、ぼくはアレーヌ通り五番地を訪ねても良い時間だろうと考えた。昨日の執事が、昨日と同じように白いマオカラースーツで微笑みと共にぼくを迎えた。ルディジェ教授は不在です、バッグをお忘れになりましたねと彼はぼくに告げ、三十秒でぼくのアディダスのリュックを持って来た。おそらくぼくが出てからすぐに見つけて脇に置いておいてくれたのだろう。彼は礼儀正しく、仕事ができて控え目で、ルディジェの妻たちよりももっと深い印象をぼくに与えた。彼は指を鳴らすだけでたちまちのうちに事務的な問題を解決してしまうのだろう。

カトルファージュ通りを下って行きながら、ぼくは知らぬ間にパリのモスクの前に出ていた。もしかしたらいるかもしれない宇宙の創造主のことを考えていたわけではなかった、ぼくは、もっと卑近な問題、スティーヴのことを考えていたのだ。あの大学の教育レベルが下がったのは確かだとぼくは思っていた。ぼくには、ジニャックのような名声はないが、もしもぼくが大学に戻るならば、多分好意的に受け入れられるだろう。

今度は意識的に、ドーバントン通りを通ってソルボンヌ＝パリ第三大学の方角に向かった。大学構内に入るつもりはなく、ただ柵の前をぶらつくだけにしようと思っていた。しかしそのときぼくはセネガル人の警備員を見て、心からの喜びを覚えた。そして彼もほとんど叫ぶようにしてこう言った。

「あなたにお会いできて嬉しいです、ムシュー！　戻ってきて下さって良かった……」

彼をがっかりさせたくなかったので、彼の言う通りキャンパスの中に入った。ぼくはこの学部で十五年間を過ごしたのだから、少なくとも、一人の知り合いに会えたのは嬉しかった。ぼくは、彼もまた、再雇用されるために改宗したのだろうかと考えた。いや、もしかしたら彼はすでにイスラーム教徒だったのかもしれない、セネガル人の中にはイスラーム教徒もいるはずだし、少なくとも可能性はあった。

ぼくは十五分ほど金属製のアーチでできた回廊をぶらついた。自分が懐かしさを抱いていることに自分自身でも驚いていた。もちろんこの空間は美しくはなく、この醜い建物はモダニズムの最悪の時期に建てられたということは意識していたが、ノスタルジーは美的な感情とは何の関係も持たず、幸福な思い出と結びつかなくても、ぼくたちは自分が「生きた」その場所を懐かしく感じるのだ、そこで幸せだったかどうかは関係ない、過去は常に美しく、未来も同様なのだ。ただ現在だけが人を傷つけ、過去と未来、平和に満ちた幸福の無限の二つの時間に挟まれて、苦悩の腫れ物のように常に自分につきまとい、ぼくたちはそれと共に歩くのだった。

そのアーチの間を歩く内に、ぼくのノスタルジーは少しずつ消え去り、そのことについて考えるのも止めていた。ミリアムに初めて会った一階のカフェテリアの前を通ったとき、ぼくは彼女のことを考えた。少しの間だけだったが、しかしそれは痛みを伴う想いだった。学生たちは、現在は言うまでもなくヴェールを被っていた。多くは白いヴェールで、二人組か三人組でアーケードの下を通り、その光景は少しばかり修道院を思わせた。少なくとも全体の印象は否定しようもなく真面目に思えた。ぼくは、ソルボンヌ＝パリ第四大学の、もっと古い建物でこれが起こっていたらどんな印象を与えただろうと想像してみた。まるでアベラールとエロイーズの時代に戻ったように感じるに違いない。

『イスラームに関する十の問い』は確かにシンプルで、構成も巧みな、極めて効率の良い本だった。第一章「イスラームとはどんな宗教でしょうか」という問いに答えた部分には、新しく学ぶべきことは何もなかった。その内容は、ルディジェが彼の家でぼくに語ったことと同じで、宇宙の巨大さとその調和、プロジェクトの完璧さ等々が述べられ、続いて、ムハンマドで終わる幾多の預言者の連なりについて簡潔に説明されていた。

多くの男がそうであるように、ぼくも宗教的義務や、イスラームの五つの戒律や断食について書かれた章はすっ飛ばして、第七章に飛んだ。それは「どうして一夫多妻が可能なのか」について書かれた部分だった。ここでは確かに、彼の論議は独創的だった。崇高なプロジェクトを実現するために、宇宙の創造主は二つの法則を作った。まず、幾何学の法則に従う動きのない宇宙がある（ユークリッドの幾何学ではなく、可換性の幾何学でもない。しかし幾何学ではあるのだ）。生きものについては、反対に、創造主の目的は自然淘汰を通して現れる。それを通じて、生きものは自らの美しさ、快活さ、そして力を最大に発揮することができる。そして、人間も含めたあらゆる動物において、その法則は同じだった。ただ一部の個体だけが自らの種を残し、次の世代を産むことができる。その後には無限の世代が続くのだった。哺乳類の場合には、雌が懐胎している時間、そして、雄のほとんど無限の繁殖能力を考慮すると、選択への圧力は何よりもまず雄の方に掛かってくる。雄の間での不公平——ある者は複数の雌を得る喜びを持ち、他の雄は必然的にその機会を奪われる——は一夫多妻の倒錯的な結果ではなく、まさにそれこそが本来達するべき目標だというのだ。そのようにして種の運命は完結する。

この奇妙な思考は、そのまま第八章「イスラームのエコロジー」に繋がっているが、そこではより受け入れられやすい内容になっている。ここでは、ハラール*の食物などについても見解が述べられているが、それはオーガニックな食物をさらに改良したものとされている。さらに九章と十章では、経済と政治の様々な制度について記述されていて、ぼくにはこの部分は、モアメド・ベン・アッベス派の候補を勝利に導くために、選挙を前に突貫工事で書かれたように思えた。

この、一般大衆を対象にし、実際に多くの読者を獲得した著作において、ルディジェは人間中心主義者の読者に対して多くの和解案を提供していて、イスラーム教を、この宗教に先立つ牧歌的で粗暴な諸文明と比較することを忘れなかった。彼は、イスラームが一夫多妻を発明したわけではなく、一夫多妻の実践を法によりコントロールすることに貢献したのだと強調していた。そして、石投げの刑や割礼はイスラーム教に由来するのではなく、また、預言者ムハンマドは奴隷解放が望ましいと考え、創造主の前には男も女も等しいと主張し、そのおかげで、預言者が支配していた国々では人種差別にピリオドが打たれたのだとも説明していた。

ぼくはこういった議論をみんな知っていて、何度となく聞いていた。だからといって正確でないとは言わない。それよりも、ぼくがルディジェと会ったときに驚いたこと、そしてこの本を読んでさらに驚くことは、彼はこういう理論を筋道をつけて展開することに手慣れているということで、それは必然的にこの人物を政治の世界に近づけるのだった。ぼくたちは、アレーヌ通りの彼の家で話した午後には、政治についてまったく話さなかった。それでもぼくは、その一週間後、いくつかの省庁で小さな行政改革が進められ、ルディジェがこの機会に再発足した大学庁長官に任命されたと聞いたときには、まったく驚かなかった。

ぼくはその間、『パレスチナ研究』や『ウンマ（イスラーム共同体の意）』などの小部数の雑誌に彼が書いた記事の中では、彼はまるで慎重でないことを発見した。ジャーナリストに好奇心が欠けているのは知識人にとってはまさに福音だ。というのも現在では、彼の大胆な発言などはインターネットで簡単に検索できるのだから、こまめにそれらを発掘されたら、彼はずいぶんと厄介な目に遭ったことだろう。しかしぼくは間違っているのかもしれない。二十世紀にはあれほど多くの知識人がスターリンや毛沢東、ポル・ポトを支持した

＊イスラーム法で許された項目、ここではイスラーム法上で食べることを許されている食材。

が、彼らはそれを非難されずに来た。フランスではそもそも責任という観念は、知識人には無縁なのだった。

『ウンマ』のために書かれた記事で、彼は、イスラームは世界を支配する運命にあるのか、と自ら問いかけ、最終的にイエスと答えている。そして西欧文明は終わったと考えている（自由な個人主義という思想は、祖国や、同業組合、カーストといった中間的構造の解体に留まっている限りは多くの同意を得られるが、家庭、すなわち人口構造、という究極の構造を変容しようとした場合には、失敗する。そこで、論理的に、イスラームの時代が来るというわけだ）。

彼はインドと中国についてはより饒舌になった。インドや中国が自分たちの伝統的な文明を保持していれば、彼らは、将来にわたって一神教とは異質であり、従ってイスラームの台頭から逃れられただろう。しかしインドや中国は西欧の価値観に犯され、彼らもまた終わるべきものになった。ルディジェはそのプロセスを詳しく説明し、そうした一連の事態が起こる時期を予告していた。この記事は明快で多くの資料に裏付けられていたが、ゲノンの影響を受けていることがあからさまで、全体として捉えられた伝統的文明と近代文明の区別という図式をなぞっていた。

もう一本の論文では、彼は、富の極度に不公平な分配に賛成であるときっぱり述べていた。いわゆる貧困は本来のイスラーム社会からは排斥されるべきだが（施しによる貧困の救済はイスラームの五つの柱を構成してさえいる）、貧困は、質素な生活を送る多くの大衆と、あらゆる贅沢を享受するごく一部の金持ちの間の大きな隔たりを維持するのに貢献している。それらの金持ちは十分に裕福な故に、過剰で常軌を逸した消費に身を任せることができ、それが、豪奢な文化、豊かな芸術を育成し、支援することに繋がるのだ。彼の貴族的かつ特権的なスタンスは、今回は直接ニーチェの影響から生じていた。ルディジェは根本では自分の若き日の思想家たちに驚くほど誠実だったのだ。

彼がニーチェ主義者であることは、キリスト教に言及する際の、辛辣で人を傷つける悪意の籠もった口調にも表れていた。彼によれば、キリスト教はイエスという頽廃的でマージナルな人物に由来するのだ。キリスト教の創設者が女性陣に気に入られていたことは至るところで感じられる、と彼は述べている。

「イスラームがキリスト教を嫌悪していたのにはいくつもの理由がある。イスラームは第一の条件に男性を置くからだ……」と彼はニーチェの『アンチクリスト』からこう引用していた。キリストの神性という考えは、ルディジェにとっては根本的な過ちであり、それが、人間中心主義や「人権」へと否応なく人々を導いたのだ。これもまた、ニーチェがもっと辛辣な用語を使ってすでに語っていたことだった。ニーチェは同様に、イスラームには受肉という有害な教養を追い払うことで世界を浄化する使命があるのだ、という考えにもしかしたら同意したかもしれない。

年を取るにつれて、ぼく自身もニーチェに近づいていた。それは配管問題（「男性器に関わる問題」の意）があったりすれば仕方がないことだ。それにぼくはエロヒム（ヘブライ語において神を意味する）、星座に秩序を与えたこの崇高な神の方に、彼の味気ない子どもよりも興味を抱いていた。イエスは人間を愛しすぎた、それが問題なのだ。人間のために十字架に掛けられるなんて、毒舌ばあさんのニーチェだったら、少なくとも「趣味が悪い」と言ったことだろう。それにイエスの他の行動もまた、分別があったとは思えない。たとえば姦淫の罪を犯した女性を許すとか、それも「この中で罪を犯してない者は」などという理由を使うなんて。話はちっとも複雑ではなく、七歳の子どもでも呼び出せば良かったのだ。このガキは最初に石を投げる者になっただろう。

ルディジェは文章が上手だった。彼の文章は明快で総合的、時として隠し味程度のユーモアもあり、それはたとえば、彼のライバルである若いイスラーム教徒の知識人をからかうときなどに現れた。その知識人は、イスラーム圏出身の移民の子どもである若いフランス人を再び改宗させる目的を担った者たちに対して、「イマーム2・0」*という概念を作り出したが、ルディジェは、現在語るべきなのは「イマーム3・0」だろうと訂正していた。移民ではない生粋のフランス人たちを改宗させるときなのだと。

ルディジェのユーモアは長続きしなかった。真面目な考えがすぐそれに続いてしまうのだ。しかし特にイスラーム教徒に好意的な左翼を相手にしたとき彼の辛辣さは光った。「イスラームサヨク」とは、マルクス主義が解体し腐りかけて瀕死の状態にある現在、イスラームの台頭する力を借りて歴史のゴミ箱に入れられるのを遁《のが》れようとする絶望的な試みだと彼は書いていた。その概念は悪名高き「ニーチェ主義サヨク」と同じくらい苦笑を誘うと彼は続けていた。ニーチェは彼にとってオブセッションに違いなかった。ニーチェにインスピレーションを受けた彼の論文はぼくをすぐに疲れさせた。おそらくぼく自身も読み過ぎるほどニーチェを読んだからなのだろう。ぼくはニーチェの著作をもう卒業していたので、ニーチェやその影響下にある存在は、もうぼくを魅了することはなかった。

奇妙なことだが、ぼくは彼のゲノン的な部分の方により惹かれていた。ゲノンは、実際に読むとかなり退屈な作家であり、ルディジェはそれにわかりやすい解説を与えていた。より「ライト」なヴァージョンだ。ぼくは特に『伝統研究』**に掲載された「関係の幾何学」が気に入った。彼はそこでまたもや共産主義の失敗について語っていた。考えてみれば、それは初めて彼が自由な個人主義と戦おうとした記録なのだ。彼は、トロツキーはスターリンに比べれば正しかったと強調していた。というのも、共産主義は、世界中に広まらなければ勝利したとは言えないからだ。同じ法則はイスラームにも当てはまると彼は主張する。実際、イスラームは普遍的でなければ意味がないだろう。一方で、この論文の本質は彼の奇妙な瞑想にあった。それは一種スピノザ風のキッチュな様相を帯び、注釈やその他の雑多な内容を詰め込んで、グラフ理論***の周りを回っていた。その

＊イマームはイスラーム共同体の指導者。
＊＊ルネ・ゲノンが創刊した雑誌。一九三六年から九二年まで刊行された。

論文が証明しようとしていたのは、ただひとつの宗教だけが、個人と個人の間に完璧な関係を作れるということだった。ルディジェは書いていた。もしも人間関係のグラフを描くとして、個人を一つの点とするならば、個人同士の全体を繋ぐグラフを作るのは不可能だろう。それを解決するには、もう一つ上のレベルへの移行が必要で、それは、神と呼ばれるただひとつの点を持ち、そこに個人の全体が結ばれていくグラフになるだろう。

こうした議論はぼくにはとても読みやすかった。同時に、幾何学的な点から言えば、この証明は間違っているように思われた。しかし、これでぼくは配管問題について考えずにいることができた。こういう読書でもなければ、ぼくの生活は知的とはとても呼べないだろう。ぼくはユイスマンスの注釈を進めていたが、序文については行き詰まっていた。そして、奇妙なことだが、ユイスマンスについてインターネットで検索をしていて、ルディジェの論文の中でももっとも注目すべきこの論文に偶然出くわしたのだ。それは『ルヴュー・ユーロペーエンヌ』に掲載されていた。ユイスマンスは付随的に引用されていたに過ぎず、それも、自然主義と物質主義の限界がもっとも明白に現れている作家という紹介だった。それでも、論文全体は彼のかつての同僚である伝統主義者やアイデンティティー運動の活動家について暗に言及していた。そういった連中は、イスラームに対して反理性的な敵意を抱いているので、ある明白な事実を認識できず、それは悲劇的なことだと彼は強く主張していた。その事実とは、彼らは本質的な部分、つまり、無神論や人間中心主義への拒否、女性の服従の必要、家父長制への回帰などについてイスラーム教徒たちと同意見にあるということだった。彼らの戦いは、どの点から見てもまったく同じだった。そして、この、文明が有機的に機能する新たな段階を創始するのに必要な戦いは、現在、キリスト教の名の下で行うことは不可能だ。キリスト教と姉妹の宗教であるイスラーム教、より新しくシンプルで真実に満ちた宗教こそが、その聖火を手にしたのだ（そうでなければ、どうしてゲノンはイスラーム教に改宗したのだろうか。それは、ゲノンが何よりも科学的な精神の持ち主で、イスラームをその科学性、コンセプトの有効性から選んだからなのだ。それは、聖体の秘跡が現実に存在するというような、非理性的でマージナルな信仰を避けるためでもあった）。

カトリックの教会は、進歩主義者たちに媚び、おべっかを使い甘やかすことで、恥ずべきことに、頽廃的な社会の傾向に対抗不可能になり、同性愛者の結婚や、妊娠中絶や女性の就労の権利をきっぱりとそして厳格に否定できなくなったのだ。はっきりとさせておかなければならない。吐き気を催すような解体がここまで進んでしまった西欧の社会は、自分で自分を救う状態にはもうないのだ。古代ローマが五世紀に自らを救えなかったのと同じだ。移民人口が大量に増え、それらの移民がまだ自然のヒエラルキー、女性の服従や先祖崇拝の色濃い伝統的な文化の影響を受けていることは、ヨーロッパの道

＊＊＊（287ページ）数学の一部門で、点と線の集合により構成されるグラフの性質を研究対象とする。

徳及び家族をリセットする歴史的なチャンスであり、この旧大陸に新しい黄金期をもたらす機運なのだ。これらの移民は時にはキリスト教徒であったが、その多くがイスラーム教徒であったことは認めなければならないだろう。

ルディジェは、中世キリスト教が偉大な文明であって、その芸術的な達成は人類の記憶に永遠に生き続けるだろうと認めていた。しかし、少しずつ、それは領土を失ってしまい、理性主義と共に生きることを強いられ、地上の権力に従わざるを得なくなり、そうして次第に自らを死に追いやったのだが、それはどうしてなのだろう。それは謎に留まっていた。神がそのように決定したのだ。

　その後程なく、ぼくは、ずっと前に注文していた一八八一年にオレンドルフ社から出版されたリゴーの『近代俗語辞典』を手に入れ、ユイスマンスの語彙について幾つか不明な部分を明らかにすることができた。そうではないかとにらんでいたように、「クラックダン」という単語はユイスマンスの造語ではなく、淫売宿を示していた。そして、「クラピエ」という単語はより一般的に、売春が行われる場所を意味する単語だった。ユイスマンスの作品において性的行為はほとんど売春婦と交わされ、彼のアレイ・プリンスとの書簡は、ヨーロッパの売春宿の問題について多くの情報を含んでいた。この書簡全体を読みながら、ぼくは突然、自分はブリュッセルに行かなければならないと感じた。はっきりとした理由があったわけではない。もちろん、ユイスマンスの作品が当時ブリュッセルで出版されていたということはあったが、本当のことを言うと、十九世紀後半の重要な作家は、そのほとんどが、検閲を避けるためにベルギーの出版社を頼っていて、それはユイスマンスにしても他の作家にしても同様だった。しかし、博士論文を書いているときには、ブリュッセルに行く必要があるとは感じなかった。ぼくは何年か経ってから、ボードレールのためにブリュッセルに行ったことがある。そのとき、印象に残ったのは街の汚さとうらぶれた雰囲気で、さらに言えば、パリやロンドンよりももっと強く感じられる、共同体相互の間にみなぎる嫌悪だった。ブリュッセルでは、ヨーロッパの他のどの首都よりも、内戦がすぐにでも起こりそうに感じられた。

ごく最近、ベルギーのイスラーム党が与党になって、欧州のパワーポリティックス上重要な出来事だと広く認識されていた。イギリスやオランダ、ドイツでもそれぞれイスラーム諸党が政府と連携してはいたが、ベルギーはフランスに次いで欧州で二番目にイスラーム政党が与党になったのだ。ヨーロッパの右翼勢力がしでかした血なまぐさい失敗はベルギーの場合、簡単に説明できた。フランデレン地域とワロン地域*では、それぞれの右翼政党が他を離して第一党になっていたが、彼らは相互の対話も理解もなく、相争うばかりだった。一方で、フランデレン地域とワロン地域のイスラーム諸政党は、共通の宗教という基盤があることで、政党間同意にたやすく達することができたのだ。

ベルギーのイスラーム党の勝利はすぐにモアメド・ベン・アッベスによって祝福された。この党の党首であるレイモン・ストゥヴェネンスはある部分で、ルディジェと同じ経歴を歩んでいた。彼は当初はアイデンティティー運動に参加し、その中で重要な役職にもあったのだが、その中の露骨なネオファシストの分野には決して巻き込まれることなく、後にイスラームに改宗したのだった。

タリス**の食堂車は今や伝統的なメニューとハラールメニューのどちらかが選べるようになっていた。これは目に見える最初の、そしてただひとつの変化だった。街路は前と同じように汚かったし、メトロポールホテルは、バーは閉まっていたが、かつての壮麗さを大部分残していた。ぼくは十九時頃ホテルを出た。パリよりもさらに寒く、歩道は黒ずんだ雪に覆われていた。モンターニュ゠オー゠ゼルブ゠ポタジェール通りのレストランで、チキンのワーテルゾーイ***と鰻のグリーンソース****のどちらにするかでさんざん迷っている途中、ぼくは突然、自分は完全にユイスマンスを理解した、それもユイスマンス自身よりももっと完全に、と悟り、いつでも序文に取りかかることができる、メモを取るためにホテルに帰らなければならないと確信して、何も注文しないままレストランを出た。ルームサービスはチキンのワーテルゾーイを提供していて、その点でも問題は解決された。ユイスマンスが気を遣って喚起している「放蕩」と「宴」に気を取られすぎてはいけないのだ。そこにあるのは特に自然主義者のチック、時代のクリシェで、スキャンダルを起こし、ブルジョワにショックを与えなければならない必要と結びつけられ、有名になるための階段の第一歩になっていた。彼が、肉体の欲望と厳格な修道院生

* ベルギーを二分する地域。ベルギー王国はこの二つの地域とブリュッセル首都圏からなる連邦制。
** フランス、ベルギー、オランダ、ドイツの四か国を結ぶ高速列車。
*** 肉を煮込んだソースにクリームと卵黄を入れて作るベルギーの郷土料理。
**** 様々なハーブを入れたソースで鰻を煮込んだフラマン料理。

活の間に対立を設けていることもまた、それ以上に正当性を持つものではなかった。修道士の純潔は問題ではなく、そもそもそれが問題だったことは、ユイスマンスにとっても誰にとってもなかったし、リギュジェでのぼくの短い滞在もそれを裏付けるに過ぎなかった。男性は、エロティックな刺激にさらされていれば（それも枠にはめられたもので、デコルテやミニスカートはいつだってその効果をもたらすし、スペイン人はくだけた言い方で「胸と尻《テタス・イ・クロ》」と表現している）性的な欲求を抱くだろう。そしてこの刺激がなくなれば、欲望は何か月間かで消え、セクシュアリティーがあったという記憶まで失ってしまうだろう。修道士にとってそれが問題だったことはなく、ぼくにしてからが、新政権が女性の衣服を節度を保ったものに変えてからは、少しずつ自分の性的衝動が和らぎ、何日間もそれについて考えないことさえあった。女性の状況はもしかしたら少しばかり異なっているかもしれない。女性におけるエロティックな衝動はより多方面に広がっていて、そのために制御が難しいからだが、どちらにしても今はユイスマンス以外に費やす時間はなく、ぼくは夢中になってメモを取り、ワーテルゾーイを食べた後チーズの盛り合わせを注文した。ユイスマンスにおいて、セックスは一度も、彼自身が想像するほどの重要性を持ったことはなく、決定的なことを言えば死についても同様で、実在論的な不安に彼は関心がなかったはずだ。グリューネヴァルトの有名な磔刑図でユイスマンスに強い印象を与えたのは、キリストの苦悩のイメージではなく、その身体的な苦痛であり、その点においてユイスマンスはまったく他の人間と同じなのだ。つまり、自分の死には無関心で、本当の関心事、本当の心配事は、身体的な苦悩から逃れられるかどうか、ということだった。芸術批評の分野で、ユイスマンスが表明した立場は人を惑わせる。彼は、その当時アカデミズムと対立していた印象派の味方で、ギュスターヴ・モローやオディロン・ルドンなどの画家を賞賛し、尊敬を込めた美術批評を書いている。しかし彼自身は自分の小説の中では、印象派や象徴派よりも古い絵画の伝統である、フランドル派の巨匠たちと関わりを持ち続けているのだ。『仮泊』における夢想的な場面は、確かに象徴主義絵画の奇妙な光景を思い出させなくもないが、それはどちらかと言えば失敗した部分であり、『彼方』のカレの家での食事場面のような温かで親密な描写に比べれば、精彩に欠ける印象しか与えてくれない。ぼくはそのとき、『彼方』を持ってこなかったことに気が付いた。家に戻らなければならない。ぼくはインターネットに接続して列車の時刻を調べた。タリスの始発は朝五時だったので、朝七時には自宅に戻って、ユイスマンスがそう呼んでいたように「カレおばさん」の料理について彼が記述している箇所を見つけることができた。ユイスマンスの唯一本当の主題はブルジョワの幸福で、それは独身者には悲しくもアクセス不可能な幸福であり、上層ブルジョワの幸福でもない。『彼方』で称賛されている料理はどちらかと言えば実直な家庭料理とでも呼べるようなもので、貴族階層のものでは全然なく、そもそも彼は『修錬者』で非難されている「紋付き瓢箪（頭の空っぽな貴族）」に対して軽蔑しか示していなかった。彼の目に真の幸福と映っていたのは、芸術家の友人たちとの楽しい食卓、西洋ワサビのソースのポトフと「高級ではないが良質の」ワイン、それから、外ではサン＝シュルピスの塔に冬の北風が舞っているのに、プルーンの蒸留酒と煙草を暖かなストーブの傍で愉しむこと。こういったシンプルな快楽を、人生はユイスマンスに拒否してきた。そして、一八九五年アンナ・ムニエが死んだときに彼が泣いたのを見てブロワは驚いたが、それは彼が鈍感で粗野だったからだ。アンナとの関係は、唯一の女性とのそれなりに長続きした関係で、彼女とは、ともかくも「所帯を持つ」ことができたのだ。その後アンナの神経性の病気が発覚し、それは当時は治療不可能で、死んだとき彼女はサン＝タンヌ病院に隔離されていた。

日中、ぼくは外に出て煙草を五カートン買い、それからレバノン料理のケータリングのチラシを見つけ、そうして二週間後には序文は仕上がっていた。アゾレス諸島から来た低気圧がフランスに到達し、大気には何かしら湿気を帯びた春の気配が、疑わしい暖かさのように漂っていた。去年はまだ、こういう陽気には春一番のミニスカートを見られたものだ。ショワジー大通りを過ぎゴブラン大通りを進み、それからモンジュ通りに出た。アラブ世界研究所の地下カフェで、ぼくは四十ページほどのこの序文を読んだ。句読点などの細かい部分は見直すところがあり、さらに付け加えるべきレファレンスなどもあったが、それでも、疑いなく、これは自分が成し遂げた最良の仕事だと言えた。そしてこれは、自分がユイスマンスについて書いた最良のテキストでもあった。

ぼくは老人のようにとぼとぼと家への道のりを辿った。今度こそ、自分の知的生活の終わりで、ぼくの長い、本当に長かったジョリス＝カルル・ユイスマンスとの関係の終わりなのだということを、ぼくは少しずつ意識していた。

ぼくは当然のごとく、このニュースをバスティアン・ラクーには伝えなかった。彼はここ一、二年は仕事の進行状況を心配しないだろうと分かっていた。その間に、注釈にゆっくりと手を入れることができる。つまりぼくは、自分の人生の中でもいとも呑気な時期にさしかかっていたのだ。

呑気だがそれ以上ではないなと、ぼくはブリュッセルから戻って初めて郵便受けを開け、その心持ちを訂正した。事務的な問題はつねに残っていて、事務作業は「決して眠ることがないのだ」。

今のところぼくはこれらの封筒を一通たりとも開く勇気はなかった。ぼくは二週間「理想的な土地に運ばれて」いたようなもので、自分のささやかなレベルではあるが、「創作」していたのだ。今、現実に戻って事務的な問題に手を付けるのは厳しいものがあった。それから、パリ第四大学から来ていた中サイズの封筒があった。ああ、ああ、とぼくは独り言を言った。

ぼくの「ああ、ああ」はその内容を知ったときにさらに確乎たるものになった。ぼくは、ジャン＝フランソワ・ロワズルールの大学教授就任に伴う複数のセレモニーに招待されていて、それはすでに翌日のことだった。まずはリシュリュー大講堂で公式の就任式と演説があり、その後併設のパーティー会場でレセプションパーティーが行われることになっていた。

ぼくはロワズルールのことを完璧に覚えていた。彼がぼくを『十九世紀研究』誌に紹介してくれたのだ。もう何年も前になる。彼はルコント・ド・リール*の晩年の詩について独創性に満ちた論文を書いて研究職に就いた。ルコント・ド・リールは、エレディア**と共に、高踏派の流れを汲む重要な人物とされていた。そのために低い評価しか受けられず、アンソロジーの編者などの言い方を借りれば「誠実な職人だが天才ではない」と考えられていた。しかし彼は、一種の宇宙的霊感を持っていて、その老年期に奇妙な詩を書いていた。それは彼がそれまでに書いてきたものとは少しも似ておらず、当時書かれたものともまったく違っていて、実際のところ何にも似ていず、一見しただけでは「とんでもなくイカレている」としか言いようがない詩だったのだ。ロワズルールの貢献は、まずこの詩群を忘却の彼方から引っ張り出し、そしてそれについて何事かを語ったことで、しかしそれらの詩を現実の文学の流れの中に位置づけることには成功しなかった。彼によれば、この詩は神知論や降霊術研究などのような、衰退しつつあった高踏

＊シャルル＝マリー＝ルネ・ルコント・ド・リール。一八一八－九四。フランスの高踏派の詩人、劇作家。
＊＊ジョゼ＝マリア・ド・エレディア。一八四二－一九〇五。キューバ出身のフランス高踏派詩人。

派と同時代の知識人の言動に重ねるのがふさわしいとのことだった。そうして彼は、競争者が他にいないこの分野で、一定の名声を確立した。もちろんジニャックのような国際的なスケールではないが、それでも、オックスフォードやセント・アンドリューズ大学で定期的に講演会を行うべく招待されてもいた。

個人的に言えば、ロワズルールは彼の研究対象に素晴らしく似合っていた。ぼくはこれほどコシニュス先生*を思わせる人物にかつて会ったことがなかった。白髪の交じった髪は薄汚れ長く伸び、分厚い眼鏡を掛け、洋服は上下ちぐはぐで不潔一歩手前の状態、それでも、憐れみの混じった敬意を周囲から呼び起こしていた。ロワズルール自身は「役を演じる」つもりはまったくなかったに違いない。彼はただ自分自身がそのようであるだけで、それ以外にはなり得なかったのだ。それに、ぼくが知る限り、彼は極めて親切で優しく、虚栄心というものをまったく欠いた人物だった。教育は様々な人間との接触を必要とし、それは彼を常に脅えさせた。ルディジェはどうやってこの人物を説得できたのだろうか。少なくとも、ぼくはカクテルパーティーには行ってみようと思った。どうなっているか知りたかったのだ。

ソルボンヌ大学のレセプション会場は、真に威厳のある場所に位置し、歴史のもたらす魅力に満ちていたので、ぼくの時代には大学関係の会合にはまったく使われず、どちらかと言えば、ファッションショーとかその他のセレブ関係のイベントのために異常に高い値段でレンタルされていた。それは確かに誇るべきことではなかったに違いないが、大学運営の予算のつじつまを合わせるには都合が良かった。サウジアラビア人の新しいパトロンはそれらのイベントを禁止して秩序を与え、そしてこの場所は、彼らのてこ入れのおかげで、ある種のアカデミックな尊厳を取り戻していた。最初の部屋に入ると、ぼくは、自分が序文を書いている間ずっとお世話になったレバノン料理のケータリング会社の看板が出ていたのを見て嬉しくなった。ぼくは今やメニューを空で言えるくらいだったから、自信を持っていくつかの料理を注文した。招待客はいつもと同じく、フランス人の大学関係者とアラブの高官とが混ざっていたが、今回はフランス人が多く、教員は全員来ているのではないかと思われた。それも無理はなかった。サウジアラビアの新しい権威に従うのは今でも多くの人間に少しばかり恥ずかしい行為だと考えられていた。「敵と手を結ぶ」行為だと思われていたのだ。教員は彼ら同士で集まることで数をなし、お互いに勇気を出し合うために、新しい同僚を受け入れる機会を逃す訳にはいかないのだった。

ぼくは、自分のメッセを受け取ってからすぐにロワズルールと鉢合わせすることになった。彼は以前とは変わっていた。見栄えが良くなったというわけではないが、外見はかなりの進歩を遂げた。髪の毛は相変わらず長く小汚かったが、きちんと櫛がはいって

＊フランスのバンド・デシネ『コシニュス先生の凝り固まった考え』の主人公。

いた。ジャケットとパンタロンは大体同じ色合いで、油染みも煙草の焦げ跡もついていなかった。彼の身なりに女性の手がかけられ始めた、少なくともぼくはそのような印象を受けた。

ぼくがまだ何も彼に質問していないのに、彼はいきなり、こう認めた。

「そう、勇気を出してみたんです。不思議なことに、それまでにはまったく考えてもいなかったのですが、最終的には大変感じの良いものですね。お会いできてうれしく思います。いかがお過ごしですか」

「ご結婚なさった、ということですか」

ぼくは確認せずにはいられなかった。

「ああ、結婚、そうです。大変奇妙なことで、琴瑟相和《きんしつあいわ》すというのか、とても上手くいっています。それであなたの方はいかがですか」

彼はぼくに自分がジャンキーになったとか、サーフィンを始めたとか言っても良かっただろう、ロワズルールに関しては何もぼくを本当には驚かせなかったに違いない。それにしてもショックには違いなく、ぼくは馬鹿みたいに、彼のくすんだ青の汚らしいジャケットを飾るレジオン・ドヌールの略章から目を離さず、彼の言葉を繰り返した。

「結婚？　女性とですか？」

ぼくは、彼が六十歳になってもまだ童貞で不思議ではないと思っていたのだ。それもありえないことではなかった。

「そう、そうです、女性で、彼らが見つけてくれたんです」と彼は激しく頷いて言った。「大学二年に在学しています」

ぼくは声も出なかった。そのとき彼は、同じような年寄りで変人タイプの、しかし彼よりはもう少し清潔な同僚に捕まった。たしか十七世紀の研究者で、滑稽文学の専門家、スカロン*について著作があったはずだ。その後しばらくしてぼくは、パーティー会場のもう一つの部屋の反対側で、小グループの中にいるルディジェを目にした。ここ最近、ぼくは序文の執筆に追われていて、彼のことをあまり考えていなかったのだが、彼に会えて自分が本当に嬉しく思っていることに気が付いた。彼の方もぼくに温かく挨拶をした。「大臣」と今では呼ばなければなりませんね、とぼくは冗談を言った。それから、もう少し真面目になって聞いた。

「政治の方はいかがですか。大変ですか」

「ええ、世間で言われていることはまったく誇張ではありません。わたしは大学での権力闘争には慣れていましたが、政治の世界ではレベルが一段違います。とはいえ、ベン・アッベスは本当に素晴らしい人物です。わたしは彼と仕事ができて心から誇りに思っています」

ぼくはそのときタヌールのことを思い出した。彼は、ぼくたちがロット地方にある彼

＊ポール・スカロン。一六一〇－六〇。フランスの劇作家。

の家で一緒に夕食を摂ったとき、ベン・アッベスをアウグストゥス皇帝になぞらえていたのだった。その比較はルディジェに興味を起こさせたようだった。何か考えるところがあったのだろう。レバノンとエジプトとの交渉は進んでいます、そしてリビアとシリアとも最初の接触が取られました。ベン・アッベスは各地のイスラーム同胞団との個人的な友好関係を再び温めているのです。つまり、彼は一世代もしないうちに、そしてただ外交だけの力で、ローマ帝国が何世紀もかけてやっと到達した大事業を成し遂げようとしているのです。それに、北欧、エストニア、スカンジナヴィアやアイルランドまでを加えようとしているのですが、それもさしたる抵抗はなく進むでしょうね。こうルディジェはぼくに語った。さらにアッベスは、象徴的な力を活用するセンスがあります。そして、欧州連合に提案をして、欧州委員会本部をローマに、欧州議会をアテネに移転しようと計画しています。ルディジェは考えありげにこう付け加えた。

「帝国を築き上げた人間は多くはいません。宗教と言語によって分かれている国家を一緒にさせるのは難しい業です。ローマ帝国以外には、わたしが見たところ、オスマン帝国しか思い当たらず、それももっと小さい地域でした。ナポレオンはおそらくそれにふさわしい特質を備えていたのでしょう。彼のイスラエルの運営は特筆すべきもので、エジプト遠征中、イスラームの扱いについても能力があることを示しました。ベン・アッベスのように……。おそらくベン・アッベスも彼と同じようなタイプだと思います」

ぼくは熱心に頷いた。オスマン帝国への言及はぼくの理解を少し超えるものだったが、ぼくはこの、軽やかで現実から宙に浮いているような、教養人同士の会話を心やすく感じていた。必然的に、その後ぼくたちは、ぼくの序文について話すことになった。何年もの間ぼくの時間を密かに奪っていたユイスマンスに関するこの仕事から、自分を引き離すのは難しかった。ぼくの人生は、ユイスマンスなしには他に目的を持たなかっただろうと、ぼくはメランコリーと共に確認した。しかしぼくはそれをルディジェには伝えなかった。大げさに聞こえすぎるからだが、それが本当のことには間違いなかった。彼はぼくの話に注意深く耳を傾けていて、退屈している様子は少しも見せなかった。給仕が回ってきてぼくたちのグラスを満たした。

「あなたのご著書を読ませていただきました」とぼくは言った。

「そうですか……。お時間を取ってくださって嬉しいです。あの手の一般書を書くという仕事には慣れていなくて。分かりやすいと思ってくださったのだと良いのですが」

「ええ、全体にわたって大変明快です。もちろん、読んでいるうち質問は出てきたのですが」

ぼくたちは何歩か歩いて窓の方に向かった。大した移動ではなかったが、それでも、部屋のあちこちを動き回る招待客の大きな流れから離れるには十分だった。窓ガラスを通して、白く冷たい光に浸された、リシュリューが建築させた礼拝堂のドームと列柱が見分けられた。ぼくは、リシュリューの頭蓋骨がそこに保存されていることを思い出した。

「フランス国家の偉大な人物ですね、リシュリューは……」とぼくは特に考えもせずにそう言ったが、ルディジェはすぐにその話題に飛びついた。

「ええ、わたしもまったく同じ意見です。リシュリューがフランスのために成した事業は特筆すべきものです。フランスの王たちは時に凡庸な人間で、それは遺伝子上の偶然として仕方がないとしても、大臣はいかなるときにも凡庸であってはならない。奇妙なのは、わたしたちは現在民主国家にいるのに、王と大臣の能力の差は相変わらず大きいということです。わたしは、ベン・アッベスについて考えているあらゆる長所についてお話ししました。しかしバイルーは反対に、本当の馬鹿で、内容のない政治の虫、メディアで有利な場所に立つことにしか能がないのです。幸運にも、実際の政治ではベン・アッベスがすべての権力を握っています。あなたは、わたしがベン・アッベスに取り憑かれているとおっしゃるかもしれません。確かに、リシュリューを考えても思いはベン・アッベスに至るのです。というのも、ベン・アッベスは、リシュリューのように、フランス語に対して多大な貢献をしようとしているからです。アラブ諸国との結びつきが強くなることで、ヨーロッパの言語的バランスはフランスの方に傾くでしょう。遅かれ早かれ、ヨーロッパの諸機関の公用語として、英語と同様にフランス語の使用を義務づける指示が出されるのをご覧になれるでしょう。すみません、政治の話ばかりしていますね……わたしの本についてご質問があったということですが」

ぼくは長い沈黙の後で言葉を継いだ。

「ええ……少しお話しにくいことではありますが、一夫多妻についての章を読みました。そして、確かに、支配する雄として自分を捉えるのは少し難しいように思われるのです。ぼくはここに来たとき、ロワズルールを見てもう一度そのことを考えました。正直、大学教師は……」

「その点については、はっきりと言うことができます。あなたは間違っている。自然淘汰は普遍的な原理で、あらゆる生きものに当てはまりますが、その形は様々に異なっています。自然淘汰は植物にも存在します。その場合には、土や水、日光という養分にアクセスできるかどうかにかかっていますが……。人間は周知のように動物です。しかし野を駆ける犬でもなければレイヨウでもない。自然において人間の支配的な地位を保証するのは、爪でも歯でも走る速さでもありません。それは人間の知性なのです。ですから、真剣に言わせていただければ、大学教授が支配的な雄の間に入るのには何もおかしなことはないのです」

彼は再び微笑んだ。

「覚えていらっしゃいますか。わたしの家で二人で午後を過ごしたとき、我々は、形而上について、宇宙の創造などについて話しました。わたしはそれが男性の関心を本当に惹くような事柄ではないことは意識しています。しかし、本音の主題は、今あなた自身がおっしゃったように、話しにくい。今この瞬間にも、わたしたちは自然淘汰について話し、理性的に高いレベルの会話を保とうとしています。直接こう聞くのは難しいことです。わたしの扱いはどうなるのですか。わたしは何人の妻を得ることができるのですかと」

「自分の勤務条件について、ぼくは大体把握していますが」

「それでは女性の数についてですが、大まかに言えば、それも勤務条件に準じます。イスラーム法は、妻たちがすべて平等に扱われることを命じており、それにはすでにいくつかの条件が必要とされます。たとえば、住居など。あなたのケースについて言えば、あなたは特に問題なく三人の妻をめとることができると思いますよ。もちろん、まったく義務ではないのですが」


それを聞いて、ぼくは考え込んだ。しかしぼくにはもう一つ、もっと聞きにくい事柄があった。ぼくは周りをちらりと見て、誰もぼくたちの話を聞いていないことを確認してから話を続けた。

「他にも……この話は本当にデリケートなのですが……イスラームに則った衣服には利点があって、社会の一般的な雰囲気はずっと落ち着きましたが、それにしても……かなり身体を覆うではないですか。どんな女性を選ぶかということになれば、ある種の問題が生じるわけで……」


ルディジェの微笑みはさらに大きくなった。

「そのお話をするのに気まずい思いをなさる必要はありませんよ、ほんとです！　そういった関心事がなければ男性とは言えないのですから。しかし、わたしとしては、もしかしたらあなたを驚かせるかもしれないご質問をひとつしたい。本当に選びたいと思っているのですか」

「それについては……ええ。そう思います」

「それは幻想ではないでしょうか。あらゆる男性が、選ばなければならない状況に置かれたら、まったく同じ選択をします。それが多くの文明、そしてイスラーム文明において仲人《なこうど》を作り出してきた理由です。この職業は大変重要で、多くの経験を積んだ賢い女性だけに限られた職業です。彼女たちは無論、女性として、裸の若い女性たちを見て、一種の価値評価をし、各人の身体と、未来の夫の社会的地位とを関係づけます。あなたのケースについて言えば、あなたはご不満に思うことはないと思いますよ……」

ぼくは黙った。本当のことを言うと、開いた口がふさがらなかったのだ。

ルディジェは話を続けた。

「付け加えるならば、人間という種が少しばかり発展する可能性があるとすれば、それは女性の知的柔軟性に多くを負っているのです。男性は厳格な意味で変わりようがありません。言語哲学者であれ、数学者、セリー音楽の作曲者であれ、男は常に、抗いがたく、純粋に身体的な点から再生産の選択を行い、その評価基準は何千年も前から変わりません。最初は、女性たちも同じように、男性の身体的長所だけに魅了されてきました。

しかし、適切な教育を受ければ彼女たちは、男性の本質はそこにないと納得するようになるのです。まず、金持ちの男性に魅了されるように仕向けることができます。大体、金持ちになるためには、平均的な男性よりも知性と機転が必要なのですから、ある程度まで、大学教授には高い性的価値があると説得することもできるのです……」彼はここで最高の笑顔を向けたので、ぼくは一瞬、彼が皮肉を言っているのだと思ったが、実際はそうではないだろう、そうは思えなかった。

「そして、大学教授に高い勤務条件を与えれば、物事は簡単になります」

彼はそう結論づけた。

彼はある地平をぼくに開き、ぼくは、ロワズルールが仲人女に仲介を頼んだのかどうか考えてみた。しかしこの問いにはすでに答えが出ているのも同然だった。ぼくのかつてのあの同僚が女子学生を「ナンパする」ことは考えられるだろうか。彼のようなケースにおいては、見合い結婚は唯一ありうる形式だった。

パーティーは終わり、夜は驚くべき暖かさだった。ぼくは歩いて家に帰った。ぼくには特に考えることはなく、あれこれ夢想するくらいだった。自分の知的生命が終わった事実はますます明らかだった。今後もシンポジウムの一種などには参加するだろうし、残りの人生を年金暮らしでやっていくだろう。しかし今までなかった新しいことに今気が付き始めていた。それは、おそらく、それ以外のことが起きるかもしれないということだった。

何週間かが、返事をするのに適当な期間として経過し、その間気温は少しずつ上昇し、春がパリ一帯に定着する。それから、ぼくはルディジェに電話するはずだ。彼は喜びを大げさに示すだろうが、それは彼らしいデリケートな振る舞いであって、ぼくが自由意思で選んだと思わせるために驚いた様子も見せるだろうし、ぼくが提案を受け入れてくれて本当に嬉しいと言うはずなのだ。ぼくは知っていた。彼は、ぼくが提案を受け入れるととっくに分かっていて、もしかしたらアレーヌ通りの彼の家に行った午後には既にそう思っていたに違いない。ぼくは、アイシャの身体的な美点がぼくにもたらした感情について隠そうとはしていなかったし、マリカのミニパイについても同様だった。イスラーム教徒の女性たちは献身的で従順だという点については信頼しても良かったし、彼女たちはそうなるように育てられ、喜びを与えるだけで十分なのだ。料理についてはぼくはどうでもよかった。ぼくはその件についてはユイスマンスよりもデリケートではなかったが、どちらにしても彼女たちは適切な教育を受けていて、合格点の家事ができないことはまずありえないはずなのだ。

改宗の儀式自体はシンプルなものになるだろう。関係者すべての都合に合わせ、それはおそらくパリのモスクで行われるだろう。ぼくの相対的な地位の高さから学長か、それに近い人間が出席することだろう。ルディジェも参席する。参席者の数は決められてはいない。この儀式のためにモスクが貸し切られるわけではないから、幾人か一般の信者もいるだろう、それはぼくが、新たな兄弟であるイスラーム教徒の前、神の前では同じ人間である彼らの前で立てなければならない誓いなのだ。

その朝、男性には通常閉ざされているハンマーム*がぼくのために開かれるだろう。ガウンを着て、ぼくは、長い廊下、アーチを支える列柱の間、非常に繊細なモザイク模様の壁の間を進んで行く。それから、これも洗練されたモザイクに飾られ、青い照明に照らされたもう少し小さな部屋で、ぼくは身体の上を温かい水が流れるままにしておくだろう、長い、とても長い間、ぼくの身体が清められるまで。それから、ぼくは儀式のための大きな部屋に入っていくのだ。

ぼくの周囲は沈黙が支配しているに違いない。星座や、新星、渦巻星雲のイメージがぼくの頭に浮かぶだろう。それから、湧き水の流れるところ、岩がちで人に汚されていない砂漠、人跡未踏の森林。少しずつ、ぼくは宇宙の秩序の偉大さに足を踏み入れ、それから静かな声で、音声で暗記した次の言葉を口にするだろう。「アシュハドゥ　アンラー　イラーハ　イッラー　ラフ　ワ　アシュハドゥ　アン　ムハマダン　ラスールーッラーヒ」それは正確には次のことを意味する。「アッラー以外に神はなく、ムハンマドはアッラーの使者であることをわたしは証する」そして、それで儀式は終わり、ぼくはイスラーム教徒になるのだ。

ソルボンヌの儀式の方はもっと長くなるだろう。ルディジェは政治の世界にさらに入り込み、外務大臣に任命されたばかりなので、学長の仕事に割ける時間があまりなくなっているが、それでも彼は、ぼくの任命式の演説を自ら行うだろう（彼は素晴らしい演説を用意し、それを喜んでするだろうと、ぼくは確信していた）。同僚は皆出席するだろう——ぼくのプレイヤード叢書のニュースは大学関係者の間で広まっていて、今ではみんなそのことを知っているので、ぼくは無視できない人物だということになっている。そして皆トーガを身にまとっているだろう。サウジアラビアのお偉方が最近この壮麗な服装の着用を義務づけたのだ。

ぼくは、学長に応答する演説をする前に（これは、伝統に従うと、大変短いことになっている）、最後にミリアムのことを考えるだろう。ぼくは彼女が自分の人生を送って

＊イスラーム文化圏に多い、蒸し風呂形式の公衆浴場。

いると知っていた、それもぼくよりもっと困難な条件下で。ぼくは、彼女の人生が幸せなことを願う——実際には、そうはいかないだろうと思っていても。

カクテルパーティーは和やかに、遅くまで続くだろう。

何か月か後、講義が再開され、ヴェールを被った、可愛く内気な女子学生たちが登校してくる。女子学生たちの間に大学教員の知名度についての情報がどのように伝わっているのか分からないが、それが伝わっていることは間違いなく、そういう事柄が大幅に変わっているとは思わない。女子学生たちは皆が、どんなに可愛い子も、ぼくに選ばれるのを幸福で誇りに思うに違いないし、ぼくと床を共にして光栄に思うだろう。彼女たちは、愛されるにふさわしいだろうし、ぼくのほうも、彼女たちを愛することができるだろう。

何年か前にぼくの父に起きたように、新しい機会がぼくに贈られる。それは第二の人生で、それまでの人生とはほとんど関係のないものだ。

ぼくは何も後悔しないだろう。

解説

佐藤優（作家・元外務省主任分析官）

今年（二〇一五年）七月中旬、イスラエルの友人が訪日した。この友人は、私が外務省国際情報局で主任分析官をつとめていたときのカウンターパートで、イスラエル・インテリジェンス機関の元幹部だ。最初、ヘブライ大学で歴史学を専攻したが、途中でテルアヴィヴ大学に移り国際関係論を学んだ。軍事インテリジェンス機関でソ連情報を担当した後、対外インテリジェンス機関に移り、分析部門、工作部門、管理部門で活躍した。インテリジェンスの生き字引のような人だ。

鈴木宗男事件に連座した私が東京地方検察庁特別捜査部に逮捕、起訴された後もイスラエルの友人たちは、政府機関に勤務する人々を含め、私との関係を断たなかった。この事件に巻き込まれたことにより、私との関係がより深くなった人もいる。

この友人は読書家で一級の知識人だ。中東情勢やインテリジェンスだけでなく、哲学や文学に関する話もよくする。今回は、ウエルベックの『服従』が話題になった。

佐藤「ミシェル・ウエルベックの『服従』を読んだか」
友人「最新作だね」
佐藤「そうだ。ヘブライ語に訳されている」
友人「訳されている。イスラエルでも大きな話題になっている。二〇二二年のフランス大統領選挙の決戦投票で、イスラーム政権が成立するという話だよね」
佐藤「そうだ。第一回投票で、移民排斥を訴える国民戦線代表のマリーヌ・ル・ペンとイスラーム同胞党のモアメド・ベン・アッベスが一位と二位になる。ファシストかイスラーム主義者かという究極の選択をフランスの有権者は迫られる。左派の社会党と保守・中道派のUMP（Union pour un Mouvement Populaire、国民運動連合）は、ファシストよりはイスラーム主義者の方がましと考える。それで決選投票ではベン・アッベスを支持するようにと訴える」
友人「話としては面白いね。しかし、現実にそのような状況が生じたら、UMPは国民戦線を支持すると思う。社会党は立場を表明することができないので、自由投票になるだろう」
佐藤「その場合、社会党支持者はイスラーム同胞党を選択するだろうか」
友人「そうは思えない。フランス人の反イスラーム感情は根強い。社会主義者だって例外じゃない。もっともファシストを選ぶ気にはならないだろうから、棄権するんじゃないだろうか。そして、いずれの政権ができるにせよ、それを打倒することを考える」

フランスにはレジスタンスの伝統がある。それだから、イスラーム政権かファシスト政権ができるならば、友人が言うようにレジスタンス運動が起きるかもしれない。政権側は武力による弾圧を行うだろう。その場合、レジスタンス側も武器をとる。内戦になる。

佐藤「『服従』がヨーロッパでこれだけ大きな衝撃を与えているのはなぜだろうか」

友人は少し考えてから、こう答えた。

友人「二つの要因がある。第一は、『イスラーム国』に対する恐怖心だ」

佐藤「今年一月七日のシャルリー・エブド事件が契機なのだろうか」

友人「シャルリー・エブド事件が引き金を引いたことは間違いない。ただし、それは契機であっても原因ではない。原因はもっと構造的で、ヨーロッパ人のイスラーム世界に対する無理解だ」

佐藤「しかし、伝統的にヨーロッパがイスラーム教や中東地域研究の機関車役を果たしてきたのではないか」

友人「それは、あくまでもインテリの世界に限られる。『服従』でウエルベックが見事に描いているように、インテリは弱い存在だ。国家権力に自発的に迎合する人がほとんどだ。ヨーロッパのイスラームや中東の専門家の知識に政治家は敬意を払っていない。ましてや、大衆には、アカデミズムの成果を尊重しなくてはならないという発想すらない。EU（欧州連合）諸国もアメリカも『イスラーム国』の実態をわかっていない」

そう言って友人は、「イスラーム国」の現状について説明した。友人の話をまとめるとこうなる。スンニ派に属する「イスラーム国」にとって重要なのは、シーア派との党派闘争だ。当面、「イスラーム国」がイラクとシリアで実効支配する地域からシーア派を放逐することが戦略的課題になる。さらに「イスラーム国」は、スンニ派内での覇権獲得に腐心している。パレスチナ自治政府のガザ地区で、同じスンニ派に属する過激派ハマスと「イスラーム国」が内ゲバを展開している。ハマスの主敵はイスラエルだ。これに対して、「イスラーム国」はイスラエルとの対峙を避けている。「イスラーム国」は、ガザ地区で覇権を確立し、エジプトを攻撃する根拠地にしようとしている。レバント地域（レバノン、シリアなど）に続いて、エジプトに「第二イスラーム国」を建設しようとしている。「イスラーム国」は、いま直ちにEUやアメリカを攻撃することは考えていない。ヨーロッパ人は「イスラーム国」の脅威を過大評価している。ヨーロッパ人の心象風景が『服従』に反映されているので、この小説は強い衝撃を与えている。

確かに友人の見方には説得力がある。さらに踏み込んだ話を聞きたくなった。

佐藤「『服従』がヨーロッパ人に強い衝撃を与えている第二の要因は何なのか」

友人「ヨーロッパが崩れかけているからだ」

佐藤「崩れかけている」

友人「ギリシャ危機に象徴されるが、EUの通貨統合も危機的状態になっている。一〇年前ならば、EUに共通通貨ユーロが導入されたのだから、次は政治的統合と考えられていた。しかし、現在、EUが経済的、政治的に統合できると考えているヨーロッパ人はいない。EUは再び分解過程を歩み始めている。EUが分解し、ドイツとフランスが対立するようになると再び戦争が発生するのではないかという不安がヨーロッパ人の深層心理に潜んでいる」

佐藤「二一世紀の独仏戦争？」

友人「そうだ。EUが分解するとその危険が生じる。それよりも、イスラーム教のもとでヨーロッパの統一と平和が維持される方がいいのではないかという作業仮説をウエルベックは『服従』で提示しているのではないかと思う。ヨーロッパ人は、自らが内的生命力を失ってしまっているのではないかと恐れている。この恐れが『服従』からひしひしと伝わってくる」

友人が言う「ヨーロッパ人は、自らが内的生命力を失ってしまっているのではないかと恐れている」という趣旨の話をどこかで読んだことがあった。自宅に戻って本棚を眺めているうちに記憶が鮮明になった。ユダヤ系のオーストリア人作家シュテファン・ツヴァイク（一八八一～一九四二年）の遺書だ。ナチス・ドイツの台頭によってツヴァイクは亡命を余儀なくされる。最終的にブラジルの東南部、リオデジャネイロ州の高原にあるペトロポリス市に居を構えた。しかし、六〇歳の誕生日を迎えた約三カ月後に妻とともに服毒自殺をした。そのときツヴァイクは以下の遺書を残した。

自由な意志と明晰なこころでこの人生からお別れするまえに、私はぜひとも最後の義務を果しておきたいとおもう。私と私の仕事に対して、このように居心地のよい休息の場所を与えてくださった、このすばらしい国、ブラジルに、心から御礼を申しあげたいとおもう。日一日といやますおもいで、私はこの国を愛するようになった。私自身のことばを話す世界が、私にとっては消滅したも同然となり、私の精神的な故郷であるヨーロッパが、みずからを否定し去ったあとで、私の人生を根本から新しく建てなおすのに、この国ほどに好ましい所はなかったとおもうのである。
けれども、六十歳になってから、もう一度すっかり新しくやりはじめるのは、特別な力が必要であろう。ところが私の力はといえば、故郷もない放浪の幾年月のあいだに、尽きはててしまっている。それで私は、手おくれにならないうちに、確固とした姿勢でこのひとつの生命に終止符を打ったほうがいいと考えるのである。この私の生命にとっては、つねに精神的な仕事が、もっとも純粋な喜びであり、個人の自由が、地上最高の財産であった。

友人のみんなに挨拶を送ります！　友人たちが、長い夜の後になお曙光を目にすることができますように！　私は、この性急すぎる男は、お先にまいります。

シュテファン・ツヴァイク

ペトロポリス、一九四二年二月二十二日

(『ツヴァイク全集20　昨日の世界Ⅱ』原田義人訳、みすず書房、一九七三年、六四六ページ)

「六十歳になってから、もう一度すっかり新しくやりはじめるのは、特別な力が必要であろう。ところが私の力はといえば、故郷もない放浪の幾年月のあいだに、尽きはててしまっている」というツヴァイクの認識にヨーロッパ人の疲れが表れている。『服従』で、サウジアラビアの潤沢なオイルマネーに支えられたイスラーム政権にフランス人が順応していくのも、「もう一度すっかり新しくやりはじめる」のに必要な「特別な力」が欠如しているという諦念があるからだ。

『服従』の主人公フランソワは、パリ第四大学を優秀な成績で卒業し、博士号を取得し、現在はパリ第三大学で文学を教えている大学教授だ。一九世紀末のフランスで活躍したデカダン作家ジョリス＝カルル・ユイスマンス（一八四八〜一九〇七年）の研究者である。完全なノンポリではないが、政治とは距離を置いたインテリだ。大統領選挙のときは銃撃戦も行われた。面倒な事柄には巻き込まれないようにするというのがフランソワの態度だった。イスラーム政権の成立によって、大学はムスリム（イスラーム教徒）しか教鞭をとれなくなり、フランソワも解雇された。ただし、十分な年金が支給されるので（サウジアラビアをはじめとする中東産油国が資金提供をしているのでフランスのイスラーム政権は経済力がある）、生活には支障がない。最終的にフランソワは、ムスリムに改宗し、大学教授に復帰する道を選ぶ。その過程で重要なのは、先にムスリムに改宗したルディジェ教授のこんな説明だ。ルディジェ教授は、官能小説の『O嬢の物語』を題材にして、「服従」の必要を説く。

……『O嬢の物語』はぼくの気に入らない要素をすべて兼ね備えていた。そこで展開されるファンタズムはぼくをうんざりさせたし、全体的にはこれ見よがしのキッチュに満ちていた。サン＝ルイ島のアパルトマンとか、サン＝ジェルマン大通りの個人邸宅とか、ステファン卿とか、とにかく、うんざりするような本であったのだ。それでも、この本はある情熱、何もかもを奪いさる息吹に満ちていることには間違いなかった。

ルディジェは優しく言った。

『O嬢の物語』にあるのは、服従です。人間の絶対的な幸福が服従にあるということは、それ以前にこれだけの力をもって表明されたことがなかった。それがすべてを反転させる思想なのです。わたしはこの考えをわたしと同じ宗教を信じる人たちに言ったことはありませんでした。冒瀆的だと捉えられるだろうと思ったからですが、とにかくわたしにとっては、『O嬢の物語』に描かれているように、女性が男性に完全に服従することと、イスラームが目的としているように、人間が神に服従することとの間には関係があるのです。お分かりですか。イスラームは世界を受け入れた。そして、世界をその全体において、ニーチェが語るように『あるがままに』受け入れるのです。仏教の見解では、世界は『苦』、すなわち不適当であり苦悩の世界です。キリスト教自身もこの点に関しては慎重です。悪魔は自分自身を『この世界の王子』だと表明しなかったでしょうか。イスラームにとっては、反対に神による創世は完全であり、それは完全な傑作なのです。コーランは、神を称える神秘主義的で偉大な詩そのものなのです。創造主への称賛と、その法への服従です。通常は、イスラームに近づきたいと思っている人にコーランを読むことは勧めません。もちろん、アラビア語を学ぶ努力をし、原語で堪能したいと考えているのならば別ですが。それよりも、コーランの章句の朗読を耳で聴き、それを繰り返し、その息づかいを感じることを勧めます。イスラームは儀式的な目的での翻訳を禁止したただひとつの宗教です。というのも、コーランはそのすべてがリズム、韻、リフレイン、半階音で成り立っているからです。

コーランは、詩の基本になる思想、音と意味の統合が世界について語るという思想の上に存在しているのです」

それから彼はまた、申し訳ないという仕草をした。自分の宗教勧誘を気まずく思っている振りをしたいのだろうと思ったが、同時に、自分の議論が効果をもたらすことについては十分意識しているだろう。彼が手元に戻したいと思っている他の多くの研究者にも、とっくにこの手の説得を試みたに違いないのだ。（本書二七二〜二七四ページ）

この情景にも既視感がある。ソ連崩壊後、忠実な共産党員だったモスクワ国立大学や科学アカデミーの教授や研究者の大多数が、一瞬にして反共主義者になった。この人たちは、目の前にある「世界」をその全体において、「あるがままに」受け入れたのである。

『服従』を読むと、人間の自己同一性を保つにあたって、知識や教養がいかに脆いものであるかということがわかる。それに対して、イスラームが想定する超越神は強いのである。

（二〇一五年七月二十一日脱稿）

本書は、二〇一五年九月に小社より刊行された単行本に、
加筆修正のうえ文庫化したものです。

服従《ふくじゅう》

二〇一七年 四 月二〇日　初版印刷
二〇一七年 四 月三〇日　初版発行

著　者　ミシェル・ウエルベック
訳　者　大塚桃《おおつかもも》
発行者　小野寺優
発行所　株式会社河出書房新社
〒一五一－〇〇五一
東京都渋谷区千駄ヶ谷二－三二－二
電話〇三－三四〇四－八六一一（編集）
〇三－三四〇四－一二〇一（営業）
http://www.kawade.co.jp/

ロゴ・表紙デザイン　粟津潔
本文フォーマット　佐々木暁
本文組版　株式会社キャップス
印刷・製本　凸版印刷株式会社

Printed in Japan　ISBN978-4-309-46440-4

プラットフォーム

ミシェル・ウエルベック　中村佳子〔訳〕　46414-5

「なぜ人生に熱くなれないのだろう？」——圧倒的な虚無を抱えた「僕」は父の死をきっかけに参加したツアー旅行でヴァレリーに出会う。高度資本主義下の愛と絶望をスキャンダラスに描く名作が遂に文庫化。

ある島の可能性

ミシェル・ウエルベック　中村佳子〔訳〕　46417-6

辛口コメディアンのダニエルはカルト教団に遺伝子を託す。2000年後ユーモアや性愛の失われた世界で生き続けるネオ・ヒューマンたち。現代と未来が交互に語られるSF的長篇。

死都ゴモラ　世界の裏側を支配する暗黒帝国

ロベルト・サヴィアーノ　大久保昭男〔訳〕　46363-6

凶悪な国際新興マフィアの戦慄的な実態を初めて暴き、強烈な文体で告発するノンフィクション小説！　イタリアで百万部超の大ベストセラー！　佐藤優氏推薦。映画「ゴモラ」の原作。

ロベスピエール／毛沢東　革命とテロル

スラヴォイ・ジジェク　長原豊／松本潤一郎〔訳〕　46304-9

悪名たかきロベスピエールと毛沢東をあえて復活させて最も危険な思想家が〈現在〉に介入する。あらゆる言説を批判しつつ、政治／思想を反転させるジジェクのエッセンス。独自の編集による文庫オリジナル。

クライム・マシン

ジャック・リッチー　好野理恵〔訳〕　46323-0

自称発明家がタイムマシンで殺し屋の犯行現場を目撃したと語る表題作、ＭＷＡ賞受賞作「エミリーがいない」他、全十四篇。『このミステリーがすごい！』第一位に輝いた、短篇の名手ジャック・リッチー名作選。

カーデュラ探偵社

ジャック・リッチー　駒月雅子／好野理恵〔訳〕　46341-4

私立探偵カーデュラの営業時間は夜間のみ。超人的な力と鋭い頭脳で事件を解決、常に黒服に身を包む名探偵の正体は……〈カーデュラ〉シリーズ全八篇と、新訳で贈る短篇五篇を収録する、リッチー名作選。